の英雄
OAT
4
九重十造
Illust. てんまそ

宝蔵院雫
ヒノクニ出身の忍者。
明るく社交性も高いが、
有事における非情さは姉以上。
天地海人
この世界にやってきた稀代の天才研究者。
開発能力では並ぶ者がいない。

突如として
川の表面が弾け、
魚が打ち上げられた。
宝蔵院刹那
ヒノクニ出身の侍。
類稀な武才を持つ天才だが、家事の才は皆無。

「勝ち筋が見えずに打ち込む気はない。
文句があるならそちらから来い」

「睨み合っているだけというのも
些か退屈なのですが」
ローラ・クリスティア
シェリスの使用人のトップ。
女神の如き美貌と悪夢のような戦闘力を持つ万能超人。

「早く、逃げ……
ア……ア……アア
アアアァァ
アアアアアッ!!」
泣き叫ぶような
狂った咆哮と同時に、
雫の足元が爆砕した。

「海人さん！
無事ですかっ!?」
真っ先に雫がドアを蹴破って
部屋に飛び込んできた。
僅かに遅れて入ってきた
刹那も拳を構えている。

白衣の英雄
HERO IN WHITE COAT
4
九重十造
Illust. てんまそ

HERO IN WHITE COAT

CONTENTS

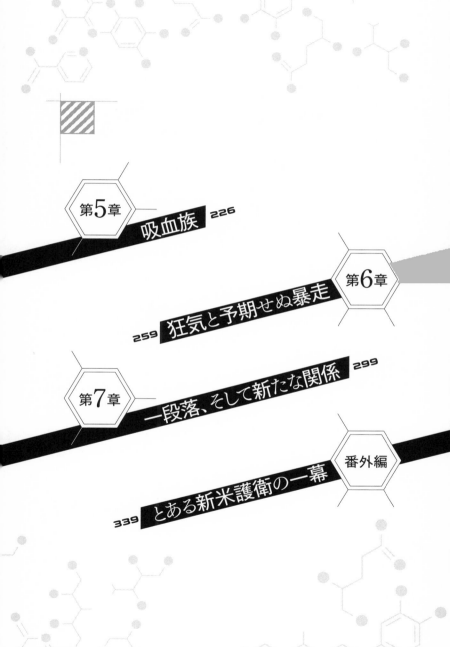

第1章

回想、そして新たな出会い

憎々しいまでに晴れやかな空。時折心地よく吹き抜ける風。

そして上空を忙《せわ》しなく行き交う小鳥たち。

これだけの心地よさを感じるべき要素が揃ってなお、天地海人は不機嫌だった。

いかに元の世界では常識を覆し続けてきた天才科学者だろうと、このファンタジーな世界では逆に常識を覆される事がある。

そんな現実を突きつけられた気分だった。

理由は彼の手元。激流の川で泳ぐ魚を捕獲すべく川に突っ込んだタモにあった。

ふと手応えがほんの僅かながら軽くなる。

本日何度目になるか分からない溜息を吐《つ》きながら、海人はぼやいた。

「……よもやこんな事になろうとは……考えが浅かったな」

引き上げた網の中に、魚は一匹もいない。

それも当然で、つい先程まではタモだった物が吹き流しになっている。

大型の魚が暴れてもビクともしないように出来ているはずの網が、見事に引き裂かれていた。

創造魔法という、植物以外の生物を除けば基本的に何でも作れるという実に便利な魔法によって、あと四十個ほどのタモが用意されているが、既に彼は十個消費している。そして、釣果はまだ一匹だ。

その一匹も小さかったために次の獲物を狙っていたのだが――それ以降まるで釣れない、というか捕らえられない。

二個目のタモを食い破られた段階で正攻法を諦め、金魚すくいの要領で破れる前にひょいっとこちらの岸に放り投げようとしているのだが、上手くいかない。

ここ数日、彼の食事は実に健全だった。なにしろ、食事の主材料全てが植物性だ。出汁《だし》などの液体は動物性でも創造魔法で作製できるため、貧しい食卓ではないが、動物性蛋白《たんぱく》質が致命的に欠けている。

うどんや蕎麦《そば》を食べる際の天ぷらは野菜の掻き揚げだし、ご飯のおかずは漬物や野菜の煮付け。一応肉もあるが、それは以前貰ったビーフジャーキーのみ。極上の味だが、食事のおかずとしては物悲しさがある。

特に好き嫌いはない海人だったが、何日もそれが続くとさすがに飽きてきた。

そこで、近くの川で釣りをすることにしたのである。

町に材料を買いに行くという案も考えたのだが、ここから町まで歩くと着くのは翌日になる。魔力による肉体強化を行いつつ走ったとしても、海人の場合は数時間かかる。

しかも、それすらあくまで何事もなかった場合。

山賊や盗賊が珍しくないこの世界では、無防備に一人で歩いていれば町に着くまでに高確率で襲われる。

とはいえ武器を使えば返り討ちにすることなぞ造作もないのだが、それをやると相手の口を塞がなければならないため、色々面倒になる。

死体の始末からなにから余計な仕事が増えるし、他の人間にタイミング悪く見つかりでもしたら下手をすれば強盗と間違えられかねない。

マウンテンバイクでも使ってこの舗装されていない道を一気に走り抜けるという手段もあるのだが、それはそれで目立つし、町に着いてからそれを盗まれない保証がない。

釣りならば危険は少なく、なにより元手がかからない。

そんな軽い気持ちで海人は釣りを始めた。

が、いざ釣りを始めてみれば、最初のアタリで釣竿《ざお》が折れた。

魚自体のやたら強い力に激流の勢いが加わり、糸を食い千切られるついでに竹製の釣竿までボッキリと折られてしまったのだ。

とはいえ、ある意味これは想定の範囲内。元々流れの速さゆえに普通の釣りでは無理があるとは思っていたのだ。

試した理由は、単にやってみたらどうなるか見てみたかっただけにすぎない。

さすがに竿がへし折られるとまでは思っていなかったが。

なので海人は、即座にあらかじめ用意しておいた別の戦法に変えた。

引き合いになる事などない、タモというある意味反則な戦法に。

が、結果はそれでも駄目で、海人は屋敷に戻って大量のタモを作る羽目になった。

弱気になる自分を奮い立たせるように自らの顔を叩き、海人は次のタモを取りに向かった。

一匹とはいえ捕らえられたのだから、二回目が捕らえられないはずがない、と自分に言い聞かせながら。

疲れた様子で十一個目のタモを手に取ったところで、海人の腹がくう～、と鳴った。

まるで摂取できるかもしれないカロリーよりも消費するカロリーの方が大きいと抗議しているかのようだ。

それで気力を削がれてしまい、海人はタモを持ったまま尻餅をついて天を仰いだ。

「……ああ、ルミナスやシリル嬢の作ってくれた食事は美味かったなぁ……」

ほんの数日前の事だというのに、えらい懐かしく感じてしまう食卓に思いを馳せる。

今にして思えば、あまりにも恵まれた環境だった。

特に意識している様子もないのに、トータルで見ればかなり栄養バランスが取れた食事。

なにより、作り手である元同居人二人の好みで、肉が多かった。

だが、残念ながらその生活は終わってしまった。

会話の相手すらいない事に一抹の寂しさを覚えながら、海人は数日前の事を思い返した。

◇◇◇

ほんの数日前。とある人里離れた断崖絶壁にある家。

「ん～、のんびりゆったり、平和ねぇ～……」

ルミナス・アークライトが、まったりとした口調で呟《つぶや》いた。

彼女はテーブルの上にだらしなく突っ伏し、緩んだ顔でまどろんでいる。

背に生えた漆黒の翼が時折思い出したかのようにバサバサと動く様が、まるで寝返りのようだ。

無防備にも見えるその姿は、彼女の美貌と相まって妙に色気がある。

「ですわねえ……こーやってゴロゴロしてられるのはなんとも形容しがたい幸福感ですわよねぇ……」

同じくまったりとしているシリル・メルティが暢気《のんき》そうな声で呟く。

同じだらしない仕草でも、彼女の場合外見は十二、三歳にしか見えないため、非常に可愛らしい。

時折眠気を覚ますために顔を拭っている仕草など、まるで子猫のようだ。

のんびりしている同居人二人を横目で見ながら、海人は苦笑した。

「だらけとるなぁ……まあ、仕事が入ったらそんな事はしてられんのだろうが」

「まーね。私の隊は癖のある奴多いからまとめんのも一苦労だし」

傭兵団の一隊の長という立場にあるルミナスが、そんなぼやきをこぼした。

彼女の任されている部隊のメンバーは能力が高い反面性格がかなり個性的なので、まとめるのが難しい。

というか、自分に同性愛的慕情を抱き、夜這いまで企むシリルが一番まともという段階でどうかしてる、と口には出さず嘆く。

そんな嘆きの籠もった視線を受け流しつつ、シリルは欠伸をかみ殺しながら呟いた。

「そーいえば、いまだに誰も来ませんわねぇ……余程前回の仕事でへばってるのでしょうか？」

今となっては何ヶ月も前の、地獄のようだった戦場を思い返す。

その時、最後の最後で彼女らの隊は分断されてしまい、結果隊長と副隊長を欠いた隊員が、敵

軍のど真ん中に取り残された。

それから三時間かけて他の団員の協力と彼女らの捨て身の特攻でどうにか全員助け出したものの、三時間もの間強敵に囲まれた状態で奮戦していた事は歴戦の戦士たちの心も多大なダメージを与えたらしく、仕事が終わった直後には皆一様に頭のネジが数十本飛んでいた。

一度ぐらい様子を見に行った方が良いかな～、などとシリルが考えていると、

「いくらなんでもそりゃないわよ。あれで立ち直れなくなるほどヤワな連中じゃないでしょ？」

何でもなさそうに、ルミナスが否定した。

実のところ、前回ほどではなくともルミナスたちの隊は幾度となくトラウマになるような戦場を共に潜り抜けてきている。

それでも全員懲りることなく傭兵を続けており、精神的に追い詰められても最長一ヶ月で復帰している。

ルミナスはそんな部下たちの逞《たくま》しい精神力に全幅の信頼を置いていた。

「……言われてみるとそうですわね。ですが、それならなぜ来ないのでしょう？」

「大方女遊びなり男遊びなりに精出してんじゃないの？　あとは博打でストレス発散しようとして前の稼ぎスって必死でバイトしてるとか」

寝そべったまま、シリルに返答する。

己の部下に対してあまりといえばあまりな人物評だが、概ね傭兵というのはそんなものなので、別段酷評ではない。

むしろ仕事がない期間をのんびり過ごせることが幸せというルミナスたちの方が、傭兵として

は異端なのである。

「あー、ありそうで……噂《うわさ》をすれば、ですわね」

言葉の途中で、シリルは玄関へと視線を向けた。

そして脇にあったカップの紅茶を一気に飲み干すと、すぐさま耳を塞いで身を縮める。

それを見計らったかのように家の外でダダダッ、と複数の人間が着地する音がし、それをかき消すかのような声が響いた。

『隊長ぉぉぉっ！　いますかぁぁぁぁっ！』

男女入り混じった凄絶なまでの大合唱が家の中にまで響き渡った。

その音量の大きさを物語るかのように、家の軽い小物がガタガタと揺れている。

もはや音響兵器にすら等しいその声量に、油断していた海人は脳髄を揺さぶられてしまった。

対してルミナスは慣れた様子で両耳を塞ぎ、それを免れている。

声の残響が消えたところでルミナスは玄関のドアを乱暴に開け、案の定立っていた部下たちを怒鳴りつけた。

「やっかましいっつーの！　まったく、せっかくゆっくりしてたってのに」

「すんません。なんせ久々だったもんですから。お変わりないっすか？」

悪びれる様子もなく、ドアの真正面に立っていた男が尋ねる。

彼の背後に数人の男女がいるが、彼らもまた一応頭を下げているだけで、悪びれている様子はない。

まるで反省していない部下たちに嘆息しつつ、ルミナスは玄関のドアを全開にした。

「見ての通りよ。ほら、入るんだったらとっとと入りなさい」

「おっっ邪魔っしま〜……隊長、なんすか、あの屍《しかばね》」

テーブルの上に突っ伏している物体を指差し、尋ねる。

その屍は、頭を揺らしながら、必死で体を起こそうとしていた。

「あー、うちの居候……つーか大丈夫、カイト？」

「大丈夫なわけあるか。鼓膜が破れるかと思ったわい」

グラグラと頭を揺らしながら海人が体を起こすが、どうにも安定しない。

見かねたルミナスが苦笑しながら、右腕で優しく彼の背中を支えた。

その造作は素っ気ないながらも慈愛に満ち溢れている。

『…………』

一同、しばしの沈黙。

「あん？　どうしたのよ、あんたら？」

急に黙り込んだ部下たちの様子を不審に思い、問いかける。

が、それに返ってきたのは予想もしなかった大絶叫だった。

『た、た、た、隊長に男ができたぁぁぁあっ⁉』

先程にもまして凄まじい大音声、さらには慌てたルミナスの支えまで外れ、持ち直しかけていた海人が再び倒れた。

「な、ななな……っ⁉」

ぐわんぐわんと頭の中で声が木霊《こだま》し、否定したくともする余裕がない。

一方でルミナスは予想外の誤解に咄嗟《とっさ》に言い返すこともできず、ただ顔を赤面させてうろたえている。

すぐさま否定の言葉を返したかったのだが、なぜか上手く言葉にならない。

そうこうしているうちに、部下の一人——隻眼の男が血相を変えて言い募った。

「や、やばいっすよ隊長！　俺らはまだしも副隊長にこんな事知られたらその男殺されちまいますよ!?　俺らが復活してんですから副隊長だってすぐにでも……！」

「私ならここにいますわよ？　まったく、毎度のように騒がしいですわね」

シリルが溜息を吐きつつ海人の陰からひょっこりと顔を出す。

どう転んでも当分はありえない、馬鹿馬鹿しく野暮な誤解をしている部下たちを冷たく睥睨《へいげい》する。

これは単なる心情の表れではなく、頭に血が上って暴走しかかっている部下に冷や水を浴びせる意味もあった。

『………………』

一同、再びの深い沈黙。

「どうかしましたの？」

『ふ、二股ぁぁぁぁっ!?』

三度目の大音声により、やっとの思いでもう一回体を起こそうとしていた海人がまたしても倒れた。

いっそ全員爆殺してやろうか、などと物騒な事が頭をよぎるも、それを実行するほどの余裕はなかった。

「なんてとんでもない誤解してますの⁉」

自分の予想を超えて色々と問題がありすぎる誤解に発展させた部下たちに、シリルは反射的に言い返していた。

冗談ではない。海人はたしかに気に入っているが、恋愛対象としてなど考えた事もない。ましてや、今の彼女の唯一にして絶対の恋愛対象であるルミナスとの二股を許すなど、ありえるはずもない。

あまりに心外な誤解に、シリルの顔が真っ赤に染まった。

が、そんな彼女の様子も目に入らないようで、一番体格の良い筋骨隆々とした男が体に魔力を漲《みなぎ》らせ始めた。

「こ、この誑《たら》しが！　純な隊長弄《もてあそ》ぶたぁ良い度胸だ！　ぶっ殺す！」

「待て落ち着け！　他の人間ならともかく、隊長と副隊長だぞ⁉　どんな凄まじい手段使えばこの二人に二股掛けられるのか吐かせてからでも遅くない！」

優男風の青年が男を羽交い締めにして取り押さえる。

彼は多少冷静さを残しているらしいが、それでも海人が二股をかけていると当然のように認識しているようだ。

「そんなもん、あっちのテクニックじゃないの？　相当な色男だし、あたしも一度相手してもらいたいものねえ」

浅黒く日焼けしたナイスバディな女性が妖艶な笑みを浮かべつつ、海人に流し目を送る。

それに別の男が自分ならいつでも、と反応して殴り倒されたり、それを助け起こすフリをした男が女性隊員のスカートの中を覗こうとして顔に膝を叩き込まれたりと、他の人間もそれぞれが勝手に騒ぎ始め、瞬く間に家は乱痴気騒ぎになった。

が、騒ぎの話題の中でもその基点となった海人に対する臆測は凄まじい勢いで肥大化し、まずはシリルを口説いてから一緒にルミナスを襲っただの、逆にルミナスを口説いてから一緒にシリルを手籠めにしただの、その際に筆舌しがたいあくどい手段を用いただの、まさに言いたい放題であった。

誤解を解くべくルミナスとシリルが大声で諭すも、誰一人として反応を返さない。

騒ぐ音が大きすぎて、そもそも彼女らの声が耳に届いていないのだ。

彼らとしてもまるで予想していない光景だった、という混乱もあるのだろうが。

「……だ、駄目だわ。こいつら、話全く聞いてない」

「落ち着くまで待つしか……あの、カイトさん？」

いつのまにかゆらり、と立ち上がっていた男に、シリルが恐る恐る声をかける。

この場で最も貧弱であるはずの、それこそ肉弾戦なら一瞬で肉塊に変えてしまえるはずの男が、やたら怖い。

逆らってはいけない。なぜか彼女の戦士としての本能がそう叫んでいる。

「物理的に落ち着かせる。邪魔はしないように」

静かに宣言する海人に、シリルだけでなくルミナスもコクコクと頷き、彼の前からどいた。

二人が脇に避けると同時に海人の右手の先に魔力の光球が現れる。

それは次第に大きくなっていき、ものの数秒とかからず海人の前面を覆い尽くした。

あまりに莫大な魔力の輝きに、騒いでいた者たちが息を呑み、言葉を止める。

そんな中で、先程海人に殴りかかろうとした男が、余裕たっぷりなニヒルな笑みを浮かべた。

「とりあえず落ち着こう兄ちゃん。そんな魔法で吹っ飛ばされたら俺らちょっと無事じゃすまないんだ。いや、生き残る自信はあるんだけどな？　生き残ったとしてもそれが精一杯っつーか、むしろ苦しんで死ぬ事になりそうなんだ。初対面の人間いきなりぶち殺すのはどうかと思うぜ？」

余裕そうな表情とは裏腹に、今にも地に頭をこすり付けんばかりの口調で命乞いをする男。

が、それも無理はない。彼の認識では、目の前で今放たれんとしているのは光の下位攻撃魔法セイクリッド・ブレッド。

威力は弱いが発動までの時間は短く、術者次第ではそれを多数同時発動させる事で上位魔法に匹敵する威力を発揮できる魔法。

その場合術式制御が難しく、魔力消費も通常の上位魔法の五倍近くまで膨れ上がるが、その分はるかに早く攻撃が可能となる。

そして、歴戦の猛者揃いの彼らといえども、この状況下で放たれれば、最終的な生存確率は低い。

実のところ、海人は創造という特殊属性のせいで、光を含め基本属性魔法全てが使えないため、撃とうとしているのは上位魔法の消費の十倍近い絶大な魔力をそのまま放つ魔力砲なのだが、彼らがそんな事を知る由もない。

もっとも、威力に大差はないため放たれる側としてはどちらでも変わらないのだが。

そして、海人は相手の声から慄《おのの》きを感じ取りつつも、淡々と命乞いを却下する。

「なに、話を総合すると、私はおおよそ人道とはかけ離れた手法で二人を弄び尽くしている鬼畜らしいからな。その程度では心は痛むまいよ。ま、実際たかが十人程度殺した程度で痛むような心の持ち合わせはないんだがな？」

海人の口唇が邪悪に吊り上がり、大きさは変わらぬまま光球の輝きが強まる。

自分たちの死亡率が一気に跳ね上がったことを感じ、男はもはや恥も外聞も捨てざるをえなかった。

「すいませんでした！　せめて俺だけでも見逃してください！　まだ七歳の妹がいるんです！」

「ずりいぞてめえ!?　お、俺だって七十のじーさんばーさん抱えてるんだ！　見逃してくれ！」

「あ、あたしは父親が足悪くして働けないんだ！」

口々に涙ながらに命乞いを始める者たち。

よくもまあこれだけ、と言いたくなるほどにそのバリエーションは豊富だった。

ちなみに、誰一人として嘘は言っていない。

妹がいても自分自身が勘当状態であり何年も仕送りはおろか会ってもいないことや、七十の祖父母がいまだ現役で稼いでいる冒険者な事や、父親の代わりに母親が働いて以前の倍の収入がある事などを言っていないだけである。

この緊迫した状況下にありながらそんな小細工を思いつく歴戦の勇士たちの見苦しくもどこか愉快な騒ぎを聞きながら、海人は優しげに微笑んだ。

「……ふむ。要は皆仲良くふっ飛ばしてほしいと」

『全然違うぅぅぅっ⁉』

一同喉も張り裂けんばかりの大絶叫。

今から防御魔法を使ったところで発動時間の関係で紙の如く破られる事が目に見えているだけに、必死だった。

が、それにも構わず海人は一個小隊を壊滅させかねない威力の一撃を放たんと意識を集中する。

「はいはい、カイト。怒るのはしょうがないけど、そこまで」

その矢先、ルミナスが海人の鼻先を人差し指で軽く弾いた。

意表を突いた彼女の行動でイメージが崩れ、魔力の光球は砲撃にはならなかった。

「……邪魔するなと言わなかったか？」

やや不機嫌そうに、ルミナスの顔を睨む。

が、その顔は不愉快、というよりはむしろ遊んでいた玩具を取り上げられた子供のようだ。

「言われたけどね。そのままそれぶっ放されると家具は壊れるし、家の風通しも良くなりすぎるでしょうが」

「む……失念していた」

部屋に満ちていた魔力を霧散させる。

本当ならば体内に戻したいところだったが、それをすると魔力砲であった事がばれてしまう。

彼らに不要に情報を与える気はなかったため、海人はあえて魔力を無駄にした。

そんな思惑など知る由もなく、ルミナスの部下たちは命拾いした事にただ胸を撫で下ろしていた。

「ありがと。さて、とりあえず言っとくと、あんたらの下世話な妄想は全部大外れ。こいつはちょっとした事情でうちに居候してる友達よ。名前はカイト・テンチ。見ての通り体は貧弱だけど怒らせると怖いから覚えときなさい。あと、下らない勘違いはちゃんと謝るように」

『はい！　すいませんでした！』

一斉に海人に向かって敬礼した後、頭を下げる。

先程までの勝手な騒ぎの時とは違い、見事なまでに整然とした動きだ。

そんなルミナスの統率力に感心しつつ、海人は聞くべきことを尋ねた。

「……で、仕事の話があるのなら席を外すが？」

「あ、今回は厳密には仕事の話じゃないんで、そのままいてもらって大丈夫っすよ」

隻眼の男が、そう言って立ち去ろうとしていた海人を止めた。

これからする話は、聞かれて困る事ではない。

というよりはやる事の大きさの関係上、知りたい人間ならいつでも知れる事だ。

「厳密にはってどういう事？」

「実はアンリ隊長経由で団長から連絡が来ましてね。休暇が長かったんで、鈍ってないか一度チェックするんだそうです」

「ふーん。前みたいにトーナメント戦かしらね」

三年程前の事を思い返し、ルミナスが呟いた。

以前も一度休暇が続いた時、鈍っていないかどうかのチェックが行われた。

それは闘技場を借り切ってトーナメント形式で行われ、三位までは賞金も出た。

その時と同じならば、臨時収入を得るチャンスでもある。

前と同じであれば、鈍りすぎていた場合はクビになるのだが。

「ええ、二週間後、数日間かけてグランベルズ帝都郊外の小さな闘技場借り切ってやるんだそうです」

「……こっからだと、今日出発でギリギリ開催三日前到着ってとこか。そういや、今回あんたら今まで何やってたわけ？　一度も顔出さないなんて珍しいじゃない」

「えー……まあ、色々ありまして。あ、来てない連中は先にグランベルズ行ってるんでご心配なく」

あはは、と乾いた笑いで隻眼の傭兵はごまかした。

他の者は一様にあさっての方向を向き、気まずそうにしている。

とてもではないが、言えなかった。

全員が全員、前の戦いの心的外傷でほんの数日前まで色々壊れていたとは。

ある者は夜な夜な生の喜びを絶叫しつつ全裸で街中を疾走して自警団との鬼ごっこに興じ、ある者は大木に向かって剣を振るってなにやら怪しげな見たこともない奇怪な神像を彫る事に熱中し、またある者は森に引き籠もって走り回りながら連日魔物を斬り殺しまくるバーサーカーと化していたなど。

まして、結局全員が召集をかけに来た別部隊のメンバーに三人がかりで取り押さえられ、しこたまぶん殴られてようやく正気に戻った事や、現在来ていない同僚たちは正気に戻ったものの、積み重なった無茶で動けなくなってグランベルズへ馬車で輸送されている事など、なんのかんので部下思いな上司に言えるはずもなかった。

「ふん？　なんか隠してるみたいだけど……ま、今は置いときましょ。すぐ出発しないといけないから準備もしなきゃいけないし……じゃ、カイト。残念だけど……」

「ああ。今日で居候は終わりだな。楽しい生活だったよ」

笑顔を向け、右手を差し出す。

その手を握り返しながら、ルミナスもまた笑顔を返した。

「ん、私も楽しかったわ。戻ってきたら遊び行ってもいい？」

「勿論だ。好きな時に来い。美味い物を用意して待っていよう」

「ありがと。それじゃシリル、荷物まとめ終わったら送ってあげて。私らはカナールで道中の食料買って待ってるから」

シリルに指示を出し、旅の準備を始めに自分の部屋へ戻ったルミナスの背中を眺めながら、海人もまた必要な物をまとめるために部屋へと戻っていった。

◇◇◇

最後まで賑《にぎ》やかだった居候生活の回想を終え、海人は軽く天を仰いだ。

――数日前と比較して、今の生活のなんと味気ないことか。

そんな弱気が出てきそうになるのを、海人は軽く頭を振って振り払った。

「……ま、終わった事を考えても仕方ないか」

気分を切り替えつつ、海人は今日も動物性蛋白質の摂取を諦めた。

いい加減空腹が限界に近付いているし、なにより他にもやらなければならない作業がある。

海人はタモの山を脇にどけると、布製のシートを広げ、そこに持ってきた御重を置いた。

その中には一番上にたっぷりめのご飯、二段目に野菜の煮物、三段目に漬物と和菓子といった具合に詰められており、なかなか見栄えが良い。

これで焼き魚があれば完璧なのだが、肝心の魚がないのでは仕方ない。

清々《すがすが》しい大自然の中での食事というスパイスで我慢することとし、海人はすっかりお馴染みとなった健康的ながらも色々物悲しい食事に手を伸ばした。

◇◇◇

とある森の中で、宝蔵院刹那《ほうぞういんせつな》は困っていた。

ここ数日、食事があまりに寂しい。

理由は単純で、ここしばらく、おおよそ三日ほど主食を食べていない。

武者修行の一環として現在彼女がいる森の奥でモンスターを狩って肉を調達し、そこらの植物を食べて暮らしていたが、予想よりも早く、持ち込んでいた芋などの主食が底を尽きてしまった。

とはいえ、修行の一環と思えば我慢できない事はない。

彼女が困っているのは、それによって生じた現在前を行く妹の態度だ。

予想よりも十日以上早く主食が尽きてしまったので怒るのは分かるのだが、そこまで怒らずとも、と思ってしまう。

なにせ、自分から話しかけない限り一切の言葉を発してくれない。

それでいて、修行の時間になるとまるで飢えた猛獣の如く全力で刃を向けてくる。

しかも、夜中には対奇襲用訓練という口実で爛々《らんらん》と目を輝かせながら、夜襲の隙を窺っている。

そろそろ、限界であった。

「雫《しずく》、拙者が悪かったから機嫌を直してくれないか？」

「へー……悪かったって何が悪かったって思ってるのかなー？　あたしの言葉無視して主食少量しか持ってこなかったことかなー？　それともこっそり持ってきて土ん中隠しといたあたしの芋見つけて食べちゃったことかなー？」

しょぼくれた顔で頭を下げる姉に少女――宝蔵院雫は振り返って優しそうな笑みを向けた。

いわゆる目が笑っていない笑みとは異なり、まさに完璧な、満面の笑み。

ただし、その笑みと同時に放たれ始めた彼女の禍々《まがまが》しいオーラは、周囲の獣を残らず散らしている。

その象徴的な出来事として、文字通り脱兎《だっと》の如く逃げ出した哀れな兎《うさぎ》が、よりにもよって数百m先のモンスターの口に飛び込んでしまい、そのまま食われてしまっていた。

「わ、悪気はなかったんだ。あんなに主食の減りが早いとは思ってなかったし、いざとなれば地面を掘れば芋ぐらい出るだろうと思ってたんだ。で、掘ったら芋が見つかったから……」

恐々《こわごわ》といった様子で、釈明を始める刹那。

彼女としては自分の楽観で食料が尽きた責任を取るつもりで、穴を掘って芋を探したのである。

だが、雫はそんな姉の心情を汲《く》み取った上で、軽やかに叩き潰す。

「草も何も生えてないとこ掘って芋が出てくるって事を不思議に思わないこと自体どうかしてるよねー。しかも見つけた事あたしに言う前に一人で先に食べちゃってたし」

「い、いや、腹が減ってたから、つい……そ、それに、その詫びは一応やったじゃないか」

「一人で野草とか調達してくるって言って持って帰ってきた毒キノコと毒草の山の事かなー？　そりゃあ、あたしもお姉ちゃんもあの程度の毒物でどうこうなるような柔《やわ》な体してないけど、何も毒入りだけ選んで持ってくることないんじゃないかなー？　それとも毒草や毒キノコの判別もできないくせにあんな無謀な事言っちゃったのかな、お姉ちゃんは？」

まさかそんなはずないよねー、と不吉なほどに明るい声で付け加えつつ、再び前を向いて歩き始める。

その言葉の真意は、脂汗をだらだらと流し始めた刹那の姿がなによりも雄弁に語っていた。

「す、すまん……」

「本気でそう思ってたら、諸々の怒りを全力でぶちかましてやろうとした妹の正義の刃を払って合計三百発以上峰打ち叩き込んだりするかなー？」

「ちょ、あれはああしないと拙者が殺されてただろう⁉」

軽い調子ながら明確な怒りを滲《にじ》ませた妹の声にうろたえつつも、しっかり反論する。

事実、ここ数日の修行は非常に危険だった。

なにせ首、心臓、喉、脾臓、と一通りの即死級の攻撃を各数百回は狙われた。

しかも夜中は少しでも深く寝入ればその瞬間に急所目掛けて刃物が飛んでくる。

一撃でも当たっていれば刹那は今頃土の下か何者かの腹の中である。

が、そんな当然な反論に雫は軽やかに振り向き、

「むしろ死ね、愚姉♪」

笑顔のまま、この上なく簡潔かつ冷たい言葉で却下した。

「あう……」

容赦ない言葉に肩を落とす刹那。

非があるのは自分であると自覚してはいるが、可愛い妹の毒舌は応える。

そんな彼女に、雫は溜息を一つ吐き、

「はあ……ま、お姉ちゃんの間抜けも無知もお馬鹿っぷりもいつもの事だからいいけどね。そろそろ肉じゃなくて魚食べたいから、あっちの川で魚獲ろ。あたしの代わりに魚獲ってくれたら許してあげる」

にかっ、と可愛らしい笑みを浮かべ、少し先にある川を指差した。

かなりの激流だが、食用になる魚が生息している事は二週間ほど前に確認済みである。

それがなかなかの美味であった事も。

「分かった！　任せておけ！」

むん、と気合を入れ、刹那は程近い位置にある激流の川へと歩き始めた。

◇◇◇

良く言えばヘルシー、悪く言えば侘しい弁当を食べていた海人は、唐突にその手を止めることになった。

理由は、突然向かいの森の奥からひょっこり出てきた、女性と少女の二人組。

女性の方は二十歳前後。艶やかな黒髪を白の紐でポニーテールにまとめており、上は白の半着、下は紺の馬乗袴《ばかま》を穿《は》いている。

顔は凛々しく整っており、腰に差した二本の刀と合わせると見事なまでに清廉な女剣客といった風情だ。

少女の方は年齢およそ十四、五。濃い緑の半着に下は紺の四幅袴を穿いている。

漆黒の髪を短めに切り揃えていてボーイッシュではあるが、可愛らしい顔立ちが彼女の性別をこれでもかと示している。

後腰には二本の小太刀と思《おぼ》しき刀を斜め十字に差し、空になっているらしい紐付きの大きな布袋を肩から下げていた。

どちらの容姿も目の保養になるが、海人が食事の手を止めた理由はそこではない。

(……川の音と水しぶきがあったとはいえ、ここまで気付かなかっただと?)

探るような目で、二人を観察する。

食事中も海人は一応周囲に気を配っていた。

このファンタジーな世界、しかも室内ならまだしも屋外での食事。

モンスターや野盗など、危険には事欠かない。

そのため、何があっても対処できるよう無属性魔法の防御壁を瞬時に展開できる準備をしている。

そして、一番何か出てきそうな森の方は常に横目で見ていた。

だというのに海人が、常人には分からないほど僅かな色の違いすら一目で見破るほどの観察力を誇る彼が、森の中から二人の姿が完全に出てくるまで気付かなかったのだ。

若干警戒しながら様子を窺っていると、二人が海人へ顔を向けた。

そして女性は丁寧に一礼し、少女の方は笑顔で軽く手を振った。

その造作はどちらも極めて自然で、何か企んでいるような様子は見当たらない。

どうやら敵意はないらしいと悟り海人が緊張を緩めた時、女性の方が川に入っていった。

まるで堤防が決壊して起きた洪水のような激流の川へと。

しかし、彼女の顔には些《いささ》かの痛苦も見当たらない。

まるで普通に歩くかのような気軽さで悠然と川の真ん中まで辿り着き、手馴れた様子で右腕を川の中に突っ込む。

そしてそのまま微動だにせず、瞑目《めいもく》して呼吸を整えた。

――数秒後、突如として川の表面が弾け、魚が打ち上げられた。

それを皮切りに次から次へと魚が川から弾き出され、森の方にいる少女へと飛んでいく。

少女の方も凄まじい速度で送られてくる魚を落とすことなく軽やかに受け止め、広げた麻布の上に積んでいる。

魚の山がある程度大きくなったところで、少女――雫が姉に声をかけた。

「こんなもんだね。お姉ちゃん、もういいよ」

「む、そうか。では、焼くとす……待て、そういえば塩はまだ残っていたか？」

川から出ようとした刹那が、ふとそんな事を尋ねる。

たっぷりめに用意して持ってきてはいたが、主食の不足分を埋めるように大量の肉を食べたため、塩の減少は激しかった。

モンスターを狩って食事に変えてしまうアグレッシブな姉妹ではあったが、さすがに塩なしで食べられるほどには野性的ではない。

しかもここはあくまで川であるため、水による塩味も期待できない。

「げっ⁉　あっちゃ～……使い切ったの忘れてた。すいませ～ん、そこの素敵なお兄さ～ん！」

雫はくるり、と海人へ向き直り、大声で話しかけた。

「……私の事か？」

雫の言葉に軽く周囲を見回し、己を指差す。

一般的な評価では間違いなく美青年の部類に入る海人だが、少々自覚が薄い。

「謙遜するまでもなく、この場にいるお兄さんは貴方しかいませんよー。申し訳ないんですけど、お塩ありましたら分けていただけませんか？」

にこやかな笑顔を向けて、雫はお願いした。

近くに山積みされた大量のタモから、目の前の男が釣りに来たという事は容易に想像がつく。

ならばここで食事をしている以上、当然調理用の塩は持ってきているはず。

貰えるかどうかは別として、尋ねて損はない。

そんな計算の上に成り立ったお願いは、思いのほかあっさりと受け入れられた。

「構わんが、代わりに魚を一匹分けてくれないか？　情けない話だが、先程から獲ろうとして全然獲れなかったんだ」

「あ、いいですよ。お姉ちゃん、あと何匹か追加。あの人に差し上げて」

岸に上がろうとしていた姉に指図する。

刹那は軽く頷くと川の中に両腕を突っ込み、計八匹の魚を捕らえた。

いかなる技によるものか魚は全て気絶しており、ピクリとも動かない。

そしてそのまま激流の川を悠々と歩み渡った。

「これは何処に置きましょうか？」

「そこの中に入れてくれると助かる」

海人が魚用に用意しておいた桶を指差すと、刹那は身を傷めないようそっと中に投入した。

そして、服の水を軽く振り落としてから海人の方へ歩き出し――突如、早足になった。

血走った目で急接近してきた刹那に、海人が目を丸くした。

「ど、どうした？」

刹那が間近に来たところで、海人は彼女の視線が別の場所に向けられている事に気づいた。

その方向は彼の持ってきた御重。より正確に言えば、艶やかな白米がこれでもかと詰められた段である。

「お、お米……真っ白なお米……」

まるで数日間砂漠でさまよった末にオアシスを見つけた旅人の如く、ふらふらと手が伸びる。

その目は虚ろで、既に海人はおろか当初の目的であった塩も映していない。

が、その腕が完全に伸びる前に、雫から投擲《とうてき》された岩によって、ゴツンという音と共に刹那は正気に返った。

すぐさま手を戻し、海人に一礼してから塩を受け取って踵《きびす》を返す。

背筋は伸びているというのに、その背中はどこか煤《すす》けていた。

「あー……少し食べるかね？」

困ったような、苦笑するかのような声に、刹那の足が止まった。

振り向くと、軽く頬を掻きながら白米の詰まった御重を差し出している男の姿。

「よ、よろしいんで……い、いえ！　お塩を分けていただいた上にそこまでしていただくわけには……！」

一も二もなく飛びつきかけた刹那は、寸前で思い止《とど》まった。

物乞いではあるまいし、初対面の人間にそこまで情けをかけてもらっては面目がない、と。

「塩に関しては魚との取引だし、米も屋敷にたくさんあるから構わんよ。ただ、代わりと言ってはなんだが、干物にしたいんでもう少し多めに魚を貰えると嬉しい」

「それだけでよろしいんですか⁉」

刹那は目を輝かせて、海人の提案を喜んだ。

彼女にとってこの川の魚を獲ることなど、雑草を摘むにも等しい。

それだけに米と引き換えであれば何百匹でも捕獲してみせる、と言わんばかりの表情だった。

「ああ。事情があって米と野菜は有り余ってるんだが、肉と魚がないんでな。とはいえ、二、三十匹あれば十分だぞ」

「承知しました！」

威勢良く叫ぶと、刹那は川に勢い良く飛び込み、再び魚の乱獲を始めた。

◇◇◇

一時間後、三人は互いの自己紹介を済ませ、海人の屋敷の庭で食事を始めようとしていた。

初めは川沿いの所でそのまま食べようとしていたのだが、海人が急遽屋敷に誘ったのである。

本音を言えば海人はあまり屋敷には入れたくなかったが、総数七十匹近くの魚が二人の昼食一回分と聞かされては米を新たに炊かないわけにはいかず、そうなると米櫃《こめびつ》を持って川と屋敷を往復するのも面倒、さらに言えば見られて困る物を見られる可能性は無視できる程度に低い、との判断から招き入れることにしたのだ。

「ああ、お米……十年ぶりの、お米……」

「美味しいねぇ……あー、この庭の風景といい、ヒノクニを思い出すなぁ……」

一口目の米を飲み下した瞬間、姉妹揃って恍惚に身を震わせた。

そして和風に造られた庭の空気を肺一杯に吸い込み、はふう、と息を吐いた。

よほど嬉しかったのか、彼女らはそれから一分近く動かなかった。

「喜んでもらえたようでなによりだ」

「そりゃあ喜びますよ。この大陸じゃ、お米なんてほぼないんですから。しかもこのお米すっごい甘味とコクがあって、これ単独でも何杯もおかわりできそうですもん！　もー、懐かしいわ美味しいわ、最っっっ高ですよ！」

自らの言葉を証明するかのように、雫はパクパクと白米の飯だけを口に放り込んでいく。

特に無理をしている様子はなく、むしろ米の甘味に恍惚としている。

どうやら白米の味を思う存分楽しんでいるらしい。

それを見ながら、海人は食べかけのまま持ってきた御重を開けた。

「よければこっちも食べるか？」

「……梅干、沢庵、千枚漬け――さらには和菓子⁉　ああ、素敵です！　この大陸でこんな物が食べられるなんて！」

梅干を軽くつまみ、それと白米の相性を確かめる雫。

口に入れた途端、彼女の体は感動に打ち震え、美味しいを連呼しながらパクパクと食べ始めた。

その目の前の物全てを食べ尽くしそうな食べっぷりに海人が呆気《あっけ》にとられていると、

「え、遠慮を知らぬ妹で申し訳ありません！　雫、落ち着け！」

刹那が頭を下げ、残像すら残している妹の右手を掴んで止めた。

それで我に返ったのか、雫が申し訳なさそうに縮こまった。

「いやいや、構わんよ。あれだけ喜んでくれるとこちらとしても嬉しい。二人共、遠慮せず好きなだけ食べるといい」

その言葉に、雫は嬉しそうに頷き、先程と同様のペースで、刹那はゆっくりと、だが一口当たりの量を多くして豪快に食べ始めた。

海人だけは普通のペースで、魚の味をじっくりと楽しんだ。

程なくして食べ物が欠片もなくなると、雫は食事に手を合わせて御馳走様をした後、コロンと地面に寝転がった。

その表情は実に満足そうに微笑んでいる。

「……うう～食べた食べたぁ～」

「ご馳走様でした、海人殿」

雫とは対照的に、刹那は食べ終えると正座したまま深々と海人に頭を下げた。

その動きはなんとも優雅で、礼儀作法の手本とも言うべき礼であった。

それに応えるように海人も座り直し、頭を下げる。

「こちらこそ、ご馳走様。雫嬢の焼いた魚の塩加減は実に絶妙だった」

「ふっふっふ、焼き魚には少し自信があるんですよ」

コロンと起き上がりながら、自慢げに薄い胸を張る雫。

そしてしばし他愛のない雑談をしていると、ふと刹那が首を傾げた。

「そういえば海人殿。こちらのお屋敷、使用人の姿が見当たりませんが……」

「ああ、少し事情があってな。当面は私だけの一人暮らしなんだ」

「そうなのですか……立ち入った事を聞きました、お許しください」

言葉を濁した海人に対し、刹那は静々と頭を下げた。

軽い会釈ではあるが、なんとなく深い反省を感じさせる所作であった。

「いやいや、大した理由じゃないからそんな畏《かしこ》まる必要はないぞ。……そういえば君らはあんなところで何をしてたんだ？」

「ちょっとした修行で～す。たまに森の中の魔物狩ったり薬草採取したりしながら、お姉ちゃんと組手してたんですよ」

「修行……というと傭兵か冒険者かな？」

「一応冒険者をしております。といっても修行が主目的なので、それほど仕事はしていないのですが」

「変わっとるな。普通は目的があって修行するのだと思うんだが」

「う～む、拙者共の場合、強いて言えば強くなること自体が目的になるんでしょうか……」

少し考え込みながら、答える。

だが、考え込んではいても、その瞳に迷いはない。

刹那の意志の強さを感じ取り、海人は感心したように頷いた。

「……なるほど、それなら納得できる。となると、武器も強い物を探したりするのかな？」

「鋭いですね～。実を言うと今回は鍛錬ついでにこの森の奥地で採れるミドガルズ鉱石を探すのが目的だったんですよ。良い武具は喉から手が出るほど欲しいんですけど、やっぱり町で買うと材料費が高くつきますから」

「それは感心。で、見つかったのかね？」

「それが全然なんですよ～。手当たり次第にいろんな所掘りまくったんですけど、欠片も見当たらないんです。代わりにお姉ちゃんがこんな珍しい物見つけましたけど」

ごそごそと腰に下げていた袋から、やや青味がかった緑色の草を取り出す。

それを見て、海人の顔色がにわかに変わった。

「……まさかとは思うが、ロゼルアード草か？」

「へぇ〜、見る機会なんてあんまりないのに良くご存知ですね」

海人の称賛するような、それでいてどこか引きつった顔を見て、雫が感心する。

彼の表情は、この草がどういう物かきちんと知っているからこそ出るものだった。

「以前図鑑で見ただけで、実物は初めて見たがな。たしかに珍しいよなぁ……見つけようとしても見つかる物ではないと思うんだが」

「ですよねえ」

「む、雫。そんなに珍しい草なら高く売れるんじゃないのか？」

二人の態度に、刹那がそんな考えを思いつく。

稀少《きしょう》な品種であれば、毒草であっても高く売れることはままあるのだ。

が、なぜか海人の反応が鈍い。気まずそうに目を逸らしている。

そんな彼を尻目に、雫が楽しそうに笑いつつ、解説を始めた。

「まあ、たしかに高く売れるかもしれないけど——伝手がないとねえ」

「伝手？」

「これは百何十年前にガーナブレストの国王暗殺に使われた事もある、ヒュドラの毒の十倍とも言われる猛毒の草でな。昔は対モンスター用に売買されていたらしいが、今はこの近隣諸国では取引禁止。この国で売るとすれば闇商人相手ぐらいしかあるまいよ」

軽く肩を竦め、海人が解説した。

ちなみに稀少性が高い理由は、その後数度各国の国王暗殺に用いられ、不吉な草として種の根絶やしが行われたからである。

そして、ロゼルアード草は元々この近隣諸国で少数生えているだけの草であったため、あっという間に歴史から姿を消した。

「ぶっ⁉」

海人の淡々とした説明に、刹那は噴出した。

慌てて妹の方に視線を向けると、彼女は実に爽やかでありながらも悪意に満ちた笑みを浮かべていた。

「これを普通に食材にしようとした人間がいたって聞いたらどう思います？」

小悪魔のような笑みのまま、雫は海人に問うた。

彼女の楽しそうな笑みに海人は言わんとする事を察し、それに乗った。

「そんな人間がいるのか？　だとすれば無知とは恐ろしい、としか言いようがないな」

あえて素知らぬ顔をして、大仰に天を仰ぐ。

無駄に見事な演技力のせいで、約一名すっかり冷や汗だらだらで縮こまっている。

予想以上の成果を上げてくれた男に心の中で称賛を送りつつ、雫はこれみよがしに頷いた。

「うんうん、本当に無知って怖いですよねぇ」

その言葉と同時に雫と海人は沈痛そうな面持ちで頷き合った。

もはや顔を上げる事も出来なくなっていた刹那だったが、ふとした拍子に二人の口元が見えた。

なんとも意地悪げに楽しそうに吊り上がった口唇が。

「だああっ！　悪かったから絡むな！　二人共無事だったんだからいいだろうが！　海人殿も

悪乗りなさらないでください！」

　からかわれていた事に気付いた刹那が、涙目になりながら性悪二人に食ってかかる。

　この女性、凛然とした造形とは裏腹に性格は妙に可愛らしい側面があるらしかった。

「悪かった悪かった。だが刹那嬢、君は雫嬢の知識に感謝せねばならんぞ。こんな物食ってたら間違いなく命は――」

「あ、食べましたよ。よりにもよって魔物の肉のステーキの臭み消しにすり潰して使いやがったんで、この馬鹿姉。いやー、危険感じて肉体強化強めるのがあと一分遅れてたらさすがに死んでましたねー」

「どういう体しとるんだ、君らは⁉」

　からからと笑う雫と、涙目だが平然としている刹那に、海人は戦慄を禁じえなかった。

　図鑑で読んだ知識にすぎないが、ロゼルアード草の毒性が恐ろしく強い事だけは間違いない。

　なにしろ、昔は大概の毒が通じない中位ドラゴン退治に用いられていたという猛毒。

　しかもそれで絶命させると肉が毒に冒されて食えなくなってしまうというおまけ付き。

　魔力による肉体強化のデタラメさは知っていたつもりだが、まだ甘かった、と認識を改めさせられていた。

「あはは、修行の賜物でーす。さて、ご飯も終わったことだし、そろそろお暇しよっか。早めに他の収穫売りに行かないとカナールのお店が閉まっちゃうだろうし」

　立ち上がりながら、空を指差す。

　日が暮れるには少し早いが、ここから一番近い町に行くにしても、あまり安心できる時間帯ではない。

現在彼女らは手持ちの金が少なく、店が閉まってしまうと必然的に野宿になってしまうのだ。

軽く頷いて刹那も立ち上がろうとしたところで、ふと動きが止まった。

「雫。食器ぐらいは洗って……」

「ああ、気にするな。ここからカナールだと距離があるからな。急ぐに越したことはないだろ」

海人がそう言って刹那の言葉を遮ると、冒険者姉妹は短く感謝を述べ、揃って一礼した。

なんのかんので礼儀正しい二人に感心しつつ、彼は門まで見送った。

「では、気をつけ……っと、そうだ。カナールで食事をするなら『リトルハピネス』という店がお勧めだ。あそこは米を扱っているし、やや濃い目だが料理の味もかなりのものだぞ」

二人が去り際に一礼しようとした瞬間、海人が付け加えた。

「そんなお店が⁉　何から何までありがとうございます！」

「なに、たまたま思い出しただけだ。では今度こそ、気をつけてな」

「はい！　機会があればまたお会いしましょう」

「それじゃ、海人さん、お元気で～」

冒険者姉妹は揃って最後にもう一礼すると、ゆっくりと歩き始める。

そしてある程度距離が空いたところで、一気に駆け出した。

彼女らが一瞬前まで立っていた場所には凄まじい土埃が立ち上がっている。

「……これはまた凄い。大した達人だな、あの二人は」

ギリギリで自分に届いていない土埃を見ながら、海人は屋敷へと戻った。

翌早朝、海人は屋敷の地下室——より正確には地下室から繋がる隠し扉の先の広大な隠し部屋にいた。

現在、ここは改装中であった。

海人の使う道具は、おおよそこの世界ではオーバーテクノロジーにも限度があると言いたくなるような品々ばかり。

が、元の世界で行っていた研究を続けるためにせよ、己の安全を確保するための研究を進めるにせよ、どうしても研究室と設備が必要になる。

となれば、海人以外誰も入れないような仕組みを構築する必要があり、そのための改装であった。

具体的には、この隠し部屋の最奥部の三分の一の区画を区切り、網膜認証、指紋認証、そしてパスワードによる声紋認証の全てをクリアした時にのみ横滑りに開く、分厚い壁にしか見えないドアを設置する事にした。

その過程でどうしても部屋が狭くなるので、地下室の拡張・補強工事も平行して行っている。

無論、これはあくまで第一段階であり、最終的には工事中区画を含めて部屋を三つに区切り、それぞれの入口に——と言ってもこの隠し部屋の隠しドアはそのまま再利用するつもりなため、実質もう一つだけ、簡単には見破られないドアを設置する予定である。

ちなみに研究において必要となる電源については、定期的に水力発電を使って充電した蓄電器を取り替えて賄うことにした。

面倒ではあるが、部屋の性質上コードを使うわけにもいかないがゆえの措置である。

とはいえ、それを差し引いてもかなりの大工事、海人一人で行うのではどれだけ時間がかかるか分かりはしないし、途轍もない重労働だ。

が、現在彼は暢気に腕組みなどしながら、勝手に進んでいく改装工事を眺めていた。

「うむ、改装作業ははかどっているな」

部屋の中を駆動音を立てながら忙しなく動き回るロボット群を見て、海人は満足そうに頷いた。

元の世界では彼が住んでいた屋敷の改装作業をしようにも、専門業者は使うに使えなかった。

以前一度それに暗殺者が紛れ込んでいた事があり、危うく殺されかけたのである。

そこで開発したのが今動き回っているロボット。

部屋の間取りや使うべき材料などといった一通りのデータを入力すれば全自動で建築作業を行ってくれる優れ物だ。

欠点は莫大な製造費と多くのデータを入力しなければならない関係上木材などの個別差が激しい自然素材は使えないという点だが、前者は創造魔法であっさりと解決、後者も今回は部屋の堅牢さを最優先にしているため、自然素材の入る隙はない。

唯一の難点は材料の調達を創造魔法に頼ることになるため、海人の魔力が足りるかどうかであったが、ここ数日連日で限界まで魔法を使い続ける事で、どうにか間に合わせることができた。

本音を言えば一気に材料を作って工事を終わらせたいところではあったが、海人の莫大な魔力をもってしても、全ての材料を揃えるには時間がかかる。

なので、急ぎ必要な部分だけを終わらせる事にしたのである。

が、材料は毎日こつこつ作り溜めていけば済む話であるし、働いているロボットは人間と違い電力さえあれば休憩時間は不要。

さらに、今回は地下室の改装なので、天候にも左右されずにすむ。

その効率の良さを示すかのように、一昨日の段階で既に工事の音を遮断するための防音工事は終わっている。

真の意味での己の城の完成が見えてきた事を確認し、海人は満足そうな笑みを浮かべた。

ひとしきり粛々と進んでいく改装工事を眺め終えると、海人は足元に転がっている道具に目を移した。

そこにあるのは昨日己の浅慮を悔やみながら作り上げた、各種釣り――もとい漁用具。

中に元の物から威力を減らした手榴弾や、スイッチを押さずとも水に接触した瞬間に全電力を放出するスタンガンなど、明らかに元の世界では法律違反であろう物も混ざっているのだが、彼に気にする様子はない。

大人気ない、やりすぎ、自重しろ、などの理性の声を悉《ことごと》く無視し、海人は暗い笑みを浮かべながら地下室を出た。

◇◇◇

川に着くなり、早速海人は用意した手段のうち一番穏便で平和的な道具を手に取った。

ムキになってはいるが、一応騒ぎを起こさないよう心がける程度の理性は残っているらしい。

それを川に放り込み、待つこと数秒。早速、彼の手に伝わる手応えが重くなった。

「かかった！」

力強くはあるが、引き上げられない事はない手応えに、海人は会心の笑みを浮かべた。

川の中へと伸びた特殊合金で編まれたロープを思いっきり引っ張り、その先にある物を獲物ごと引っ張り上げる。

重い水音と共に大きな金属製の籠が勢いよく水中から現れ、海人の真横に着地した。

「三匹か。まずまずだな」

籠の中を見下ろしつつ、海人は満足気に頷いた。

魚は地上に打ち上げられてなお元気良く飛び跳ね、籠から飛び出そうとするが、籠自体が大きいため、僅かに飛距離が足りず出られない。

さらには、活力の源たる水が底から漏れてしまうため、徐々に大人しくなっていく。

「さすがに鉄格子までは食い破れんようだな」

大人しくなった魚を紋めながら、笑みを浮かべる。

今回海人が使用した道具はいたって単純。

彼開発の特殊合金を加工して籠を作り、底を分厚い格子状にしただけである。

いくら化物じみた魚であっても、一瞬にして分厚い金属を食い千切ることは不可能だろうとの判断からだ。

とりあえず昨日の雪辱を果たした海人は、駄目だった時用のガチンコ漁法用手榴弾などの色々と物騒な道具の片付けを行う。

とはいえ、前もって開けておいた川に面した部屋の窓からポイポイと道具を放り込むだけではあるが。

全ての道具を屋敷に放り込み、最後に自分も中に入ると、とりあえず海人は使わなかった道具を消した。

多少改造はしてあるが、元が彼の魔法で作った物なので意思一つで消すことが可能なのだ。

水で濡れた床を軽く拭き終えると、海人は廊下に出た。

天井が高く広々とした通路に、屋敷唯一の住人の足音が響く。

決して陰気な造りの屋敷ではなく、むしろこの手の屋敷としては軽快さを感じさせるような内装なのだが、やはり人の気配がない事は致命的な寒々しさを作り出している。

せっかく窓から眩しく爽快な朝日が差し込んでいるというのに、あまりにも生気に欠ける屋敷の空気と相殺されてしまっていた。

そんな寂しくはあるが静かで落ち着く廊下を歩いているうちに、海人は厨房に辿り着いた。

本来であれば十人以上の人間が働く事が前提になっているであろうそこは、一人暮らしの海人には無駄に広く、まるで活用されていない。

彼は入口に入ってすぐの流しで魚を捌《さば》くと、すぐさま横に置いてある七輪にポケットのライターで火を着けて焼き始め、味噌汁も作り始めた。

程なくして典型的な和の朝食が完成し、近くの椅子に腰掛けていざ手を合わせようとしたところで、海人の動きが止まった。

周囲を見渡せば、照明一つない寒々しく薄暗い石造りの光景。

誰一人いない、その広く空虚な空間は出来立ての朝食を食べる場としてはあまりに物悲しい。

そして厨房からそれほど離れていない場所には雅な庭があり、今日は天気も良い。

海人は食事をお盆に乗せ、庭へ向かうことにした。

料理が冷めないうちにという思いからか、心なしか早足である。

が、後数歩で庭へと繋がるドア、というところで――外から唐突に、ごわぁぁぁん、という音が響き渡った。

それから間を置かず、海人の耳に填められたイヤホンから軽やかなチャイム音が鳴り響く。

どちらも彼が来客用に設置した呼び鈴の音である。

そして、この屋敷に訪ねてくるような客は極めて限られる。

海人は溜息を一つ吐くと、出来立ての朝食を名残惜しげに見やりながら、門へと向かった。

◇◇◇

時は少し遡り、とある緑豊かな森に囲まれた瀟洒《しょうしゃ》な屋敷。

その一室で、屋敷の主たる貴族の御令嬢シェリス・テオドシア・フォルンは浮ついていた。

原因は彼女の眼前の光景。机の上に積まれた書類の山の高さが、普段より目に見えて低いのだ。

この量であれば、昨日までより最低一時間は多く自由な時間が作れる。

それが、今日から毎日続くのだ。

今、彼女は数日前まで続いていた落ち込みから何から全て吹っ飛ばしてしまうほどに幸福だった。

珍しく鼻歌など歌い始めた主に対し、部下——シャロン・ラグナマイトから安堵の声が漏れた。

「元気になられたようでなによりです。ですが、本当に大丈夫なんでしょうか？」

「心配しなくても、カイトさんは人に情報を漏らすような方ではないわ。それに、知られたところでさして問題のないものだけを選んでるんだから」

「いえ、そうではなく——正直私がやれと命じられたら即座に首を括りたくなるような、あのトチ狂った量を終わらせることが可能なんでしょうか？」

主に問いかけるシャロンの顔はかなり引きつっていた。

少なくとも、今朝方運ばれていった書類の量を見る限り、自分であれば終わるまで徹夜を続けても十日はかかる。

答えを書き写せと言われれば平常業務の一環として行っても、主が指定した期限の半分の時間があれば可能だが、計算しなければならない以上、検算の事まで考えれば期日を守る事はどう足掻いても不可能。

そんな常識的な見地に立ったシャロンの考えは、あっさりと否定された。

「ああ、そっちも大丈夫よ。私やローラでも比較に値しないレベルの計算速度だから」

「……お二人の能力を知ってる身としては正直、信じがたいのですが」

「貴女は見てなかったものねえ。まあ、大丈夫よ。念のため誰かに途中経過を見に行かせるつもりだし。間に合いそうになければ少しこっちに引き揚げてくればいいだけよ」

「ならばいいのですが――それにしても、総隊長自ら書類を運ぶなんて、どういう風の吹き回しなんでしょう？」

ほんの少し前、大量の書類入りの木箱を抱えて出かけていった上司を思い、思案する。

普段から多忙を極める人間であるため、他の人間が代われる事を自分からやることはまずない。礼儀として相応の人間が行かねばならないというのは頷けそうだが、必要であれば主であるシエリスが直々に出向くだろう。

一つだけ可能性があり、それを信じてもよさそうな根拠もあるのだが、まだ確定ではない。

その疑問の答えは、主からあっさりと返ってきた。

「ああ、それね。ビーフジャーキーの肉が切れたから取りに行きたいんだそうよ」

「へ？　って、それじゃ、今日は総隊長お休みなんですか⁉」

「違うわよ。届けに行くついでに、早めに狩って帰ってくるんですって。遅くとも昼までには帰るそうだし、それを前提に今日までのスケジュール組んだって言ってたわよ？」

「……どーりでここ数日微妙に仕事が増えた気がしてたわけですね。はあ……負けちゃったかぁ……一万ルンが……」

「何が？」

「いえ、手土産にって総隊長がケーキ焼いてたものですから――まあ、色っぽい話なのかなあ、と」

「なるほど、それで賭けをしてた、と。よくそんな賭けが成立したわねえ」

がっくりと肩を落とした部下を眺めながら、不思議に思う。

現在話題に上っている女性は、どんなに贔屓目に見ても色恋沙汰とは縁がないとしか言いようがない。

屋敷で一番忙しくそんな暇がないというのがその最たる理由だが、それ以外の要因も大きい。

なにせ、町や王宮でどんな色男に声をかけられても一言で撃沈、しかもしつこく食い下がればその男は何が起こったかも分からぬまま顔面を殴られて宙を舞う。

さらに、身体能力から容姿からおおよそありとあらゆる能力が規格外すぎて、釣り合う男が想像できない。

もし付き合ったとしても、相手の劣等感から長持ちはしないと断言できるような女性だ。

性格上の問題もあり、彼女をある程度知っている人間ならまず色恋沙汰という発想は浮かばない。

そして、屋敷の人間は全員が良くも悪くも彼女と最低五年以上は付き合っている。

ついでに言えばシャロンはかなり堅実な人間なので、賭けをするにしても大穴狙いはまずない。

あれこれとシェリスが若干楽しみつつ憶測を浮かべていると、シャロンがヒントを出した。

「実は焼いてたケーキが、年に一度も見れないアレだったんです」

「すぐにカイトさんの屋敷に向かうわよ！　なんとしてもご相伴に与らないと！」

即座に立ち上がり、外出着に着替えるべく自分の部屋へ戻ろうとするシェリス。

余程気が急いているのか、彼女はいつでも着替えられるよう服の留め金を外し始めていた。

そんな反応が早すぎる主を、シャロンが慌てて止める。

「駄目ですよ！　午前総隊長が抜けるだけでも大変なのに、シェリス様まで出かけられたらどうにもなりません！　それに今日はドレイク卿との面会が最初に入っているじゃないですか！」

「主目的はこの間の失敗をネチネチ責め立てて憂さ晴らしする事なんだから構わないわよ！」

「このクソ忙しい中になんてつまらない理由で面会入れてるんですか!?　大体、総隊長と鉢合わせたらどう言い訳するんですか!?　仕事ほっぽり出してきたなんて言ったら訓練倍じゃすみませんよ!?」

「甘んじて受けてあげるわよ！　放しなさい！　私はなんとしてでもあれを食べるのよぉぉぉっ！」

必死で止めようとする部下を押し切り、シェリスは部屋の出口へと向かう。

が、当然ながらこれだけぎゃーぎゃーとかしましく騒いでいれば他の部屋にいる人間も気付く。

結局、部屋を出てから始まったシェリスと使用人十人との激しい攻防は、本日最初の来客が来るまで続いた。

◇◇◇

門に辿り着く少し前で、海人は客の正体に気づいた。

少し離れた距離からでも明確に分かる銀の髪、微動だにしない直立不動の佇まい、黄金比をこれ以上ないほどに体現したプロポーション、そしてなにより、この世に二つと存在しえないであろう絶世の美貌。

気配を常時殺していなければ主を霞ませてしまう使用人——ローラ・クリスティアがそこにいた。

「どうやら、シリル嬢はちゃんと連絡をしてくれたようだな」

ローラの背後にある、ロープでまとめて括られた大量の木箱に目をやりながら、軽く頷く。

本来であれば引越しの際には直々に挨拶に行きたかったのだが、荷物を抱えて空を飛ぶ距離は短い方が良い、とシリルに却下されてしまったのだ。

そして、仕方なく海人はシリルに伝令を頼んだのである。

「はい。これが今日の依頼分になります。期日は三日後までということでお願いいたします。無論、早ければ早いに越したことはございませんが」

「承知した。で、なんでわざわざ君が来たんだ？　忙しいだろうに」

「先日のお詫びのためです。あの時は大変失礼をいたしました。よもやルミナス様たちが立ち聞きなさっておられたとは思いませんでしたので」

ペコリ、と腰を直角に曲げて頭を下げる。

少し前、彼女はルミナスたちと海人の仲を引き裂きかねない事をしてしまった。

悪意があっての事ではなかったが、間違いなく海人の気分を害した失態。

日頃の激務のせいで調整がつかず、今日まで先延ばしになってしまったが、早急に謝罪したいと思っていたのだ。

「なんだ、その事か。そもそも不可抗力だし、結果としては良い方向に働いたから気にしなくていいんだがな」

「はい、先日シリル様から伺いました。見当違いにも程がある、と。慕われてらっしゃるようで、なんとも羨ましい限りです」

「いや、そこまで言われるほどには慕われてないと思うんだが……」

ポリポリと頬を掻く海人に、ローラは微《かす》かな苦笑を浮かべた。

先日シリルはやってきた時、見送りのために屋敷の門でローラと二人きりになった際に、彼女が仕出かしてしまった事の結果を伝えた。

その際に見せた表情がなんとも自信に満ちており、嫌う事などありえない、と明確に宣言していた。

おおよそルミナス以外にはそれと分かるほどの親愛を向けることのない彼女が。

シリルであれならば、ルミナスはもっと思いが強いであろうことは容易に想像がつく。

どれほど自分が大事に思われているか自覚の薄い男に若干の嫉妬を抱きつつも、ローラは淡々と話を続けた。

「いずれにせよ、失態は失態です。自戒の意味も兼ねておりますので、これを受け取っていただけると助かります」

そう言って、背後から木箱を取り出す。

その箱は実に素っ気無く、飾り気がないが、見栄えは良かった。

安物ではなく、贈答用として作られた事が分かる高級感があった。

「おや、今度はケーキか」

木箱を開け、海人は軽く目を見開いた。

中に収められていたのはタルト生地のチーズケーキ。

飾りつけはシュガーパウダーのみと、実にシンプルだ。

美味そうではあるが、今まで彼女に貰った物は全てビーフジャーキーだったため、海人は些か意表を突かれた。

「お嫌いでしたでしょうか？」

「いや、楽しみだ。こちらの瓶は？」

ケーキの横に添えられていた小瓶を取り出す。

中身は濃い紫。コルク栓を開けると、フルーティーな香りがほのかに漂う。

コルク栓の底には元となった果実の名残と思わしき顆粒が付着していた。

「ブルーベリーソースです。お召し上がりの際はそれをかけていただくと、より美味しくなります」

「では、ありがたくいただいて――そういえば、この時間で朝食を食べる暇はあったのか？」

「ありませんでしたが、それが何か？」

「いや、朝食の途中だったんでな。良ければ少し食べていくか？」

「よろしいのですか？」

「どうもルミナスたちとの生活に慣れてしまったせいか、一人の食卓が侘しくてな。パンはないが、米と焼き魚で良ければ――まあ、君の腹を満たすには足りんだろうが、ある」

以前分厚いステーキ用の肉を一日あたり十枚とパンを二斤平らげた武勇伝を持つ女性を眺めながら、苦笑する。

そこそこ多めに炊いた米ではあるが、さすがにそんな人間を満腹にさせるほどの量はなかった。

「米、ですか。一度食べてみたいと思っていましたので、ご相伴に与れるなら嬉しい限りです。とはいえ、ただ御馳走になるのも何ですので、裏の森から肉を調達して参りましょう。十分ほどお待ちいただけますか？」

「ああ、構わんよ。食事が今から一時間後で良ければ追加で米を炊くが？」

「一時間ですか？」

「ああ、炊くには少し時間がかかるんでな」

「――なるほど、ならばその間に用事を済ませられますね」

「用事？」

「はい。丁度先日差し上げましたビーフジャーキーの材料を狩ろうと思っておりましたので。これを運び終えましたらすぐに向かいます。たっぷりと良い肉を持ち帰りますので、ご期待ください」

そう言うとローラは一気に背後の木箱を積み上げ、屋敷の中に運び込み始めた。

そのあまりに軽々とした動きは、海人が手伝いを申し出る隙もなかった。

◇◇◇

リトルハピネスは、早朝にもかかわらず多くの客で賑わっていた。

理由はこの店のモーニングメニュー。

美味しい物をしっかり食べて一日頑張ろう、というコンセプトで作られた日替わりサンドイッチのセットだ。

価格は八百ルン。朝食としてはやや高価だが、味は他店のサンドイッチのそれを大きく引き離し、ボリュームもたっぷり。

さらにコーヒーか紅茶、あるいはミルクが付くため、コストパフォーマンスが極めて良い。

始めた当初は値段で敬遠されていたが、今や日によっては朝から列ができるほどの人気だった。

が、いかに繁盛しようと時刻は早朝。

客は仕事へ向かい、一つ、また一つとテーブルが空いていく。

最後に残ったのは、店内で唯一モーニングメニューを注文しなかった二人組だけだった。

その客――刹那と雫も、程なくして箸を置いた。

「御馳走様でした」

「御馳走様でした～、とっても美味しかったで～す」

「お粗末様。にしても御嬢ちゃんたち、御飯目当てだったみたいだけど、やっぱヒノクニの人なのかい？」

店主兼料理人の、ミッシェル・クルーガーが嬉しそうな笑顔を浮かべながら尋ねた。

目の前の年若い二人は、文字通り何一つ食べ物を残していない。

おかずにかかっていたソースすら器用に米に絡ませて食べてしまう徹底ぶりだ。

その執念すら感じる完食ぶりは、料理人としては実にありがたかった。

「ええ。十年ほど前に両親に連れられてこの大陸に渡ってきました」

「へえ、そうなのかい。で、本場出身の人から見て、うちのお米はどうだった？　遠慮なく正直な意見を聞かせとくれ」

「美味しかったですよ。おかずの味付けが濃い目なおかげでより美味しくいただけました。紹介していただいた方の言葉に偽りはありませんでした」

「ほ～んと、海人さんには感謝だよね～」

「あれま、カイト君の紹介だったのかい？」

「ええ、そうです――あ、そういえば少しだけ気になった事が」

「なんだい？　遠慮せず言っとくれ」

「その……失礼だとは思うのですが、海人殿のお屋敷で御馳走になった御飯はここの物より上でした。ぜひあの米とここのお料理を合わせて食べてみたいのですが――やはりあれは価格の関係で仕入れは難しいのでしょうか？」

「――ちょっと待った。急に話が分からなくなったんで、少し整理させてもらってもいいかい？」

「は、はい」

「えーっと、まず確認するけど、二人にこの店教えたのはカイト・テンチ――ヒノクニ式に言えばテンチ・カイト。特徴はいっつも白衣着てて、背が高い鋭い顔立ちの色男、で合ってるかい？」

　ミッシェルの問いに、利那は軽く首肯を返す。

　目の前の女性の語った特徴は全て昨日会った男性と一致している。

外見的にあれだけ恵まれた人物はそうはいないため、間違えようもない。

そんな刹那の反応に、ミッシェルは思わず深く唸ってしまった。

「おっかしいねえ……あの子はルミナスちゃんとこの居候って言ってたと思ったんだけど……ボケたかねえ」

「いや、間違ってねえよ。何日か前ルミナスと会った時、その日からシェリス御嬢から買い取った屋敷に住むことになったって聞いたかんな」

厨房の奥から出てきた獣人族のハーフの男が言った。

そのまま慣れた様子で隅の方からテーブルを一つ一つ拭いていく。

野性味たっぷりな外見とは裏腹に、その手つきは丁寧で誠実さが伝わってくる。

「おや、そうなのかい？　それじゃあたしが知らなかっただけか。で、もう一つの確認なんだけど——あの子に食べさせてもらったお米はうちより上だったんだよね？」

ずずい、と身を乗り出して尋ねる。

普段と変わらぬ人好きのする笑顔なのだが、瞳の奥に言い知れぬ迫力を放つ焔《ほのお》が宿っている。

「え、ええ……で、ですが、この大陸の店でこの価格で米を提供するのは凄いこと——」

やはり気分を害してしまったか、と刹那は慌ててフォローを入れた。

ここの米もなかなか美味く、文句を言うほどの物ではない。

あくまで海人に食べさせられた米が美味すぎただけである。

が、そんな刹那の心配を、ミッシェルは苦笑しながら否定した。

「いやいや、違うんだよ。あの子はうちのお客さんの中でも常連さんの部類なんだけど、一度もそういうお米の話は聞いてないんだよ。気の良い子だから、知ってたんなら教えてくれると思うんだけど……」

ミッシェルは腕を組み、不思議そうに首を傾げた。

「あー、多分忘れてただけだ。前屋台手伝ってもらってた時に気付いたんだけど、あいつ時々気づいてよさそうな事に頭が回らねえから」

「ん～……それが本当なら、食べてみたいし、仕入先を教えてもらいたいもんだねえ。ゲイツ、ルミナスちゃんから場所は聞いてるかい？」

「聞いちゃいるが、今日から何日か仕事だ。行くのは帰ってきてからになるぜ」

「やれやれ、使えないねえ……」

「仕事なんだからしょーがねーだろ。ん？　なんだい、嬢ちゃん？」

自分の顔をじ～っと眺められている事に気付き、ゲイツはそちらへ視線を移した。

すると、雫は可愛らしく小首を傾げ、おずおずと問いかけた。

「違ってたら申し訳ないんですけど……ひょっとして、ゲイツさんって『孤狼の後継』のゲイツさんですか？」

問いかけつつ、雫は改めて目の前の男を観察する。

獣人族のハーフ特有の特定の箇所に生えた獣毛、頭頂部の耳、さらには種族ゆえの体格の良さを差し引いても鍛えられて引き締まった筋肉。

これでこの国在住で名前がゲイツとなると、冒険者の端くれである彼女からすると真っ先に連想されるのは唯一人。

この国史上最高の世界的な冒険者オーガスト・フランベルの後継者と目される、ゲイツ・クルーガーのみだ。

そして、それは見事に的中していた。

「はは、まだそう呼ばれるには実力が足りなすぎるけどな。二人も冒険者か?」

照れくさそうに笑いつつ、ゲイツは頬を掻く。

一応国の内外でも有望株として名高い男なのだが、何分比較対象が悪い。

相手は引退した今でさえ業界内で知らぬ者はいない大冒険者なのだ。

「ええ。よろしければお尋ねしたい事があるんですけど、よろしいですか?」

「おう、何でも聞いてくれや。つっても答えられる事しか答えらんねえけどな」

からからと笑いながら応じる。

強面ながらもその笑顔は実に人好きのするもので、妙な愛嬌があった。

「ドースラズガンの森の奥地のミドガルズ鉱石って、ひょっとして枯渇しました?」

「いや、んな話は聞かねえけど……行って見つからなかったのか?」

「ええ。目印がまるで見当たらなかったんで、片っ端から根こそぎ掘ったんですけど、全く」

まるで収穫がなかった事を思い出し、溜息を吐く雫。

その言葉にゲイツはしばし考えた後、一つの質問を発した。

「……ちなみに、どんぐらい掘った?」

「ここの床から天井ぐらいまでですよ」

「ああ、そんぐらいじゃ駄目だ。あそこのは相当深い所にあるから、最低でもその十倍は掘らねえと」

「ええっ⁉　うあー……さすがに十倍は面倒ですねー」

「いや、雫。そもそも目印となる夜間の発光が見当たらなかった事を踏まえると、やはりないだけじゃないか？」

聞きかじりの知識を思い出しながら、刹那はやはり枯渇しているのではないかと考えていた。

ミドガルズ鉱石の採掘の目印になるのは、一般的に石から放たれている青の光だと言われている。

鉱石自体が放つ光が、夜間にそれが埋まっている地面を淡い青に変えるのだと。

だが、あの森でその光はどこにも見当たらなかった。

夜通し森中を虱潰《しらみつぶ》しに探したというのに、まるで見つからなかったのだ。

「いや、あそこだと発光は普通は分からねえ。どうやら土が特殊らしくて、光がほとんど出てこねえんだ。一度あそこで掘ってるの見た事あんだが、ほんっっっっとに僅かな変化だ。そん時も、ある程度掘るまでまるで分からなかったぞ」

「それほど……その時掘っていたのは、やはり『大いなる孤狼』ですか？」

「いんや、オーガスト爺さんは力押しの傾向が強いからな。知識は豊富だけど、観察力は年のせいもあって俺よりちょっと上ぐらいだ。そん時掘ってたのは――まあ、俺の知る限り一番ぶっ飛んだ強さの一番恐ろしい人だ。冒険者じゃねえんだがな」

「ふうむ……その方からコツをお聞きすることは可能でしょうか？」

「いや、前聞いたことがあんだけど、周囲の土との色の違いが分からなかったのかって素で聞き返された。念のため言っとくけど、俺は観察力には自信ねえが、それでも一応ゴルトースの葉とマンディアルの葉ぐらいは確実に見分けられるぞ」

「うっわ……本当だとしたら凄まじいですねー、その人」

雫の顔が、引きつった笑みを浮かべた。

ゴルトースの葉とマンディアルの葉は、前者が滋養強壮の薬草、後者が体を麻痺させる毒草である。

この二つ、形状はまるで同じで色合いが微かに違うというかなりタチの悪い草で、熟練の冒険者でも間違える事が多い。

それを見分けられる人間がまるで分からないとなると、もはやそれを判別するのは人間業ではない。

どんな化物なんだろう、と雫が想像を膨らませてしまうのは無理なからぬことであろう。

「あー、色々凄まじい。あのレベルの観察力の人間なんざ、多分この国には他にいねえよ」

「あれ？　でもそれだとこの国にはその人以外あそこから掘り出せる人間がいないことになっちゃいますよ？」

「いや、そうでもねえんだ。大所帯のパーティーが適当に当たりつけてひたすら深く掘ったら出てきたって話をたまに聞くし。掘ってる途中でモンスターに襲われる事さえ考えなきゃ、適当に掘ってりゃそのうち当たるだろ。すんげえ危険だけど」

「なるほど～……貴重な情報ありがとうございましたー」

雫は朗らかな笑顔を浮かべ、ゲイツにペコリと頭を下げた。

軽い口調ながらも、その動きは実に滑らかで骨の髄まで染み付いているかのような礼だった。

「なに、気にすんな。この程度は少し調べりゃすぐ分かるかんな」

「でも、教えていただいた事には変わりありませんよー。お礼と言ってはなんですけど、海人さんのトコあたしたちが行ってきましょうか？　どーせ今は特に目的もないんで暇ですし」

「いいのか？」

「はい。それに、ここであの御飯食べられるようになったら、あたしたちも嬉しいですし。ね、お姉ちゃん」

「たしかにな。で、どうしましょう？」

刹那はミッシェルへと視線を向けた。

海人の屋敷に行く程度、二人にとっては苦でもなんでもない。

だが、頼まれもせずに行くのではただのお節介になってしまう。

それゆえの、問いかけだった。

「ん～……それじゃ、悪いけど頼めるかい？」

「承知しました。早ければ今日中、遅くとも明日の昼までには帰ってくると思いますので」

◇◇◇

森に入ったローラは、凄まじい速度で木々を駆け抜けていた。

彼女が狙う獲物は滅多に生息域を変えないため、目的地は決まっている。

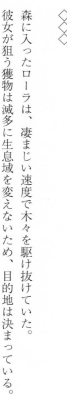

運悪く彼女の進路を遮った魔物を悉く打ち倒し、進路を遮る木の枝も残らず斬り落としてひたすら順調に進む彼女だったが、その途中で一つ大きな違和感を覚えた。

当面は気のせいという可能性も否定できなかったため、無視して進んだが、目的地に辿り着いた瞬間、その違和感は確固たるものとなった。

（……やはり、生物の気配が少ない）

深く意識を集中し周囲の気配を探るが、小動物を除けばまるで感じられない。

本来であれば、この近辺は探るまでもなく五、六匹は中型の魔物の気配があるはずだというのに。

あまりにも以前と異なる森の様子に、ローラは周囲の観察を始めた。

その矢先に、気付く。現在己が立つ地面に、おびただしい鮮血の跡がある事に。

日が経過しているのか、地面に溶け込んで分かりにくいが、紛れもなく大量の血が撒き散らかされた跡がある。

一体や二体などという数ではない。二十体三十体、あるいはそれ以上の生物の血が地面に染み込んでいる。

ふと思いたち、軽く拳を振るって拳圧で地面を抉る。

すると、案の定中から大量の骨が出てきた。

それを冷たく観察しながら、ローラはある物を探す。

そして数秒後、目的の物を数多く見つけて深い息を吐いた。

「……困りましたね。これだけ殺されては、もはやこの近くには……」

地に深々と埋まった大きな角を取り出しつつ、念を入れてもう一度周囲の気配を探る。

が、先程と変わらず一向に気配はない。

それも当然。この角の持ち主である魔物は、一流の冒険者であってもまま殺される事がある危険度。

この森の中に生息する生き物の中では最強と呼んで差し支えない生物だ。

そんな存在があっさりと虐殺されてしまうような場所に近寄る獣はまずいないだろう。

どうしたものかと思っていると、遠くの方から地面を駆ける複数の足音が聞こえてきた。

重々しく、荒々しく、なんとも猛々しい、恐怖を煽るかのような轟音。

その音に、ローラは薄い、それとは分からぬほどに薄い安堵の笑みを浮かべる。

「急いで探さねばならないかと思いましたが――素晴らしい。これだけあれば、当分は獲りに来なくてすみます」

瞬く間に自分の周囲を取り囲んだ群れを見渡す。

外見は、牛と言って差し支えない生き物だった。

違う点はルビーの如く煌々と光る瞳、普通の牛より二回りは大きい筋骨隆々とした巨体、そしてより根が太く先端が鋭く進化した強固な角。

が、所詮それらは外見上の違いでしかない。

この生き物には、牛とは一線を画す明確な違いがある。

『モォォォォオオオッ！』

ローラを取り囲んだ獣の群れの体躯が燐光に包まれ、一斉に周囲を揺るがす雄叫びを上げる。

――この雄叫びはいわば詠唱。この直後、とある強力な魔法が発動する。

牛型の魔物の周囲を、剛風が取り巻き始めた。

同時に彼らは足を踏み鳴らし、必殺たる攻撃の準備を始める。

そして――取り巻いていた風が、ローラへと向かって一斉に吹き抜けた。

攻撃としても十分実用に足るその突風と同時に、魔物の猛突進が行われる。

嘶《いなな》きなしでも狼の速度に勝るそれは、強烈な追い風によって豹すらも軽々上回る。

だが、ローラは造作もなくその突進を上空に飛んで回避した。

待ち受けていたかのように鳥型の魔物が数匹襲い掛かってきたが、彼女はそれを苦もなく迎撃した。

ナイフを取り出し、首を、翼を、胴を、とりあえず狙いやすい所を斬り落とし、魔物の動きを潰す。

この間一秒にも満たないが、その間に下で突進してきた魔物のうち二頭が後ろ足で器用に地面を蹴って追撃を仕掛けてきていた。

このあたりは時として中級ドラゴンすら仕留める事もある猛獣の面目躍如といったところか。

が、今回はあまりに相手が悪かった。

空中でローラが一瞬身構えた次の瞬間には、追ってきた二頭は標的を見失っていた。

その直後強烈な打撃音が――あまりに速すぎる連撃ゆえに常人の耳には一度にしか聞こえぬそれが響き渡り、同時に巨大な生首が二つ地面へと落下を始めた。

その首は何が起こったのかも分からぬ様子で、怒りの表情で固定されている。

唐突な仲間の死に、一瞬地に残っていた他の牛たちに怯えが走る。

——そして、それこそが致命的な隙となった。

恐怖によって萎縮した隙にローラは落雷の如く地面に降り立ち、瞬きの間に群の隙間を駆け抜けた。

先程と同様の打撃音が森に響き渡り、やがて残響も消え果てる。

そして一瞬無音が生じ、深い静寂が森に満ちる。

それを打ち砕くかのようにローラが足を軽く踏み鳴らすと、牛たちの首が重々しい音を立てて残らず落ちた。

それからやや遅れ、凄絶な回数の打撃を浴びせられて変形した胴体が崩れ落ちる。

地震のような震動を生じさせて息絶えた獲物たちを冷瞥すると、ローラは獲物の解体作業へと取りかかり始めた。

◇◇◇

ローラが海人の屋敷に戻ってからしばし。

二人は屋敷の庭にテーブルを持ち込み、向かい合って食事を始めていた。

どちらも元々口数が少ないうえ、侘び寂びに満ちた周囲の風景のおかげで、実に静かな食事だった。

周囲の空気もそれを歓迎するかのようにほのかに涼しげな風が吹き、心地よく抜けていく。

そんな中、海人が口を開いた。

「ローラ女士、本当にあの肉は貰っていいのか？」

「はい。思いがけず多く狩れましたので。お味の方はいかがでしょう？」

「美味い。肉の質も良いのだろうが、焼き方が上手いな。米と一緒に食べてると止まらなくなりそうだ」

「ありがとうございます。この御飯というのでしたか？　これも素晴らしく美味しいですね。肉汁が絡むと形容しがたいほどの旨味が出てきます。普段はパンと合わせるのですが、相性の良さではこちらに軍配が上がりますね」

山盛りの米の上にのせられたステーキにフォークを伸ばしながら、満足そうに頷いた。

先程から米と肉合わせて二kgは軽く平らげているはずだが、苦しそうな様子は見えない。

むしろ、食べるたびに食欲が増しているかのようである。

「気に入ったのならなによりだ。おかわりはたくさんあるから、遠慮せずに食べるといい」

「……では、お言葉に甘えさせていただきます」

海人の言葉に軽い会釈を返すと、ローラは食べるペースを上げ始めた。

といっても、早食いをしている印象はない。

手の動きは尋常ではないほどに速く、一口当たりも大きいのだが、なぜかがっついている雰囲気がないのだ。

ただ、気が付くといつの間にか彼女の皿に次のステーキと御飯がのっかっているのだ。

彼女がまとめて厚さ二cm程のステーキ二十枚以上を焼き上げた時には味が落ちることを心配し

ていた海人も、この速度なら味が劣化する間もない、と変な納得の仕方をしていた。

なお、海人の皿にはいまだ一枚目のステーキが半分ほど残っている。

美味いには美味いのだが、ローラが来る前に焼いた魚も食べたため、既に満腹なのだ。

勿論、目の前の女性の現実感に乏しい大食いっぷりを見て呆気にとられていたせいもあるが。

海人がやや苦戦しながらもステーキを食べていると、ローラが先に全ての肉を食べ終えた。

そして、いまだ皿に残っている海人の肉を見て、首を傾げた。

「……やはり、お気に召しませんでしたでしょうか？」

「いや、食べすぎるとケーキが入らなくなりそうでな。残すのも勿体ないし、よかったら食べてくれると嬉しい」

「……では、ありがたく頂戴いたします」

ローラはそう言って海人と自分の皿を交換すると、おおよそ百gはあったであろう肉の塊を瞬く間に平らげてしまった。

そして口の端をナプキンで軽く拭うと、立ち上がって近くにあったティーセットで紅茶を淹れ始めた。

それと平行して、持ってきたチーズケーキを切り分け、皿に移した。

それを早速一口頬張ると、海人の目が見開かれた。

レアチーズの如く濃厚な味わいでありながら、まるでクセを感じない。

タルト生地もさっくりとした食感と甘味で、油っぽさを感じない。

試しにブルーベリーソースをかけてみると、また違った味わいに変化する。

率直に言って、海人が今まで食べたデザートの中で一番美味かった。

「……美味いな。ステーキも美味かったが、これはまた格別なデザートだ」

「お褒めいただき恐悦至極。私の料理のレパートリーの中でも数少ない自信作ですので、なんとも嬉しいです」

丁寧に注いだ紅茶を海人に差し出しながら、恭《うやうや》しく礼をする。

表情は一切変わっていないが、若干口調が弾んでいた。

「自信作か。そういえばあのステーキは何の肉なんだ？」

「エンペラー・カウの肉です」

「ん？　確かあれは固くて食用にはならないんじゃなかったか？」

「一般的にはそう言われているようですが、あれは仕留め方で肉質が劇的に変わります。二秒以内に体の特定部位五箇所に一定威力の打撃を各二十発ほど叩き込み、すかさず首を落とすと、あのような肉になるのです」

「……胡散臭いというかなんというか、普通は無理な方法だなぁ……っと、そうだ忘れるところだった」

相変わらずのローラの化物っぷりに呆れつつも、海人は足元に用意しておいた木箱を取り出した。

が、蓋が閉められているため、中に何が入っているかは分からない。

「それは何でしょう？」

「仕事との交換条件になった果物の栽培法。こっちは種と苗木だ。この国の気象条件――少なくともカナール近郊なら、書いてある通りにすればおおよそ成功するはずだ。まあ、一部はかなり年月がかかるだろうがな」

海人は箱の蓋を開け、中身の解説をしつつ、ローラの足元へ置いた。

中身は整然と並べられており、入れた人間の几帳面さがよく出ていた。

「……随分と分厚い本ですが、そんなに複雑なのですか？」

渡された箱の中へと視線を落とし、尋ねる。

栽培法の説明書と思しき本は一冊一冊がかなり厚く、全て覚えるにはかなりの労力を必要としそうだった。

「基本的な栽培法は単純だ。分厚くなった理由は天候が荒れた場合やら害虫やらといった事の対策のせいだよ。そこに書いてある内容でも対処できない場合は私に言え、と君の主に伝えておいてくれ」

「さすが、と申し上げるべきでしょうか。まるで隙がございませんね。……ところで、一つお尋ねしたいことがあるのですがよろしいでしょうか？」

「なんだ？」

「なにゆえ、銅鑼《どら》だったのでしょう？」

ローラは珍しくやや困惑したような顔で、玄関先で見た奇妙な物について尋ねた。

屋敷の門の前に『御用の方はこれを叩いてください』という注意書きと共に大きな銅鑼が設置されていたのだ。

通常であればこの手の屋敷には門番がおり、来客の際は出迎える事になっている。

使用人がいないこの屋敷では別の手段しかないというのは分かるのだが——それにしても普通なら鐘である。

何か深い理由でもあるのだろうか、などと彼女が思っていると、実に簡潔な答えが返ってきた。

「一番響きやすいからだ」

答えながら、軽く紅茶を啜《すす》る。

実のところ、銅鑼である必要は全くない。

あれは叩くと中に仕込んであるスイッチが押され、ローラを出迎えるまでつけていたイヤホンがチャイム音を鳴らすだけの仕組み。

鐘であっても問題はないのだが、屋敷内のどこにいてもすぐに気付く事への不自然さを消すために、音が良く響く銅鑼にしたのである。

無論、海人独特の茶目っ気もたっぷりと含まれているが。

「……思いのほか単純な理由だったのですね。さて——では、名残惜しいですが、今日はこれにてお暇させていただきます。主には昼までに戻ると言って出てきましたので」

ローラがティーカップを傾けて一気に飲み干すと同時に、彼女の体から微細な魔力が発せられる。

直後、空になった食器が風で宙に浮き、水で洗浄され、仕上げに熱風で乾燥させられた。

初歩的な魔法の組み合わせ作業ではあるが、一連の流れを無詠唱で完璧に行える者はそう多くない。

「お見事。ま、相変わらず忙しそうだが、頑張ってくれ」

「ありがとうございます。あ、お見送りは結構ですので、ごゆっくり紅茶とケーキをお楽しみください」

立ち上がろうとした海人を軽く制すると、ローラは一礼してから荷物を抱えて飛翔魔法で飛び立った。

気を遣ったのか、それによって巻き起こされた風は海人の座る場所に届く事はなかった。

◇◇◇

カナールを出た刹那たちは森の中をゆっくりと歩きながら海人の屋敷を目指していた。

深い森の中にあるカナールだが、人の往来が多いため町へと繋がる道は広く見通しが良く整備されている。

おかげで森の中だというのに広い空が見える。

しかも今日の天気は快晴で、今の時間は丁度人や馬車がいなくなる。

つまりはこの心地よい景色を独占できる。これで気分が浮き立たないはずがない。

ゆっくりのんびりこの風景を楽しみながら歩く事を雫は心の底から楽しんでいた。

だが、その姉は違った。殊更にゆっくりと歩いている妹に、溜息交じりに視線を向ける。

「雫、走った方が良いと思うんだがな。鍛錬になるし、なにより用事が早く終わる」

「別に急がなきゃいけないわけじゃなし、ゆっくり行けばいーじゃん。お仕事は早めに終わらせるに越したことはないけど、たまにはゆっくりするのも大事だよ？　大体お姉ちゃんは気張りすぎてドツボに嵌まるタイプなんだし」

「む……否定はできんが、拙者のことを言えた義理か？　お前は逆にいつものんびりしすぎて後で慌てるだろうが」

「あっはっは、そりゃそうだね。でも、どーせあたしら修行以外やることないんだし、別にいいじゃん。楽しく生きなきゃ人生損だよ？」

「……やれやれ、ゆっくりするのは構わんが、少しは走るぞ。体が鈍ってしまうし、なにより遅くとも明日の昼には戻ると言ってしまったからな」

「分かってるって」

そんな会話をしつつ森を抜けると、遠くの方からなにやら騒がしい音が聞こえてきた。

何事かと周囲を探ると、突如二人の視界の端に馬車が現れた。

何やらやたらと急いでおり、ガタガタと車体を揺らし、馬が死に物狂いで走っている。

はて、と思って少し観察していると、辺りに遠吠えが響いた。

それと同時に馬車の少し前の地面が風で抉れ、驚いた馬の足が止まった。

その隙に脇から三頭ほどの魔物が現れ、馬車の前に回り込んだ。

現れた姿は艶のない灰色の毛並みの、小柄な狼。

そして遠吠えによって風の攻撃魔法を使い、獲物の動きを止める高い知能。

アッシュウルフと呼ばれる魔物であった。

魔物としては弱い部類に入るが、一般人には十分恐ろしい相手だ。

狼たちはジリ、ジリと間合いを詰め、怯える馬とその御者へと近付いていく。

それを遠目に眺めながら、刹那は憂鬱そうに息を吐いた。

「……見捨てるわけにもいかん、か」

「はいはい。そんじゃ、優しいお姉ちゃんのために一働きしますか」

「無理強いはせんが、なるべく馬車を守る事に重点を置いてやれ」

「気が向いたらねー」

暢気な声と共に、雫の姿が掻き消え、それから一瞬遅れて刹那の姿が消える。

直後、その場所に風が吹き荒れると同時に彼女らの姿は馬車の真横に現れた。

突然の乱入者に、狼たちの動きが強張る。

その瞬間、四つの銀光が奔《はし》った。

その眩い光の軌跡に、六頭もの狼が命を絶たれた。

四頭は各一太刀で体を両断され、残りの二頭は四肢を断ち切られた上で首を飛ばされている。

命を絶たれた魔物たちから大量に撒き散らされた鮮血が周囲を深紅に染めた。

馬車、大地、刃の軌道上にいなかった狼たち、多くが赤に塗《まみ》れる中、刹那と雫は汚れ一つなく
悠然と構えを取った。

刹那の構えは力みが抜けた見事なまでの自然体。

両手に携えられた二本の刀を握る力も心なしか弱く見え、ともすれば隙だらけにも見える。

だが、彼女の立ち姿にはいっそ神々しささえ感じられるほどに、威風堂々とした風格が漂っている。

凛とした面持ちと相まって、まさに戦女神とも言うべき威圧感を放っていた。

一方で雫は片方の小太刀を腰だめに、もう片方の小太刀を正面に構えている。

少しでも早く攻撃に移れるようにか、体勢がやや前傾気味である。

姉とは対照的に彼女は周囲を魔物に囲まれている状況にありながら、楽しそうに笑っていた。

造形としては可憐なそれだが、中には形容しがたい不吉な気配が宿っている。

そんな二人から放たれる威圧感を弾き返すかのように、二匹の狼がそれぞれに飛び掛かった。

その動きは実に俊敏。

そこらの旅人なら反応する前に喉笛を食い千切られただろう。

だが、今回はそうはいかなかった。

雫は狼の前脚が地面から浮いた瞬間、一気に間合いを詰めた。

その速度はまさに神速。天狗もかくやという速度でもって、雫は己が必殺の領域に敵を収めた。

直後、無慈悲な一刀によって狼の命は散らされた。

何が起きたかも分からぬまま、あっさりと。まるでそれが必然であるかのように。

一方で、刹那に飛び掛かった狼は己の最速で間合いを詰めていた。

雫とは対照的に刹那はその場から一歩も動かなかった。

食い殺さんと必殺の意思でもって襲い来る狼を、ただ悠然と見据えている。

そして狼は初動から瞬き一つにも満たぬ間に刹那の間合いに入った。

その瞬間――狼の首ははるか彼方へと飛翔していった。

残された胴体が刹那の体へと突撃するが、彼女はそれを一瞥もせずに刀の峰で横に打ち払った。

彼女の横に叩きつけられた亡骸の切り口から、思い出したかのように鮮血が噴き出す。

みるみるうちに大きな血溜まりが広がるが、それは彼女の足元まで僅かに届かなかった。

僅かな間の圧倒的な殺戮に、狼たちの警戒心が高まった。

身を屈め、油断なく二人の敵を睨みすえる。

対する二人は殺気を放つでもなく、ただ相手の敵意を受け流していた。

睨み合う事しばし。敵意を受け流され続けた末に、狼の群れは一斉に大きく飛びずさった。

そしてそのまま身を翻し、彼らは一気に逃走した。

魔物たちの姿が完全に見えなくなったところで、二人は構えを解く。

「……引き際を弁《わきま》えているか。大した知能の高さだな」

「統率力も高いみたいだし、大したもんだねー」

そんな話をしながら刀を納めたところで、御者の青年を押しのけて馬車から一人の老人が出てきた。

そして二人に近寄ると、おずおずと薄い布に包まれた紙幣を差し出した。

「ありがとうございました。少ないですが、これを……」

「礼は不要です。ただの気まぐれですので」

刹那は老人の言葉を遮り、差し出されたお金をきっぱりと断った。

目の前の老人の服装は貧相で、裕福には程遠そうだ。

しかも御者をしている青年など、農作業帰りのように薄汚れている。

金があって困る事はないが、これを受け取るとかえって後味が悪そうだった。

「いえ、それでも助けていただいたわけですし……せめてこれを受け取ってください、私の村で取れた蜂蜜です」

きっぱりと断られた老人は、今度は馬車の奥から大きめの瓶を持ってきた。

中の液体は黄金色に輝き、溜息が出るほどに美しい。

それも断ろうとした刹那だったが、老人の目に引き下がらぬ意思を感じると観念した。

「……では、ありがたく頂いておきます」

「はい。どうもありがとうございました」

深々と頭を下げ、老人は馬車に戻っていった。

それを確認すると、御者の青年が二人に一礼してから馬をゆっくりと走らせ始める。

次第に小さくなっていく馬車を見送ると、刹那は貰った蜂蜜入りの瓶へと視線を移した。

「ふむ、蜂蜜か。美味いかな？」

「本当にお姉ちゃんは知識に乏しいよねぇ……それはレンドリア産の蜂蜜。瓶の底にレンドリア村って焼印押してあるはずだよ」

「……そのようだな。で、美味いのか？」

「少なくともこの国で手に入る中では最高級。買えば一万ルンはいくし、貴族に人気でそもそも一般人には手に入らない事が多いらしいよ」

「ぶっ⁉」

妹の言葉に刹那は去って行った馬車を慌てて振り返った。

が、既に馬車の姿は米粒ほどになっており、今から追いかけるには遠かった。

そもそも追いかけてまで返すのか、という問題もあるが。

「ほーんと、気取ってるくせに変なトコで間抜けなんだもんねー。我が姉ながらなんてへっぽこ
……うう、雫は悲しゅうございます」

よよよ、とわざとらしくしなを作って零れてきた涙を拭う。

なんとも器用な事に右目からはつつー、と涙が流れているが左目はなんともない。

姉とは対照的にとっても演技派なお嬢さんであった。

「どやかましい！　あーもう！　今更返すわけにもいかんし……海人殿への手土産にでもするか」

「素直に食べれば良いと思うんだけどなー……ところでお姉ちゃん、お願いがあるんだけど」

「……ついでだし、そこの狼の肉を適当に捌いて持っていこうか。肉もないと仰っていたしな」

いつも以上に明るく笑っている妹から顔を逸らし、刹那は懐から短刀を取り出した。

が、いざ狼の毛皮を剥ごうとしたところで、背後の妹は彼女の首に抱きついてきた。

「んっふふー、お姉ちゃん、分かってるくせにごまかしちゃ駄目だよー？」

軽やかで甘く、それでいてどこかおぞましい声が、刹那の耳元で囁いた。

それにも答えず淡々と毛皮を剥いでいると、腕の締めつけが徐々に強くなり始めた。

最初はやんわりとだが、次第にみしみしと刹那の骨が軋み始める。

さすがに無視するのは難しくなったらしく、刹那は左手で妹の額目掛けてデコピンを放った。

とても指先と額の衝突とは思えない轟音が響き雫の頭が仰け反るが、彼女はその程度では怯まず、まるで甘えるかのような体勢でさらに力を加えてきた。

やむをえず刹那は手を止め、今にも首をへし折らんばかりの力を込める妹に平坦な声をかけた。

「いくらお前でも今から追いかけるのでは時間がかかる。明日の昼までには屋敷に行って帰ってこなければならんのだぞ？」

「だーいじょうぶ。逃げた方角からして棲家はあそこの山だろうし、逃げられる前にリーダー格っぽいのに宝石入りの針打ち込んどいたから。山行って魔力辿ればすぐ見つかるって」

ニコニコと笑いながら草原の先に見える山を指差す。

そして、一拍置いてから付け加えた。

「というか、お姉ちゃんだけ先に行っててもいいんだよ？」

「……そうもいかんだろうが。人目を考えられるようになっただけ成長はしているようだが……もう少し落ち着けんのか？」

四肢と首を断たれた狼たちの亡骸を眺めながら、妹に冷たい目を向けた。

対してそれを向けられた雫は、穏やかな笑顔を返した。

「無理無理、一応少しずーつ改善してるんだから許してよ」

「……別に咎める気はない。些かあの魔物たちが哀れなだけだ」

「たしかに可哀想だね。あたし相手に生きて帰っちゃうなんてねぇ？」

真夏に咲く向日葵の如き笑顔を浮かべ、雫は少し離れた場所にある緑豊かな山を見据えた。

それをなんとも形容しがたい疲れきった顔で眺めながら、刹那はガックリと肩を落とす。

（やれやれ……狼たちだけでは収まりそうにないな）

心で嘆きつつ、刹那はすっかりお馴染みとなってしまった諦観と共に、何度目かすら覚えていない覚悟を決めていた。

◇◇◇

シェリスは早めの昼食をもしゃもしゃと頬張りながら不貞腐れていた。

屋敷自慢の料理長によって用意されたサンドイッチで実に美味なのだが、普段なら顔を綻ばせるそれもあまり意味がなかった。

なにせ、悲しいぐらいに体中が痛い。朝の暴走の際に部下に袋叩きにされて止められたせいだ。顔などの表に出る部分は掠らせもしなかったあたり実に頼もしい部下たちなのだが、それで痛みが和らぐわけではない。

とはいえ自業自得の自覚はあるし、反省もしている。

海人のおかげで仕事が楽になるという解放感と、実に三年ぶりのローラ特製チーズケーキの情報によって食い意地が刺激された点を差し引いても、正気を失いすぎていた。

そもそも、あの時点で向かえば相伴に与らせてもらう前にローラにズタズタにされる可能性が高かった。

手土産のご相伴に与ろうと仕事を放り出すなど貴族にあるまじきはしたなさ、とそれはもう徹底的に自称愛の鞭で打ち据えられただろう。

その危険を未然に防いでくれたわけだから、むしろ部下たちに礼を言っても良いぐらいだが、どこまでもいっても体が痛いという現実は変わらない。

自然、一番近くにいる部下――シャロンに恨みがましい視線が向いた。

「……まだ痛いわ」

「悪かったですから、そろそろ機嫌を直してくださいよ。そもそも他にも面会の予定はあったんですから、抜けるわけにはいかなかったでしょう？」

「それは分かるけど、せめてお腹を避けるぐらいはしてくれても良かったと思うのだけど？」

「残念ながら、あの状況下でそこまで配慮する余裕はありませんでした。あと一人二人いれば話は変わったんですけど……皆、忙しかったようですから」

「……まあ、いいけど。ところでどうかしたの？　さっきから少し浮かない顔だけど」

「いえ、総隊長にしては帰りが遅いので、何かあったのではないかと……」

「ローラに限ってそれはないでしょ。多分、カイトさんと少し話し込んでるんじゃないかしら。さすがに貴方たちの予想が当たっているとは思えないけど、二人共気が合うのは確かなようだしね。一応、帰ってきたらちょっと理由を聞いてみましょうか」

シェリスは心配性な部下に苦笑しつつ、今回のローラの行動について考え始めた。

海人に持って行った物が普通のケーキならば深読みする意味などないのだが、チーズケーキとなると話が変わる。

あれはローラが誰にも教えない秘密のレシピで作るのだが、完成に時間がかかる。

本人曰く作ると睡眠時間がまた大きく削られるため、作る気にならないらしい。

それが急に作る気になり、まして自分で食べないという前提でなど、何かあるとしか思えない。

さすがに色恋沙汰だとまでは思わないが、超人同士ゆえに強い親近感を持っている可能性はある。

それならば多少自分の負担を重くしてでも、二人の交流を深める機会を作る価値はある。

基本的に屋敷の人間としか関わらず、最近は年に一度あるかないかの休日も一人でコーヒーか紅茶を飲みに行く程度のローラ。

仲の良い友人が一人出来れば、精神的な負担はかなり減るはずだ。

怖い上にどうにも頭の上がらない部下ではあるが、それでも屋敷で一番働き、一番尽くしてくれている。

現状仕事を減らしてやることはできないが、できることがあるならしてやりたいと常々思ってはいるのだ。

ローラの返答次第では可能な限り手伝ってやろう、そう思っていると丁度ノックの音が響いた。

そしてシェリスが許可を出すと、当の本人がなにやら大きな木箱を抱えて入ってきた。

「遅くなって申し訳——なんでしょうか？」

入るなり注がれた主の視線に、ローラは軽く首を傾げた。

部屋に来る途中で部下からチーズケーキの件で暴走したと聞いていたので、恨み言の一つぐらいは覚悟していたのだが、主にそんな様子は見受けられない。

むしろ若干嬉しそうに——そこまで思い至った瞬間、ローラは理由を察した。

奇《く》しくもそれと同時に、主から予想通りの問いかけがなされた。

「チーズケーキをカイトさんに差し上げたらしいけど、どうして？」

「——誰とは申しませんが、毎度毎度私の睡眠時間を豪快に削り取ってくださる御方からの負担を、以後格段に軽減してくださる御方に最高の手土産を渡す事のどこが不自然なのでしょうか？」

さらりと返ってきた辛辣な言葉に、シェリスは思わず呻き、シャロンは冷や汗を垂らした。

今の毒舌に関してはこの場の誰も反論しようがない。

シェリスもシャロンも忙しくはあるが、それでも基本的に毎日十分な睡眠をとっている。

主であるシェリスは毎日のように客との面会があるため隈など作るわけにはいかず、シャロンをはじめとした使用人たちはまともな睡眠時間なしでスペックを落とさないほど人間をやめていない。

そのため必然的にローラに余剰の負担が全て伸し掛かっている。

文句は言いつつも毎日淡々と激務をこなしているため忘れがちだが、彼女のこなす仕事は他の人間がやれば三日で倒れる量だ。

痛いところを突かれつつも、シェリスはどうにか気分を切り替え、さらに突っ込んだ。

「それでも普段の貴女なら仕事として請け負ってるんだから、って御礼なんか考えないでしょ？」

「日頃から好感を抱いていただけるようにしておけば、何かの折にいっそうの助力を期待できますので」

「……はあ、もういいわ」

あまりにも淡々と答える部下に気力を削がれ、シェリスは追及を諦めた。

シャロンの前だというのにやや喧嘩腰になっている事からして、言葉通りだとは思えないが、この様子では真意がどうあれ答える気はなさそうだ。

ならば、別の気になる事に話題を変えた方が建設的。

そう判断し、シェリスはローラの足元に置かれた物を指差した。

「で、その木箱はなんなの？」

「カイト様から預かって参りました。どうぞお確かめください」

そう言ってローラは木箱を開け、主に見せた。

シェリスはその中を一瞥すると、軽く首を傾げた。

「種やら苗木やらはともかくとして……本？」

「一通りの栽培法を記してあるそうです。書いてある内容で対処できない場合は呼んでくれ、だそうです」

「……なるほど。できれば直に農家に教えていただきたかったのだけど……カイトさんの性格を考えると、仕方ないわね」

嘆息しつつ、一冊を手にとって片手でパラパラと捲《めく》る。

が、最初の数ページでシェリスの目が軽く見開かれた。

そして本を正面に置き、食い入るように読み始めた。

血走った目で読書に集中し始めた主を、キョトンとした様子で見つめる従者二人。

数分、かなりの速度で読み進めたシェリスは、唐突に一つ頷いて本を閉じた。

「さすが。サービス精神旺盛な上に仕事はこれ以上は望めないほど完璧――素晴らしいわ」

顔を伏せ、柔らかく、それでいてどこか獰猛な微笑を浮かべる。

最高の気分だった。

請け負ったからにはきっちりやるだろうと思ってはいたが、ここまでやってくれるとは思っていなかった。

一読すれば手元の本に多大な労力がかけられた事は一目瞭然。

単に仕事は完璧にこなす主義なのかシェリスへのサービスかは不明だが、いずれにせよ文句など出しようがない出来栄えだ。

難点があるとすれば唯一つ。

ただでさえ、仕事を与える交換条件で栽培法を教えてもらうというのは海人の能力を考えればあまりに自分に有利すぎた。

さらに教えてもらう手法がこれだけ卓越しているとなると、もはや悪魔の如き阿漕さ。

ここまでとなると余剰分をきっちり返さないことは、己の貴族としての矜持が許さない。

どんな形でこの借りを返すか考え始めた矢先、シャロンがおずおずと問いかけてきた。

「あの、その本がどうかしたんですか？」

「う～ん、多分説明しても……いえ、そういえばシャロンの実家は農家だったわね。ここの図書室で農業関係の文献は読んだことある？」

「は、はい……正直、もう一度読む気にはなりませんが」

「ならきっと理解できるわ。読んでごらんなさい」

そう言ってシェリスは先程まで読んでいた本を手渡した。

シャロンが少々困惑しつつページを開くと――色々凄まじい光景が広がっていた。

本を開いてすぐ理解できたのは非常に読みやすい事だ。

普通この手の書籍というものは見ているだけで頭痛がしてくるようなぎっしりとした文字の羅列だが、これは一行ごとに適度な間隔が開けられていて、するすると読んでいける。

説明も簡潔で分かりやすく、若干難しい部分もかなり噛み砕いて丁寧に説明してある。

そして、そのまま少し読み進めるともっと珍しい光景に出くわした。

なんと、より解説が分かりやすいように、図鑑以外ではまず見かけることのないカラーの絵が描かれている。

無論それは細部を見れば粗いのだが、説明用としては十分すぎる精度だ。

それを活用してその時々の植物の状態による肥料のやり方や水のやり方、手入れの仕方に至るまで懇切丁寧に解説が行われている。

これでできなければ、余程の馬鹿だろうと思ってしまうほどに。

本全体にざっと目を通し終えるとシャロンは軽く息を吐き、

「――世の学者が腐っているのでしょうか、それともカイト様が凄すぎるのでしょうか」

大真面目な顔で、主に問いかけた。

この屋敷の図書室には実に様々な学問書が取り揃えられている。

そして、そのどれもが非常に難解だ。

一番難しいのは魔法関係の書籍だが、農業関係の本も相当理解が困難だ。

理解できれば極めて単純な話なのだが、それが執念を感じるほどに迂遠にグダグダと書かれているのである。

要約すれば『栽培前に土を良くするために魔法を使う』というだけの話に、延々二十ページ以上を使っている事もあった。

しかも理屈の説明にやたらと無駄な専門用語が使ってあったりして、なんとも混乱を誘発する。

対して手元の本は子供でも時間をかければ理解できそうだ。

だからといって単純な内容かといえば断じて否。

説明の手順と工夫で分かりやすくなっているだけで、内容自体はかなり高度だ。

「前者四割、後者六割ね。学者は狙ったかのように理解しづらい本を書くけど、これほどの質で書けるのはカイトさんだからこそ。気付いたとは思うけど、この本全部カイトさんの手書きよ。多分、交渉が成立した日からずっと書き続けてたんでしょうね」

「この絵もですか？」

「多分ね。前図書室をお貸しした時に魔法理論の説明してもらったんだけど、カイトさん上位魔法でもフリーハンドで正確な術式をさらさらっと書いちゃうのよ」

「ひえぇ……凄いですね」

シャロンはもはや畏怖さえ感じて、呆けざるをえなかった。

下位の魔法術式ならばどうにかシャロンでも道具を使わず正確に書くことができる。

だが、中位以上となると完全にお手上げである。

相当に複雑なため記憶力は当然として、手先の器用さと書く工程を瞬時に組み立てられる頭脳が不可欠。

上位ともなればもはやそれは人間に可能な芸当とは思えないほどに現実離れしている。

改めて主が現在最も注意を払っているだけのことはある、などと思っていると、

「ま、カイトさんの称賛はこの辺りにするとして——ローラ、肝心な話は何かしら？」

いつの間にか、主の顔色が変わっていた。

それまでの親しみやすいお嬢様の顔から、国内屈指の才女の顔へと。

それに伴って、室内の空気も穏やかなものから身が引き締まるような厳かなものへと変化していた。

「お見通しでしたか。相変わらずのご慧眼で」

「単なる経験上の予測よ。貴女が帰ってきてすぐさま仕事に戻らないのは、伝えるべき用件がある時だけ。これだけならそれこそ木箱だけ渡して仕事に戻るでしょ？　ついでに言えば、さほど重要度は高くないはずね。それだったら害にはなりえないこの事より早く話してるはずだし」

「恐れ入りました。では、話の前に一つ確認させていただきたいのですが、今日現在この近隣に凄腕の冒険者が現れた報告はありましたか？」

「来てないわ。何かあったの？」

「私よりも先に森でエンペラー・カウを仕留めていた人間がいたようです。五頭分ほど骨を発見しましたがどれも余計な傷が付いておらず、相当な技量の持ち主かと思われます」

ローラの報告に、シェリスの目つきが変わった。

エンペラー・カウは一匹でも簡単に仕留められる類の魔物ではない。

二流から一流に上がったばかりの冒険者ではほぼ返り討ちにあう、脅威的な魔物だ。

この国の若手随一の冒険者であるゲイツでさえ、負けはせずとも苦戦はするだろう。

それを合計五頭。それも鮮やかに倒す手練となると尋常な実力ではない。

「……おかしいわね。そもそも最近奥に入るのは大人数のパーティばかりだし、個人でそれだけの芸当ができる人間が近くに来ていればさすがに情報網に引っかかるはずだわ」

「無名という可能性もございますし、偽名という可能性もございます。どのみち、あの森でできる事はせいぜいミドガルズ鉱石の採掘程度ですので、当面害はないかと」

「……たしかにね。でも、いずれにせよそれだけの人材なら把握しておきたいところだわ。カイトさんからは何か聞いた？」

「いえ。森に入る前に話の流れで昼食を御馳走になる約束をしてしまいまして。その最中に仕事絡みの話をするのも非礼かと思い、伺っておりません。申し訳ありません」

「……まあ、あそこの立地からして町へ行く途中で通った可能性は低いでしょう。聞くだけ無駄といえば無駄でしょうし、別に構わないわ。そもそも今日渡した仕事の途中経過を確認するついでに聞いてくればいいだけの話だしね」

「寛大なご処置、感謝いたします」

「大げさね――ところで、何を御馳走になったの？」

話が一段落すると同時に、シェリスの雰囲気が再び柔らかくなった。

それと同時に、張り詰めていた室内の空気も一気に緩む。

実に切り替えの早い御令嬢であった。

「ヒノクニの御飯というものと、あとはステーキの付け合せの野菜と紅茶です。肉はエンペラー・カウの肉が余っておりましたので、それを使いました。個人的意見ですが、特に御飯は素晴らしかったです。ステーキとの相性が絶妙でした」

「……一応聞くんだけど、私の試食用に少し貰ってきてくれた？」

「……？　以前シェリス様は御飯はあまり好まれないと伺ったと思うのですが」

少し前の事を思い返し、ローラは困惑した。

彼女の不在中に一度食べたらしいのだが、不味くはないが好みではなかったと言っていた。

食べ慣れているせいもあって、屋敷の料理長の作ったパンの方が良いと。

だからこそ、海人に試食用を貰うなどという考えは浮かばなかったのだ。

「ええ、スカーレットの作るパンと比べれば、以前食べたお米は霞んでしまうわ。色々苦心してこの国での栽培に成功したみたいだけど、所詮まだまともに収穫できるようになったばかりだもの。将来的にはともかく、現段階で彼女の作ったパンに及ぶはずがないわ。でも貴女が食べたのは、カイトさんが、極上の素材を色々揃えているあの方が所持するお米よね？」

「……申し訳ありません。そこまで気が回りませんでした」

「いえ、仕方ないわ。迂闊な事言った私にも非があるし。それに、仕事の経過確認のついでにそれも頼めばす……そういえば、結局いつ誰が行くことになったの？」

「明日の朝、私が伺う予定です。予定の変更は早い方が良いという事と、伺うなら面識が多い人間が良いだろうという事でそうなりました」

シャロンは突然向けられた主の問いに迅速に答えた。

先程から若干蚊帳の外だったためか、心なしか声が嬉しそうである。

「心配はないと思うけど……じゃあ、さっきの話の質問とお米の方も忘れずお願いね」

「かしこまりました」

主の命に、シャロンは恭しい一礼で応えた。

◇◇◇

日が落ちて暗くなり始めた屋敷の中で、唯一海人の部屋だけに明かりが灯っていた。

この部屋はかなり広い。キングサイズのベッドが部屋の奥にあるが、それが部屋を占有していないほどに。

他に大きな机と洋服箪笥なども置いてあるのだが、それでも何も置かれていない空間の方が多いぐらいだ。

が、さすがに大きな木箱が幾つも置いてあると雑然とした印象は拭えない。

まして、現在のように机の上に書類が山積みになっていれば尚の事。

「……ふう、とりあえずこれで終わり、と」

海人はチェックを終えた書類をまとめて木箱に放り込んだ。

念を入れ、入れ忘れた書類がないか机の上は勿論、机の下も覗き込んでチェックする。

無事全ての書類を処理し、元通り木箱に納めたことを確認し、海人は全ての木箱をしっかりと梱包した。

そこまで終えてようやく海人は一息つき、思いっきり椅子にもたれかかった。

「予想外にキツかったな……彼女らは毎日こんな作業をこなした上に戦闘訓練や他の仕事もこなしとるのか、凄いな」

天井を見上げながら、海人は感嘆の息を漏らした。

書類処理にあたって、海人は電卓を使って計算を行った。

計算自体は難しくなかったので暗算でも問題ないといえば問題はなかったのだが、やはり請け負った仕事である以上ミスの可能性は極力排除しなければならない。

そのため電卓で計算しつつ、暗算でミスがないか簡単に検証を行いながらの作業をしていた。

当然ながら、全ての作業が終わった段階でもう一度検算し直してミスがない事も確認してある。

結局時間はかかるとはいえ、電卓を使っているという圧倒的なアドバンテージはやはり大きい。

なにしろ、電卓は入力ミス以外には間違いが起こらない。

確認作業を筆算で行わなければならないシェリスたちと比べれば雲泥という表現ですら足りぬ差がある。

その条件下でこれだけ苦労したという事は、シェリスたちがやった場合の苦労は想像を絶する。

シェリスたちの日々の労働に敬意を抱きつつ、海人は机の脇にどけておいたケーキと紅茶を手元に引き寄せた。

紅茶は彼が淹れたものだが、ケーキは昼にローラが持ってきてくれた残りだ。

あまりに美味かったために、残りワンカット分になってしまったそれを、じっくりと噛締めながら食べ進める。

「……はあ、これが創造魔法で作れればなぁ」

名残惜しげに最後の一口を飲み下し、海人はぼやいた。

創造魔法の制約として、生物は作れないというものがある。

そのせいで肉などは作れないが、どういうわけか血液は作れる。

そこで以前ルミナスの家に居候している時に、生物に分類されるが中身が液状な卵は作れるのではないかと思ったのだが、作れなかった。

自分の認識が有精卵になっている可能性も考え、無性卵を作る事も試みたが、それも失敗した。

そのおかげで何日か前に天ぷらを作った際は卵なしの衣という些か味気ない物になってしまった。

チーズケーキも普通に作れば卵を使う。

使わずとも作れない事はないが、だいたい味が落ちる。

ローラのケーキもご多分に漏れず卵を使用していたらしく、試しにやってみた創造魔法でのコピーは失敗した。

気に入ったので可能なら定期的に秘密のおやつに、と思っていた彼の淡い希望は見事に打ち砕かれたのである。

「本当に基準の分からん魔法だ……っと、んな事より防犯の事も考えなければならんか」

ケーキの皿を脇にどけ、海人は机の引き出しから白紙の紙を取り出した。

魔物は人造の建物がある地帯を襲う事はあまりないのだが、人間は別である。

誰も住んでいなかった先日までならともかくとして、今現在は海人が住んでおり、しかも一人暮らしだ。

そこらの野盗がそれに気付けば、狙ってくる可能性は十分にある。

しかも、ルミナスたちが早めに帰ってきて何も知らずに空から直接入ってくる可能性を考えれば、当面は元の世界で使っていた設備は使えない。

なにしろ防空に関してもおおよそ完璧な防御システム。

かかったが最後、現状で最も大切な友人は最悪死体も残さずあの世行きだろう。

となると、当面は自分の部屋と地下室に重点的な防御を敷く事こそが肝要となる。

既にこの部屋の窓ガラスとドアは全て頑丈極まりない物に取り替えているが、さすがに壁までは手が回らない。

一応ここの壁は厚く頑丈ではあるが、海人であっても多少の筋肉痛を覚悟していれば穴を開けることもできるはずだ。

さらに言えば窓ガラスもドアも衝撃を劇的に吸収拡散する特殊な構造だが、ローラ級の人間であれば破れる可能性は高い。

はっきり言って現状では防衛設備としてはかなり心許ない。

そこで、少しでも補強するために部屋の内側に防御壁を張るための無属性魔法を考えようと思っていたのである。

「効果は宝石で補うとして――そういえば、結局ダイヤモンド以外は使い物にならなかったんだよなぁ……」

ペンを手に机に向かった途端、海人は数日前の事を思い出して肩を落とした。

この屋敷に来たその日に、海人はまず宝石を作れるかどうかを試した。

ルミナスの所に居候している間は彼女らの目の毒になりそうなだけだったので作る事はなかったのだが、宝石には魔力を貯蓄する効果と特定属性の魔法の効果を増幅する効果がある。

今覚えている魔法で建築材料を賄う以上、魔法の効果の増幅は是非とも欲しかった。

そして試した結果、ありとあらゆる宝石を無事に製作することができた。

無論、海人は喜んだ。とりあえずこれで有事に備えて魔力を溜め込むことができる、と。

が、いざ魔力を込めてみようとしたところで、問題が発覚した。

まず、最初に使ったルビーに魔力が全く込められなかった。

魔力が宝石の中に入り込むまではいいのだが、そのあとするすると抜けてしまい霧散してしまったのである。

慌てて他の宝石も試したものの、ほぼ全てが同じ結果に終わった。

唯一貯蓄に成功したのがダイヤモンドだが、それも創造魔法の増幅効果まではなかった。

増幅効果の大きさは、宝石の大きさに影響を受けるので、知っている限り一番大きなダイヤを使ったのだが、少なくとも目に見えて分かるほどの限度を超えてはくれなかった。

ただし、創造魔法こそ増幅の恩恵を得られなかったが、無属性魔法は強度が劇的に高まった。

海人が改良した術式を組み合わせれば、おおよそ並大抵では破れない障壁となるはずである。

「結局最大の問題は魔力消費か。理想は消費を抑えつつ屋敷全体の防御を行う事だが……」

ペンを走らせながら新たな術式の構成を考えつつ、海人は一口紅茶を啜った。

無属性魔法は総じて魔力消費が大きい。

その分他の魔法よりも防御力が高いのだが、おおよそ常識外れな海人の魔力で世の魔法学者が聞いたら正気を失いかねないほど高効率な術式を用いてなお、この屋敷全てを覆うことは不可能だ。

本腰を入れて術式改良の研究に取り組めばできそうではあるが、時間がかかる事は間違いない。

そして、事が防犯である以上は時間がかかるというのはそれだけで問題である。

早急に打てる打開策はないかと新たな術式と並行してしばし考えた末に、

「……駄目だな。頭が回らん。気分転換に外で運動でもするか」

煮詰まりかかった頭をほぐすために、固まった体をほぐしながら外へと向かった。

◇◇◇

刹那たちが海人の屋敷に辿り着く頃には、天高く昇っていた日が沈み、空の色が茜色から黒へと変わりかけていた。

二人は疲れきった体を引き摺りながら、一歩一歩確実に歩みを進めている。

「……ギ、ギリギリ日が完全に暮れる前には間に合ったな。雫、少しは反省しているか？」

「左脇腹の痛みでこれ以上ないほど……あれ？」

雫が可愛らしい顔を苦痛に歪めながら屋敷の門の方を見ると、何やら動き回っている影が見えた。

目を凝らしてその正体を確かめる前に、刹那が口を開く。

「……海人殿？」

「そうみたいだねぇ……おー、頑張ってる頑張ってる」

感心したように頷き、雫は前庭でピョンピョンと反復横跳びをしている海人を眩しそうに見つめた。

　その男は白衣をはためかせながら、空中に作られた土台——三つの無属性の防御壁の上を行き来していた。

　速度は刹那たちの目から見てもなかなか速い。

　体の華奢さからして、これだけの速度を出すためにはかなりの魔力が必要になる。

　一瞬ではなく常に速度を安定させている事からすると、相当な魔力量である事が窺える。

　ただ、やはり素人らしく速度は速いが、動きは鈍い。

　足運びに無駄が多すぎるし、体勢の整え方も下手。

　しまいには時折加減を間違えて真ん中の足場を飛び越えてしまっている始末。

　実戦でそれらが生み出す結果を考えれば、お世辞にも凄いとは言えない。

　とはいえ、それでも感心すべき点はあった。

　遠目に見ても既に息は荒く、足がもつれかかっているが、足場を踏み外していない。

　あの疲弊具合、そしてあの高さでは無詠唱の飛翔魔法でも地面に落ちる方が早い。

　高さは低いため落ちてもまず大事には至らないだろうが、それでも落下の恐怖はあるはずだ。

　だというのに、かなり危うく無様な体勢ではあるが、一度も落ちていない。

　と思った矢先、ついに海人の足が完全にもつれた。

　タイミングが悪く、横に飛んだ瞬間だったため、勢い良く次に着地予定だった足場を飛び越して、その次の足場に頭から突っ込み、大きな音と同時に落下した。

　かなり豪快な音が響いたために、刹那と雫は痛そうに顔を顰《しか》めた。

が、ふと音源を見ると、頭を痛そうに押さえながら、もう一度足場によじ登り、同じ事を始めていた。

痛みのせいか、今度はさほど時間をかけずに足を滑らせ、地面へと落下する。

それでも、海人はすぐさま起き上がり、同じ事を繰り返した。

何度落下しても、ひたすら同じ事を繰り返し続けた。

陳腐といえば陳腐な光景だが、それを見ている二人の胸中には素直な感心が湧き上がった。

どんな場合でもそうだが、痛みというものは恐怖を作り、躊躇《ためら》いを生む。

最初に落ちた時の勢いでぶつかって一瞬の逡巡もなく訓練に戻る事はかなり難しい。

だというのに、痛みでより粗くなった動きのまま、疲弊した体でひたすら鍛錬を続けている。

貧弱そうな外見からは想像しがたい、侮れない根性である。

とはいえ、痛みを顧みていない鍛錬はかえって体を壊す。

足がもつれる周期が短くなってきたあたりで、二人は海人へと歩み寄った。

「海人殿。素晴らしい根性ですが、それ以上はかえって良くありません。休まれた方がよろしいでしょう」

「おや、刹那嬢と雫嬢か。何か用――」

そこで言葉を止め、海人は二人の姿をまじまじと観察した。

どういうわけか、二人共昨日会った時とは随分様子が異なっている。

凛然としていた刹那は背筋は伸びているものの表情に隠しきれない疲れが見え、快闊だった雫は豪雨にさらされた花のようにしおれている。

なにより最大の違いは刹那の服装。どういうわけか上がサラシ一枚という寒そうな格好である。

さらに詳細に観察した結果、他にも違いが多数見つかった。

それらの情報からしばし何があったのか考え、海人は一つ可能性の高そうな仮説を言ってみた。

「う～む、魔物か野盗の集団に襲われた後に姉妹喧嘩でもしたか？」

「――――あの、なぜそんな結論が？」

姉妹揃ってたっぷり沈黙した後に、刹那がようやく口を開いた。

海人の言葉は決して正解ではなかった。

だが、正解にかなり近いところを突いている。

疲弊した様子を見れば前半の内容は出てくるだろうが、後半はどうひっくり返しても出てくるとは思えない。

目の前の男は人の心でも読めるのか、と刹那の視線に若干の警戒が宿った。

「雫嬢の服には大量の血の跡と思しきものがあるし、刹那嬢の体には鋭利な刃物によるものと思しき大量の新しい傷。雫嬢の服に付着したであろう血の量から推測すると結構な数の魔物なり野盗なりを仕留めた事だろう。だがそれらと戦った時にできたのでは、刹那嬢の傷が説明がつかん。多数相手にそれだけの数の浅い傷をつけられたのであれば一度は深手を負っているはずだ。となると、刹那嬢の傷は別の要因。雫嬢が左脇腹を若干庇っている事と昨日のロゼルアード草の一件からすると、襲われた理由が刹那嬢にあり、それに怒り狂った雫嬢を峰打ちで強引に止めたといったところかな。だとすれば刹那嬢の上がサラシ一枚なのはその過程で上が斬られて着れなくなったか、はたまた血で汚れてそれが落ちなかった、といったところになるか」

「……すっご……私の服の汚れはまだしも、お姉ちゃんの傷の事とかよく分かりましたねぇ……」

雫は思わず拍手を送っていた。

自分の服に付着した大量の返り血は、濃い色の服のせいであまり目立たない。着ている当人でさえ、まじまじと観察して判別がつく程度だ。

これだけでも驚嘆ものだが、姉の傷に関してはそれ以上に分かりにくい。というより、分からない。間近で必死で観察しても、全然判別がつかない。どこをどう見ても傷は完全に塞がっている。

さらに言えば来る前に一度沐浴して体を洗っているため、血の跡もない。もはや超能力としか思えなかった。

「少し分かりづらいが、所々細く小さな線上に不自然な赤みがある。刹那嬢の上がサラシ一枚だからすぐ分かったが、服を着ていたら分からなかったかもな。で、当たりかね？」

「詳しくは内緒ですが、完全正解じゃありません。でも、かなり当たってますよー」

「ふむ……気にはなるが嫌なら詮索はすまい。それで、何か用か？」

「あ、はい。実は……」

そう言って、刹那はリトルハピネスでのやりとりを説明し始めた。

途中でゲイツに微妙に間抜け扱いされている気がした海人の機嫌が少し傾くなどの一幕もあったが、用件自体は単純だったのですぐに説明は終わった。

「……なるほど。話は分かった。近々カナールに行くつもりだったたし、直接出向くとしよう」

「分かりました。その旨、きちんと伝えておきます。っと、遅れましたが、これは手土産です。どうぞ受け取ってください」

そう言って、刹那は肩から下げていた袋を手渡した。

色々物騒な事はあったが、どうにか手土産を入れていた袋は死守したのである。

「本当に貰っていいのか？　特に手土産を貰う謂れはないと思うんだが……」

「いえいえ、昨日リトルハピネスの事を教えていただきました。あれほど安くて美味い店は滅多にありません。どうぞ、受け取ってください」

「……では、ありがたく頂戴しよう。すまないな」

「お気になさらず。それでは、これにて失礼いたします」

「ん？　どこへ行くんだ？」

海人は一礼してすぐに揃って踵を返した姉妹に不思議そうな視線を向けた。

問いに返ってきたのは同じく不思議そうな刹那の言葉だった。

「どこへ、と言われましても。カナールへ帰るのですが」

「……それだけ疲弊しとる女性二人に夜道を歩かせて安眠できるか。どうせ部屋は空いてるから今日はとりあえず一泊していけ」

嘆息しつつ、海人はそんな提案をした。

本音を言えば今の屋敷によく知らない人間を泊めたくはないし、そこらの野盗や魔物などどこの二人は物ともしないとは思うのだが、これだけ疲弊している状態でこのまま見送り、もし帰り道に何かあった場合、本気で寝覚めが悪い。

甘い、と内心で自分を罵りつつ反応のない二人に視線を向けると――固まっていた。

まるで耳に届いた言葉が信じられない、とばかりに。

そのまま数秒経過したところで、ようやく雫の硬直が解けた。

「ほ、本当に泊めていただけるんですか⁉　やっぱり嘘とか言ったら本気で泣きますよ⁉」

「んな事言わんわい。ほれ、ついてこい」

本当に泣きそうな顔をしている雫の頭を撫でつつ、海人は二人を屋敷の中へと案内した。

◇◇◇

海人に案内された部屋で、刹那と雫はなんとも満ち足りた気分になっていた。

理由はあてがわれた客間の質。

そこそこの大きさの屋敷の客間なので当然といえば当然なのだが、部屋は小綺麗で清潔感があり、設置された二台のベッドは柔らかく、気持ち良い。

掛けられた布団もなんとも肌触りが良い。

幼い頃は普通の民家、家を出てからは良くてオンボロな安宿、ほとんどは野宿で過ごしている二人にとっては夢のように快適な部屋であった。

「ほえー……部屋広ーい、ベッド柔らかーい。いつかこんなトコに住めるようになりたいなー」

「あまりはしゃぐな。弾みで調度品壊したりしたら、有り金全部消えるだけではすまんかもしれんぞ」

「あ、それは多分大丈夫だよ。どれも安物じゃないけど、多分極端に高い物じゃないから」

姉妹揃って疲れきった体をベッドの海に沈めて休めていると、ドアがノックされた。

どうぞー、と雫がやや緩んだ声で返事をすると、海人が台車を押して入ってきた。

その上には温かい料理が並べられており、空腹の二人の腹の虫を鳴かせるには十分すぎる良い香りが漂っている。

「夕食を持ってきたぞ」

「ゆ、夕餉《ゆうげ》までいただけるのですか？」

「いくらなんでもこっちから誘っておいて食べさせないのはありえんだろ。どうやら二人共随分疲れているようだから体力回復に良さそうな料理を作ってみた」

そう言って、海人は近くの机に料理を並べ始めた。

今日の料理はニンニクやニラなどといった精のつく食材と肉をふんだんに使った、いわゆるスタミナ料理であった。

濃い目の味付けに対抗するため、たっぷりと白米も用意されている。

余程空腹だったのか、刹那たちは料理が並び終わると同時に手を合わせ、一気に食べ始めた。

それでも気を配っているらしく、まるで見苦しくは見えない。

とはいえ、異様な速さの食べ方である事に変わりはなく、たっぷりと用意されていた料理はあっという間に消えてしまった。

「美味しかったぁ～……昨日も思いましたけど、海人さんって凄い料理お上手なんですねえ」

「所詮素人料理ではあるが……ま、色々あって多少の腕はある」

「御謙遜を。素人料理、というよりは家庭料理と言うべきでしょう。それに拙者よりは格段にお上手ですし……正直、女としては複雑な気分です」

「お願いだから、お姉ちゃんは料理の腕磨く前に常識磨こうね？　今のままだと結婚しても新婚初日で旦那さん殺しかねないから。ぶっちゃけこの間もあたしじゃなきゃ死んでたよ？」

「うぐ……」

「擁護するわけではないが、ロゼルアード草の件は仕方ないと言えば仕方ないだろ。今となっては図鑑以外ではまず見る事がないわけだし」

反論できずに縮こまっている刹那に、海人が助け舟を出した。

だが、今までの刹那の前科を知らぬ彼が出した船は、見事なまでの泥舟であった。

「優しいですねー。でも、あれは序の口なんですよ。あたしたちは鍛錬の一環で常時肉体強化してるんですけど、そのおかげで大概の毒物は普通に食べられるんです。そのおかげと無知のせいでこの馬鹿姉は毒物も平気で食材に使っちゃうんですよ。味はそこそこ良い物になる事が多いんですけど、普通の人が食べたら八割方即死します」

能天気な口調で海人の言葉を否定する雫。

内容の恐ろしさの割に、深刻そうな様子はまったく見受けられない。

かといって冗談を言っている様子もない。

目の前の少女にとっては命の危機が文字通り日常と化している事を知り驚愕するも、海人はそれでもさらに擁護した。

「……あー……そもそも町で材料を買って普通に料理すればいいだけじゃないか？」

「残念ながらあたしたちは家がないんで、それもできないんですよ。さすがに調理道具一式持ち歩いて旅するのは問題ですしねー」

「おや、君らはこの国に住んでいるわけではなかったのか」

「はい。家を出て以来、修行がてら各国を放浪する生活でしたので。この国に来たのはつい最近なのです」

「ここら辺は治安も良いですし、あたしとしてはそろそろ定住したいなーとは思うんですけどね。てゆーか、毎回毎回安宿か野宿の生活はいい加減飽きました」

「ん？　昨日はカナールに泊まらなかったのか？　あそこの宿はどれもそれなりに質が高いはずだが……」

「実を言うと、昨日はあそこの近くの森で野宿したんですよ。あの辺りは魔物ほとんどいませんし、たまにいても最下等ですからゆっくり寝られるんです。あの町が宿代高いところばっかなせいもあって、お姉ちゃんがケチケチ根性発揮しちゃったんですよ」

「一番安いところで一泊八千だぞ⁉　折角の収穫も高く売れなかったし、そんな贅沢ができるはずないだろうが！」

ケチ呼ばわりされた刹那が半ば脊髄反射的に反論した。

昨日売り払った収穫は、あまり高値では売れなかった。

それでも数日は少し贅沢な外食ができるだけの額ではあるのだが、手持ちの金と合わせても大金というわけではない。

値段の知識は豊富なくせに計算が大雑把な雫からすればケチに見えるだけで、決して自分はケチではないのだ、と声には出さず、心なしか冷たい目で見ている気がする男に潤んだ瞳で訴えかける。

「……とりあえず、君ら姉妹どちらにとっても日常が大変だという事は良く理解できた」

「御理解と同情ありがとうございまーす。あ、そうそう、あたしたち朝には報告に戻るつもりなんですけど、よければ背負って連れてきましょうか？　あたしたちが全速力で突っ走れば飛翔魔法で行くよりもずっと速いですし、なんでしたら帰りも送りますよ？」

「ありがたい申し出なんだが、それは無理だ。多分明日か明後日に一度客が来ると思うんでな。カナールに行くのはそれが終わった後になる」

雫の提案を、海人は若干の未練を感じつつも断った。

シェリスの性格からして初仕事の今回は期限までに一度経過を見に来るだろうし、なにより無用心な屋敷の中に頼まれた書類を放置して出かけるのは無責任すぎる。

本当なら即座に飛びつきたい提案だが、断るしかなかった。

「あー……それじゃ仕方ないですね」

「すまないな。せっかくの厚意を」

「いえいえ、お気になさらず」

律儀に頭を下げる海人に、雫は軽やかな笑顔で応えた。

翌日、朝早くに出立した二人を見送った海人はそのついでに、屋敷の門の清掃をしていた。

別段気になるほど汚れているわけではないのだが、この屋敷に客が来る可能性は低くはない。

一応の礼節として屋敷の入り口はしっかりとしておこうと思い立ったのである。

妙に慣れた手つきで屋敷の門を丁寧に磨いていると、高速で飛来する人間が視界に入った。

見慣れた服装に手を止めた海人が着地したその人物――シャロンに向き直ると、彼女は軽やかなお辞儀をした。

「おはようございます、カイト様」

「おはよう。で、仕事の進行状況の確認か？」

「はい。どの程度進みました？」

「昨日の夜前には検算含め全部終わったぞ。できれば持って帰ってくれると嬉しい」

海人の言葉に、シャロンの呼吸が止まった。

数瞬息を止めた後、今しがた聞こえた言葉を反芻する。

検算を含め全て終わった。たしかにそう聞こえた。

それは事実か――ありえない。

いくらなんでも一日で終わる量ではない。

では目の前の男が嘘を吐いているのか。これもまたありえない。

おおよそ嘘を吐いている気配は感じられないし、なにより嘘であるなら持って帰らせようとはしないだろう。

そもそもそんな事をすれば中身を検分した段階で嘘が発覚するので、嘘を吐く意味自体ない。

ではこの状況はどういうことなのだろうか。

シャロンは少し考え――目の前の男へ、哀れみに満ちた傷ましげな目を向けた。

「――――お辛かったのですね。大丈夫です、悪いのは限度を弁えなかった主と総隊長です。次からはちゃんと人間がこなせる分量にしてもらうよう働きかけますので、どうぞ今日はゆっくりお休みください。きっと目が覚めた時には常識的な現実がありますから」

「議論の余地なく全否定⁉　あの書類そんな量だったのか⁉」

精神に異常をきたしたと思い込まれた男が、驚愕の面持ちで尋ねると、シャロンは涙を滲ませながら、質問に答え始めた。

「はい……だからいいんです、できなくてもそれが当然なんですから。そんな無理に平静を取り繕って現実逃避なんかしなくていいんですよ……っ！」

瞳から大量の涙をこぼしつつ、海人の体をきゅっと優しく、強く抱きしめる。

まるで今にも崩れてしまいそうなものを必死で繋ぎ止めるかのような、そんな抱擁。

それは演技などでは決して出しえない、温かい優しさに満ち溢れている。

そんな彼女の心根の優しさを表す慈愛に満ち溢れた抱擁を、海人は引きつった表情で見下ろしていた。

「あー、うん。そこまで見事に否定されると、本当に終えたかどうかだんだん自信がなくなってきた。終えたはずなんだが、念のため見てもらえるか？」

海人の言葉にシャロンは、小さく、だが力強く、はっきりと頷いた。

その表情には、一つの強い決意が現れていた。

残酷な現実から逃避する人間を現世へと引き戻すために、涙を堪えてでも非情な現実を突きつける、と。

背中に悲痛なまでの哀れみに満ちた視線を感じつつも、海人は何も言わずシャロンを自室へと案内した。

◇◇◇

海人の部屋へと案内されたシャロンは、書類入りの木箱を開けて愕然とした。

あるはずのない物がある。むしろ普通に考えれば、自分の常識を守るためにはあってはならない物が。

どれだけ目を擦っても、頬を抓《つね》っても、頬を張っても、頭を殴っても、目の前の幻覚は消えない。

シャロンはそんな無駄な抵抗をしばし試みた末に、

「……申し訳ありませんカイト様。私、思った以上に疲れが溜まっているようです。色々試しても書類が全て完成している幻覚が消えてくれません」

それでもなお現実を認めなかった。

あまりにも自然な心の底からの全否定に、さすがの海人も段々本気で自信を失い始めた。

「いや、幻覚ではないはずなんだが……ここまで徹底されると本気で自信なくなってくるなぁ」

「だっておかしいですよ！　総隊長だって限界ぶっちぎって睡眠時間消しても期日に間に合わない量のはずなんですよ⁉　いくらなんでも一晩でできるはずないじゃないですか！」

「……なるほど。まあ、いずれにしても君の目に映っているのは現実だ。幻覚でもなければ錯覚でもないので、そこは理解してくれるとありがたい」

心の中でこの場にいない二人に呪詛を呟きつつ、海人はひとまずシャロンの説得を行うことにした。

このまま押し問答していたところで、彼女の後の仕事のスケジュールが悲惨な事になるだけで、利益はない。

完全に勘違いとはいえ、色々気遣ってくれた女性を苦しめるのは些か心苦しかった。

「うう……いまだ非常に納得しかねるものがありますが、分かりました。目の前の常識を破壊する光景は現実で、私はこれを持って帰らないといけないんですね」

「理解してもらえたようでなによりだ。それじゃ早速外に運び出すと……」

海人がそう言って木箱を抱えようとした時、シャロンがそれを一旦押し止めた。

「あの、書類とは別件であと二つ用件があるのですが、よろしいでしょうか」

「構わんよ。何かあったか？」

「まず一つ目ですが、昨日総隊長が御馳走になったという……御飯、でしたか。それを試食してみたいと主が申しておりまして、よろしければ少し分けていただきたいのですが」

「……そういえば米は渡してなかったか。分かった、まだ残ってるし後で渡そう。もう一つは？」

「こちらはあくまでついでなのですが、最近この近辺で強い冒険者をお見かけになられませんでしたか？　おそらく、ルミナス様級の実力者だと思うのですが」

「冒険者ね……ぶっちゃけ私は相手の力量測るような技能の持ち合わせはないが、二人ほど心当たりがなくもない」

「へ……ほ、ホントですか⁉」

有益な答えが返ってくるとは思っていなかっただけに、シャロンは思いっきり驚いた。

この屋敷の裏にあるドースラズガンの森から一番近い街はカナールになる。

しかし森の奥地からカナールへと行くためには、立地の関係上この屋敷を通るのは確実に遠回りになる。

だからこそ、シェリスは昨日ローラがエンペラー・カウを仕留めた人間の心当たりを海人に尋ねなかったことを全く咎めなかったし、シャロンも海人の返答にまるで期待していなかったのだ。

予想外の返答に、シャロンが目をぱちくりとさせていると、海人が話を続けた。

「確証はないがな。一つ聞くが、君はこの裏の川に生身で入って苦もなく魚を次から次へ乱獲する事は可能か？」

「アミュリール川でですか……う～ん、やってみないと分かりませんが、難しいかと。あの激流で視界も悪いですし、中にいる魚の動きも速いですから」

シャロンは熟考した末に、そう結論を出した。

裏の川で生身で魚を獲ること自体はさほど難しくもないのだが、次から次へ獲れるかと言われると難しい。

生息している魚自体かなりの速度で動くし、加えて荒れ狂う激流のせいで魚の姿を目では捉えにくい。

決して不可能ではないが、相当な集中力の持続が必要になり、シャロンはまだそこまでの領域に達していない。

「とりあえず、片方はそれが可能な人物だ。目の前で見たし、証拠が三十匹ほど内庭の隅で干物に加工中だ」

「……本当ならば当たり、ですね」

「ついでに言うと昨晩屋敷に泊まってな、君が来る少し前に帰ったところだ」

「ええっ⁉　な、何でそれを早く言ってくださらなかったんですか！」

「いや、聞かれなかったからな。それに二人共強そうではあったが、シェリス嬢のことだから把握してるだろうと思ってたし」

「信用が裏目に出たわけですか……主が聞いたらきっと涙するでしょう。もしよろしければ、詳細な話を主に直接説明していただけると助かるのですが」

おずおずと、シャロンは海人に頼んだ。

直接の面識があり一泊させたとなると、得た情報量はかなり多いはずだ。

記憶力にはそこそこ自信があるシャロンだが、聞いた内容全てを記憶して主に伝えるとなると難しい。

覚える自信はあったが、記憶違いの可能性を考えると、やはり海人に直接説明してもらうのが最善なのだ。

が、海人はやや申し訳なさそうに、だがきっぱりと断った。

「そうしてやりたいのは山々だがな。この屋敷は私一人しか住んでいないから、空き巣に入られる可能性がある。盗まれては困る物もあるんで、残念ながら無理だ」

海人の言葉に、シャロンは戸惑ったような顔になった。

そのまま首を傾げながらなにやら考え込む。

そうやってしばし迷った末に、シャロンは恐る恐る海人に問いかけた。

「……あの、ひょっとして主から聞いておられませんでしたか？」

「何をだ？」

「この屋敷に限らず、一度主の手を通った屋敷はおおよそ盗難の心配はございません。盗賊ギルドとは契約が成立しておりますし、野盗などの突発的なならず者はいても迅速に除去されております。それに……そもそもこの辺りでは盗賊を働くと三日で行方知れずになるという噂が流れていますので、ここ何年かは野盗の類は現れておりません」

ふ、と息を吐き、憂鬱そうに壁を眺める。

一応最後に言った噂のおかげもあり、この近隣、より正確にはシェリスの手が直接及ぶ範囲の地域は治安が極めて良い。

国内はおろかこの大陸でも有数と言われるほどの安全地帯だ。

が、それが成り立つまでに積み重なった人間の屍を思うと、素直に誇れない。

まして、その積み重ねに自分も加担していただけに、尚の事。

その憂いを帯びた表情に海人はおおよその事情を察し、とりあえず防犯の心配はあまりしなくてもよい事を理解した。

「なるほど……分かった。では、少しだけ待ってくれ。すぐに準備をする」

◇◇◇

シェリスの屋敷の応接間。

普段ならば屋敷の主の背後にはローラが控えているのだが、今日は用事で不在との事だった。

代わりにシャロンが控え、紅茶の継ぎ足しなどの雑務を行っている。

不満はないものの、いつもより味の劣る紅茶で時折喉を湿らせつつ、海人は宝蔵院姉妹についての説明を行っていた。

とはいえ、所詮二回会った程度なので、説明する内容が極端に多いわけではない。

程なくして説明が終わった時、海人は二杯目の紅茶を飲み干したところだった。

海人がカップを置くと同時に、シェリスが笑顔で深々と頭を下げた。

「非常に参考になりました。情報提供ありがとうございます」

「別に大した内容でもないだろ」

「いえいえ、足がかりの有無は大きいですよ。それはさておき……カイトさん、一つだけどうしても言いたいことがあるんですが」

隙のない笑みだったシェリスの口元が、少し引きつった。

自覚はあるらしく、必死でそれを消そうとしているらしいのだが、かえって他の部位が引きつってかなり怖い事になっている。

若干それに慄きながら、海人は間抜けた問いを返した。

「あーっと……なんだ？」

「どんな手品使えばこの短時間でアレが終わるんですか⁉　計算速度が速いのは知ってますけど、どんだけ集中力保てるんですか⁉　貴方の作業時間よりこっちの確認作業の方が時間かかりかねないってありえませんよ⁉」

ズダン、とテーブルをぶっ叩き、思いっきり身を乗り出す。

肝心の用件が先、と今日会った時から押さえ続けてきた感情が見事に爆発していた。

当然だが、終わらないという心配はしていなかった。

海人の能力は言わずもがな、真面目な性格と他の仕事がないはずの現状を考えれば、余裕だろうと思っていた。

しかし、しかしだ。それを見越して二日を少しオーバーぐらいの量を渡したはずだというのに、その半分に満たない時間で終わらせてしまうというのは、いくらなんでも想定外だ。

嬉しい誤算ではあるのだが、どこまでも果てしなく化物のような飄々とした男に、突っ込まずにはいられなかった。

「さてな。一応言っておくが、大変ではあったんだぞ？　さすがに終わった時には肩と首がかなり凝っていた」

「……その程度ですか……はあ、ところでお米は持ってきていただけました？」

「ああ。ついでだし、実際に調理した物も持ってきた」

布袋に入れた白米と笹の葉で包んだ握り飯を取り出し、手渡す。

笹の葉の包みを解くと、丁寧に形を整えた握り飯と脇に添えられた沢庵が現れた。

握り飯は塩もなしの、完全な白米。より味が分かりやすいようにとの配慮だ。

「相変わらずマメですね。では、早速失礼して……」

ぱくっとおにぎりを一口頬張る。

モグモグと数秒かけて咀嚼した後に飲み込み、シェリスは興味深そうに頷いた。

「どうだ？」

「……以前食べた物とは随分と味が違いますね。甘味もそうですが、この……コクとも言うべき旨味が違います。好みの関係でスカーレットのパンに軍配が上がりますが、これはこれでたまに食べたい味です」

「なら、少し卸すか？」

「うーん、前々から思ってたんですけど、御飯ってこのまま食べるか何かと一緒に食べるかしかないんですか？」

「要するに、食材の一つとして料理に混ぜられないかという事か？」

「ええ。粒が細かいですから色々活用法がありそうな気がしまして」

「あるにはあるが……一番馴染みやすそうなのは、グラタンのマカロニの代わりに入れることか」

「あ、それ美味しそうですね。他にもありましたら教えていただけますか？」

「う〜む種類は多いからな……そうだな、今度暇を見て栽培法と同じように本を書いておこう。口頭での説明よりそっちの方が確実だろうし」

熟考した末、海人はそんな結論を出した。

米を使った料理は色々多彩なため、この場で口頭で説明していては日が暮れてしまうし、なにより本は内容が残る。

後々の手間などを考えれば、書くのは面倒なものの本にした方が効率的なはずだった。

「ありがとうございます。……あ、それで思い出したんですが、できればカイトさんにお願いがあるんですけど、よろしいですか？」

「何だ？」

「魔法の術式構築理論に関して分からないところがありまして。時間がおありでしたら少し解説をお願いしたいなー、と」

にっこりと微笑み、シェリスは海人の顔を覗きこむ。

意識してかどうかは不明だが、男の保護欲をそそる上手い仕草である。

「私は構わんが、時間はあるのか？」

「今日の面会は既に終わってますし、後は書類仕事だけなんですよ。それもカイトさんのおかげでかなり時間に余裕が出来ましたから、大変ではないんです。よろしければ、早速図書室へ――」

そう言ってシェリスが立ち上がろうとした瞬間、ノックの音が響いた。

すぐさまシャロンがドアへ向かい、顔を覗かせた小柄なメイドと短い会話をした後、主の背後へと戻ってきた。

「何かあったの？」

「はい。リグラベン商会の会長が急ぎお目にかかりたいと」

「……ジラード老が？」

「はい。いかがいたしましょう」

自分の顔色を窺いながらの問いに、シェリスは迷った。

今来ているという突然の来客は物腰柔らかい礼儀を弁えた老紳士だ。

普段ならば予約もなしにやってくることはありえない。

なにかしら厄介な事が発生したと考えて問題ないだろう。

とはいえ、それが一秒でも早く聞かなければならない用かといえばそれもまた疑問だ。

それだけの大事であればシェリスの耳に噂程度は入っているだろうし、なにより部下に名言はせずとも一刻を争う事態であることぐらいは伝えているはずだ。

どのみち早く聞くに越したことはなさそうだが、現在は心証を害したくない相手を接客中。

しかも、自分から頼み事をした直後だ。

どうしたものか、と一秒にも満たぬ間で思考を巡らせていると、海人が口を開いた。

「私のことは気にするな。どうせ時間は余っている。できれば少し調べたい事があるんで先に図書室を使わせてもらえると助かるが」

「ありがとうございます。では、礼を失しますが、中座させていただきます。シャロン、図書室への御案内と可能な限りのおもてなしをお願い」

シェリスはそう言うと、シャロンに図書室の鍵を手渡して部屋を出た。

◇◇◇

燦々と陽光が降り注ぐ昼下がり、ミッシェルに伝言を伝え終えた宝蔵院姉妹は街を散策していた。

気前の良いミッシェルについでだから、と一食奢ってもらった腹ごなしを兼ねて、現在二人はある場所を目指している。

その途中で、刹那が唐突に口を開いた。

「……うーむ、雫。やはりなにがしかきちんとした形でお礼をせねばならんと思うんだが」

「そんなに着心地よい？」

「ああ。この形状の服は着慣れていないし、少し大きいから違和感はあるが……非常に肌触りが柔らかい。いつも生地が安物だったせいもあるだろうが、おそらく相当高級な素材だろう」

自分の服装を見下ろし、刹那は腕を組んで唸った。

現在彼女は着慣れた和装ではなく、白のシャツと黒の綿パンという非常にラフなスタイルになっている。

刀はベルトの部分に差しているが、不思議とそれほど違和感はなかった。

昨日の刹那の、上半身サラシ一枚という扇情的すぎる姿を見かねた海人が譲った服だ。

最初は今のままで問題ないと固辞していた刹那だったが、海人と、なによりそんな姿の姉と歩く事になる雫の強い説得に圧されて渋々着替える事にした。

さすがに男物だけあって些かサイズが大きいのだが、元が海人が成長しきる前の服であるため、ぶかぶかにはなっていない。

むしろ服と体の間に出来た絶妙な空間が彼女のスタイルの良さを強調している。

さらに生地の質の高さと刹那の凛とした佇まいが相まって、なんとも気品のある空気を醸し出し、まともな男なら目を奪われずにはいられない姿になっていた。

「うーん、肌触りからすると、上は上質の絹っぽいけど、下は綿だよね。下の穿き心地は悪くないの?」

「ああ。袴ほどではないが、それほど足の動きが妨げられない。実力伯仲の相手と一戦交えるのでもなければ問題なく戦える」

真面目な顔で頷く刹那。

一応材料さえあれば雫が元の半着を仕立てられるため、この後着替える予定ではある。

いくら着心地が良いとはいえ、慣れた服の方が動きやすいからだ。

が、今回のような事態用の予備の服としてはこれ以上望むべくもない着心地。

だからこそ、ただ貰うだけというのは海人に申し訳なかった。

本人曰く捨てるのを忘れてただけなので丁度良かったとのことだったが、それでもだ。

「ふーん。あたし相手だったらどう?」

「安心しろ。昨日と同じ事になっても同じ結果にしてやる」

「んー……安心しろって言われてもなー。まだ骨痛いんだけど」

「自業自得だろうが、未熟者」

そんな会話をしながら、二人はある古びた建物の前にやってきた。

入口上の看板には《冒険者ギルドカナール支部》と書かれている。

それを確認し、二人は軽く安っぽいドアを潜った。

中に入るとすぐ近くにいくつかテーブルがあり、何箇所かで強面の男たちがたむろしながら談笑している。

二人が歩みを進めると、中でもとりわけ賑やかなテーブルの中心にいた老人が視線を向けた。

「おや、新顔じゃな。腕は立ちそうじゃが」

「おいおい、オーガスト爺さん、こんな可愛らしい娘たちがそんな強いわけねえだろ」

「バカモン。んな事いったらルミナス嬢ちゃんやシリル嬢ちゃんはどうなる。お主らが全員捨て身でかかってもかすり傷も負わせられずに皆殺しじゃろうが」

「……あの二人は化物代表格だろーが。まるで次元が違うっつーの」

出されたたとえに、中年の冒険者は思わず頭を抱えた。

オーガストが出した例はどちらも規格外の女性だ。

両者共に傭兵業界では知らぬ者のない名うての超人。

戦闘能力で比較されれば性別年齢問わず劣る人間の方が圧倒的に多い。

が、二人共可愛らしいとさえ言える、特にシリルはそれ以外の形容がありえない容貌だ。

外見で判断するな、というオーガストの言葉の趣旨を否定する事はできない。

「おそらくそこの二人も同格かそれ以上じゃぞ。すまんの、お嬢さん方。こいつらはまだまだ未熟ゆえ、相手の力量もろくに読めんのじゃ。気を悪くせんでくれ」

「別に気にしてはおりません。ところでオーガスト、と仰ってましたが、貴方がかの《大いなる孤狼》ですか？」

「いかにも。わしがオーガスト・フランベルじゃ。お嬢さん方は名はなんと？」

「宝蔵院刹那と申します。この国式に言えばセツナ・ホウゾウインになります」

「同じく宝蔵院雫でっす♪」

「ふむ、元気が良くてよいのう……しかし、聞かぬ名じゃな」

二人の返事に笑顔を浮かべつつも、オーガストは若干困惑していた。

見た感じ二人共相当な達人のはずだというのに、名前をまるで聞いた覚えがないのだ。

年老いたとはいえ元が歴戦の冒険者であるオーガストは、今でも広い情報網を持っている。

有望株の冒険者であれば、一度ぐらいは名前が耳に入っているはずだ。

どういうことなのか、と思って二人を見ると、刹那が居心地悪そうに頬を掻いていた。

「冒険者になって日が浅いことと……まあ、他にも色々ありまして、ランクが非常に低いので」

「主にどっかの誰かのお人好しのせいだけどね」

「ぬぐっ……」

じとーっと冷たい目で睨まれ、刹那は呻いた。

残念ながら雫の言葉は冷酷なまでに厳然たる事実であるため、刹那としては否定もできず押し黙るしかなかった。

「まあまあ、喧嘩は良くないぞ。で、今日は仕事を探しに来たのかね？」

「ええ。少し稼いでおこうと思いまして」

「ほれ、ザックス。お客さんじゃぞ」

「分かってらあ。とりあえず今うちに来てる依頼はこんだけだ」

そう言ってカウンターの下から紙の束を取り出す。

ドサ、と目の前に高く詰まれた依頼書の山に、宝蔵院姉妹の目が輝いた。

これだけの数の依頼はよその町ではなかなかお目にかかれない。

この数ならば高額依頼の一つや二つ、確実に入っているはずだ。

喜び勇んで依頼書の検分を始めた二人だったが、次第にその表情が曇っていく。

そして全てを見終わった後、姉妹を代表して雫が万感の思いを込めて叫んだ。

「どれも安いですよっ⁉　仲介手数料取られたら雀の涙じゃないですか⁉」

「ま、その反応は当然だな。ここら辺は安い依頼ばっかなんだよ。そんだけ平和だって事なんだけどよ」

すっかりお馴染みとなった反応に、ザックスは苦笑した。

最初にこのギルドに来た冒険者は、大体が雫と同じ反応をする。

別段仕事の条件自体は悪いわけではないのだが、報酬が安い。

稼ぐためには相当な数をこなさねばならず、かなり大変なのである。

ただ、言い換えれば数さえこなせば安全に金が貯まるということなので、悪い事ではない。

冒険者という職業が博打そのものな人間がそう思うことは稀だが。

「シェリス嬢ちゃんからの依頼はないのかの？」

「何日か前にゲイツが持ってった。あいつが失敗することぁねえだろ」

「うあー、昨日何日かかかるって言ってたやつか～……」

シクシクと涙を流し、雫は項垂れた。

仕方なく雀の涙でもないよりはマシ、と再び依頼書の束に手を伸ばした時――その場の時が止まった。

誰も彼もが入口に視線を向け、固まっている。

何事かと思い、雫も依頼書から入口へと視線を向け——凍りついた。

最初に目につくのは形容できぬほどに端整な顔立ち。

それはただそこにあるだけで周囲の人間に劣等感を植え付けるほどに強烈な美貌だ。

次に目につくのがソバージュの銀髪。

やや癖のある髪型でありながら、それは神々しいまでの銀の艶を放っている。

最後に、美の女神すらひれ伏しそうな、至高のプロポーション。

全てが完璧に調和したそれは、芸術品のような神聖さと生身でしかありえない妖艶さが同時に存在している。

男であれば、否。老若男女問わず見惚れずにはいられない絶世の美女——ローラ・クリスティアがそこにいた。

「失礼いたします。このギルドに最近新しい冒険者は……オーガスト老、こんなところで何を？」

「い、いや、その、これはじゃな、決して仕事をサボって酒を飲んでいたわけではなく、若い冒険者たちに人生の先達として色々アドバイスをじゃな」

冷たい視線を向けられ、オーガストは慌てた。

多くの人間がローラに見惚れて呆ける中、オーガストが固まった理由は違っていた。

魔力判別所の所長という仕事をサボってここに来たため、この後の最悪の展開を考えてしまったのだ。

彼女自身は別にオーガストがサボろうが何しようが興味などないだろうが、その主は違う。

なにせ一応オーガストの部下であり、仕事に対しては真面目な女性だ。

知られたらそれこそ碌な目には遭わない。

どうにか上手い言い訳はないかと考えていたオーガストだったが、その淡い希望はたった一言で打ち破られる事となる。

「言い訳は自由ですが、いずれにせよシェリス様には報告させていただきます」

「殺生な⁉　また長々と説教されてしまうじゃろ⁉」

「それは自業自得かと存じます。さて、いずれにせよ今日は運が良いようですね。よもやいきなり当たりを引くとは思っておりませんでした」

オーガストから視線を切り、ローラは視線を宝蔵院姉妹へと移した。

どちらもオーガストと同じく見惚れることなく、ローラを見つめ返している。

彼女らが固まった理由もローラの美貌ではなく、別の要因。

一目見ただけで彼女の尋常ならざる力量を悟らされたがゆえだ。

そんな相手が自分たちに興味を持ったのだから、心中穏やかなはずもない。

二人は自然と腰を落とし、臨戦態勢寸前になっていた。

「あー、理由は分からんが、穏便にの」

「御心配なく。当面は穏便な用件です。御二人共、突然で失礼ですが、少々お時間をよろしいでしょうか？」

緊張している二人に、あくまで淡々と、感情の動きを見せず語りかける。

その声には親しみも含まれていないが、敵意も含まれていない。

それを感じ取った刹那は構えを解き、ローラに当然の疑問をぶつけた。

「……構わないが、貴女は何者だ？」

「これは失礼いたしました。フォルン公爵家長女シェリス・テオドシア・フォルン様にお仕えしております、ローラ・クリスティアと申します。以後お見知りおきを」

仕草以外はどこをとっても使用人らしからぬ使用人は、ペコリと優雅な一礼を披露した。

◇◇◇

海人は図書室で魔法書を読み漁っていた。

以前来た時に粗方の内容は把握したのだが、あくまでそれは無属性魔法中心。

他にも色々知らなければならない事が多かったため、他の属性に関してはなおざりだった。

だが、他の属性の術式に使われる文字や図形を知れば無属性魔法に転用できる可能性もあるし、できずとも何かしらの糸口になる可能性はある。

防犯の心配はほぼ不要と聞かされはしたものの、やはり不測の事態は起こりうる。

なにより何かしら揉め事に巻き込まれる可能性を考えれば、備えておくに越したことはない。

近代兵器などのオーバーテクノロジーは極力使いたくなく、創造魔法も同様。

結局海人が戦うとすれば無属性魔法と魔力砲が主軸になるため、それらの改善は急務であった。

他の属性の魔法と比較して発動時間が短いとはいえ、防御魔法は最速でも発動まで一秒弱かかり、緊急時の防御としては不安が残る。

最大の問題が、事実上唯一の攻撃法である魔力砲。威力はともかく効率が悪すぎる。

無属性魔法の術式で同様の効果を生み出せないかは考えておかなければならないことだった。

「………とはいえ、これは面倒な作業になりそうだな」

一通り読み終えたところで、海人は猛烈な速度でページを捲っていた手を止めた。

様々な魔法書を読んだが、やはり得る物はさほど多くなかった。

一部使えそうな内容はあるにはあったが、今海人が使っている防御術式の効果と比較して二割の強度増加、一割の魔力消費低減といったところで、魔法の発動時間短縮はできず、なにより魔力砲の代替に繋がりそうな方法がない。

——収穫がないわけでもなかったが、満足には程遠い。

そんな事を思いながら海人が暗い天井を眺めていると、彼の斜め後ろにずっと黙して控えていたシャロンが、温かい紅茶を差し出してきた。

「ありがとう」

「凄い速度で読み漁ってらしたようでしたが、お目当ての記述は見つかりませんでしたか？」

「ん、駄目だな。やはり思い通りに術式の改良はできん」

「それはそうですよ。術式一つ改良するのに平均十年はかかるんですから。こんな短い時間で改良できてしまったら世界中の学者が絶望しちゃいますよ」

そう言いながら優しく笑うシャロンに、海人は曖昧な笑みで応えた。

実のところ、海人は今得た収穫だけでもすぐさまシャロンの言う学者を絶望させる成果が出せる。

即座に結果に繋がりそうなものがなかったから不満なだけで、腰を据えて研究すれば防御魔法の劇的な改良は可能。

残念ながら、魔力砲の代替に関しては今のところ当てがないが。

そんな事を考えながら、テキパキと本を棚に戻していくシャロンの背中を眺めていると、階段の方から足音が響いた。

「遅くなって申し訳ありません」

「気にするな。それなりに有意義な時間を過ごせた。それと教える代わりと言ってはなんだが、その前に一つ頼みがあるんだが、いいか？」

「なんでしょう？」

「例の資料を見せてほしい。五分で構わん」

シェリスに目配せをし、海人は端的な言葉で頼んだ。

一瞬その意味が理解できず戸惑うも、シェリスはすぐさま察した。

「あ、はい。分かりました。では、隠し部屋へ御案内しますので、ついてらしてください。悪いけどシャロンはここで少し待ってて」

そう言うと、シェリスは先導するように歩き始めた。

案内されるまま階段を上って四階に辿り着き、そこから少し奥まで歩き、ある本棚の手前で止まった。

彼女が重い本棚を中身ごと持ち上げると、下から金属製の扉が現れた。

そこに鍵を差し込んで開けると、シェリスは扉を支えながら言った。

「申し訳ありませんが、中が狭いのでお一人で入ってもらうことになります。中に入ると金庫がいくつかありますが、七十二番に入ってますので。鍵はこれです」

そう言って、シェリスは鍵の束から一つ鍵を外し、海人に手渡した。

七十二と数字が刻まれているそれは、やや質素で素っ気ない作りだった。

「ありがとう」

シェリスに短く礼を言って中に入る。

短い梯子を伝って降りると、本当に狭かった。

一本道の通路一つしか存在せず、それもかなり短い。

道幅は人一人なら多少余裕があるが、これでは壁になるよう配置された金庫を開けるのがやっと。長身の海人にとっては些か辛い場所だった。

が、悪戦苦闘しながらも目当ての金庫を見つけ、渡された鍵で開く。

そして以前一度だけ見た資料を中から取り出すと、海人はポケットから超小型のデジタルカメラを取り出し、創造魔法に関する資料を根こそぎ撮影した。

「……よし、終わり」

つつがなく一仕事終えた海人は、ほっと息を吐いた。

こんな事はもっと早くやっておくべきだったのだが、ローラがいると安心して撮影できない。

困ったことに、彼女は海人が使う凶悪な近代兵器の存在を知っている。

創造魔法でそれがいつでも量産可能だなどと知れれば、将来的な危険排除に動く可能性は否めない。

なにせ、海人の気分一つでそこらの三流盗賊団でもこの屋敷の精鋭を皆殺しにしかねない軍団へと早変わりしかねないのだ。

知られれば、殺されないまでもあまり愉快な未来が待っていないことは想像に難くない。

一応こちらから敵対しなければそういうことはしないという契約は結んでいるが、所詮は二人きりの口約束。

本当に危険だと思われてしまえば、反故にされる可能性は否定しきれない。

決してローラに対する信用がないというわけではないのだが、自分が逆の立場であった場合を考えるととても安心はできないのだ。

勿論シェリスが命じればローラは図書室に入らないだろうが、それは疑念を呼ぶ。

そこまでして隠蔽する内容とは何なのか、と。

そこで創造魔法の可能性に気付かれてしまえば、後はあっという間だ。

今までやってきた事のおかげで、状況証拠は嫌になるほど揃っている。

ごまかしきる事は不可能としか言いようがない。

なので可能な限り彼女が屋敷にいない時を狙って創造魔法の資料に触れなければならなかった。

ローラがいない時を逃さぬべく、屋敷に越してから白衣にデジカメを常備していたのだが、それが思いの外早く役に立った。

しかもシェリスの目を上手く逃れなければならないと思っていたのに、容易く秘密裏に撮影することができた。

今日に限って言えば、海人の運は絶好調と言っていいだろう。

資料を元の位置に戻し、金庫の鍵を閉めて隠し部屋を出ると、シェリスが若干驚いた様子で声をかけてきた。

「もう終わったんですか？　もう少しゆっくりなさってもよかったんですよ？」

「いや、大丈夫だ。教える内容は魔法関係だし、下の階に行って教えた方が良いか？　関連する質問も出てくるだろうし」

「あ、はい。お願いできるのでしたら。質問多くなるかもしれませんけど、よろしいですか？」

「別に構わんよ。さっきも言ったが、どうせ時間はある」

シェリスの問いに答えながら階段を下りて二階に着くと、シャロンの姿が見えた。

何やら魔法術式構築の理論書を見ながら、難しい顔をしている。

よほど深く集中しているらしく、二人が階段に姿を現しているというのに、まるで気付いた様子がない。

見かねたシェリスが近くまで寄ると、ようやく気付き、慌てて立ち上がった。

「も、申し訳ありません！」

「それはいいのだけど……どうしたの？」

「ええっと、実はランドルガード配置法について、分からない箇所がありまして。レクラスドンズ配置法と競合しそうにないと思うのに、競合すると記されていて……」

シャロンは開いていたページを指し示し、首を傾げた。

海人の用事が終わるまでの時間潰しのつもりだったのだが、あまりに理解できなかったので、思わず没頭してしまった。

本の記述を読んだ限りでは二つの配置法を併用しても問題なさそうに思えてしまうのだ。

が、シャロンのその考えを海人があっさりと否定した。

「いや、それは見事に競合するぞ。かなりややこしい迂遠な形だが、どう足掻いても競合するようになってる。狙ったんじゃないかと思うほどにな」

「ええ!?　本当ですか?」

「あの、私もこれは前々から疑問だったんですけど……」

シャロンばかりか、シェリスまで海人の答えに疑問を呈した。

よほどその内容が信じられないらしい。

「……分かった。それではそれから説明するから、シェリス嬢はここに座ってくれ」

海人はシャロンの横に腰掛けながら、自分の隣の椅子を指差した。

そして素直にシェリスが席についたと同時にシャロンから問題の本を受け取り、

「先に言っておくが、分からない箇所があったらその都度質問しろ。後からそこが分からないと言われると、説明に余計な時間がかかるからな。それじゃ、始めるぞ。いいか、まずは……」

可能な限り二人に分かりやすいよう噛み砕いた、丁寧な解説を始めた。

理解力に関係なく強制的に理解させてしまうような、そんな説明を。

聞き逃すにはあまりにも勿体ない、そう思ってしまうような授業を。

第4章 海人の授業

数時間後、海人は図書室一階部分の奥にある大きな読書スペースで数人のメイドと共にいた。

そのメイドたちは、多少の個人差こそあれど最低でも標準より幾段上の容姿だ。

しかも素材の良さに加え、弛まぬ鍛錬によって育まれた生命力がそれぞれの魅力を底上げしている。

立ち居振る舞いにも相応の品があり、選りすぐりの淑女たちと言っても差し支えはないだろう。

その中に、男が一人。

これだけ聞くとまさに男の夢を体現したかのような状況だが、実情はかなり遠い。

なにしろ女性陣が全員座っているのに対し、この場で唯一の男は忙しなく歩き回っている。

あちらこちらからひっきりなしにかけられる声に全て反応しているため、まさに休む間もない。

呼ばれるたびに思春期の少年ならたまらないほどの近距離に接近しているが、彼の表情は冴えない。

それどころかややヤケクソ気味な、どこか諦観に満ちた疲労感だけが伝わってくる。

「カイト様、この記述なんですが……」

「そこはとりあえず無視しておけ。今教えるよりは少し進んでからの方が理解が早いはずだ」

細い指で指し示された場所を一瞥すると、海人はそのページの二十ページほど先のページに紙を適当に切って作ったしおりを挟んだ。

そこまで読むように言ってから海人が別の方向に顔を向けると、また別の声が掛かった。

「あの～、結局この章の結論は火属性の魔法術式の最大威力の構築基本はラベルトランズ配置法とサミンリュス配置法、それにメッセルブロート系魔法文字を主体に組むこと、でいいんでしょうか？」

難しい顔で声をかけた女性は、己の長い赤茶の髪が海人にかからないよう別の方向に流しながら尋ねた。

その問いに海人は数瞬考え、

「大まかにはそれで正解だ。だが、その本には書かれていないが前提条件の関係上必然的に用いる事になる図形がある。それが何かは分かるか？」

一つ問題を出した。

目の前の女性が持っている本は書いてあってしかるべき記述が一つ抜けている。

だが、それは本の内容を理解して多少頭を働かせればすぐに分かる内容だった。

「えーっと、二つの配置法を併用した条件下でメッセルブロート系と競合せずに使える文字が……となると……アーレングルド図形ですか？」

本を前にしばし考えた末に、女性は答えを返した。

色々複雑な理論であり、使うことが多そうな図形は数あるのだが、確実に使うことになる図形は唯一つ。

今日までかなりこの理論に悩まされ続けただけにやや自信がなかったが、それでも答えた口調に迷いはなかった。

「正解。それだけ理解できていればその部分に関しては十分だ。良く頑張ったな」

嬉しそうな笑みを浮かべたメイドに労いの言葉をかけていると、また別の方角から声が掛かった。

今度はあどけなさを残した声色で、それでいてはきはきとした口調の声だった。

「あのー、テポルア草とアレメンガの根をすり潰して混ぜて固めた物を、熱すると入眠剤の香になるって書いてあるんですけど、前試した時やたら青臭い上に鼻につく感じがしてかえって目が覚めたんです。何故なんでしょう?」

「おそらくは作者のミスだな。私も試してみた事はないから断言はできんが、他の薬学書籍数点には今言った方法に、ルッキーツの葉を加え、それをメルクトスフロッグの油で固めてから熱すると書いてあった」

言いながら海人が近くの書棚から二冊ほど書籍を取り出して該当部分を見せると、やや幼さを残したメイドは礼を言ってから手近に置いてあった紙にそれを書き写し始めた。

そんな調子で次々に応対しているうちに徐々に呼ばれる頻度が減り、海人は久しぶりに近くの椅子に腰を下ろした。

(……ようやく一段落したか。まったく、なんでこんな事になったのやら)

ひとまず静まった部屋を見渡し、海人は数時間ぶりに椅子に座った。

事の起こり自体はシェリスとシャロンへの授業。

それ自体は二十分ほどで終わったのだが、途中で図書室に数人のメイドが入ってきた事がまずかった。

入ってきた理由は休憩時間を利用して教養を身につけるため、というなんとも感心な理由だったのだが、屋敷内上位三人の才女のうち二人が真剣に聞き入っている姿を見て、彼女らも思わず海人の授業に耳を傾けてしまった。

その丁寧かつ分かりやすい解説ぶりに、彼女らは元々読む予定だった魔法書を開かぬまま聞き入った。

そして、最初の授業が終わったところで、誰ともなく海人に視線が向けられた。

さすがに口には出さなかったが、その意味するところはなによりも雄弁で、全員が一致していた。

——自分たちも質問していいですか、と。

即座にシェリスとシャロンの拳によるツープラトン突っ込みが入り全員が床に沈んだ。

客に授業をしてくれるようねだるなど、声には出さずとも十分な非礼。

それが許されるほどこの屋敷の規律は甘くない。

それで全員が我に返り、非礼を詫びて読書にかかろうとしたのだが、ここで海人は言ってしまった。

どうせ時間はあるし構わんぞ、と。

しかも、折角だし他の人間も連れてきて構わないとまで。

彼は甘かった。

タダで授業するという点は言うに及ばず、この屋敷の人間の学習意欲を侮っていた。

ここの使用人は主の人脈の広さの関係で交渉に出向く事も多い。

交渉する人間の職種は実に多様で、冒険者などの荒事系の人間から、医師などの学者系の人間まで際限がない。

その交渉過程で役に立つのが、幅広い知識である。

相手が興味を持っている分野にそれなりの知識を持っていると話が弾み、交渉がやりやすくなるのだ。

ただ、鍛冶屋が魔法学に興味を持っていたり医師が軍事学に興味を持っていたりという事も多いので、どの相手にどの知識を持っていれば安心、というような正解は存在しない。

それだけに、どんな知識でも暇があれば頭に入れておこうとするのである。

そんな環境に現れた自覚なき最高の教師役のこの発言。

後はまさに崖を転がり落ちるが如し。

屋敷内に噂が瞬く間に広がり、休憩時間に入るたびに代わる代わる多くの使用人が図書室にやってきた。

さすがに途中で前言を翻そうかと思った海人だったが、期待に目を輝かせている女性たちの瞳はなかなか無視しにくかった。

そもそも前に来た人間には教えて彼女らには教えないというのは不公平。

最初に断らなかった段階でこうなるのは確定していた、そう自分を強引に納得させて海人は腹をくくった。

結果として、もはや今日中に屋敷に戻ることさえ無理な時間帯になってしまった。

途中伝えられたシェリスの伝言によると、今晩は最高の料理と部屋でもてなしてくれるそうなので不満はないのだが、疲れた事にはなんら変わりがない。

疲労を感じて軽く首を回していると、にわかに外が騒がしくなった。

どうやら音源は庭らしく、そちらの窓から多数の人間が見える。

だが人に阻まれて何をやっているのかまでは分からない。

なんなのか、と考えているうちに座っていたメイドの一人が耳をピクリと動かした。

どうやら風の魔法で外から伝言を受け取っているらしい。

彼女はそれを聞き終えると席を立ち、パンパンと手を叩いた。

「シェリス様から通達よ。冒険者の方の腕試しを総隊長が直に行うらしいわ。後学のために見ておく価値はあるはず、だそうよ」

その言葉に、一気に室内がざわついた。

見込みのある冒険者の腕試しはこの屋敷では珍しい事ではないが、屋敷最強である人物が直にそれを行う事はまずない。

あまりにもぶっちぎった実力と氷の無表情と容赦のなさで、まず間違いなく相手の心をへし折ってしまうからだ。

以前とある獣人族のハーフの冒険者が、幼馴染の忠告も無視して挑んだ事があるのだが、結果は無惨。

手加減抜きで、などという無謀な発言までしてしまったために、ひたすらボコボコにされた。

攻撃は全て動き始めに止められ、防御は全てすり抜けられ、とあまりに無慈悲な蹂躙が行われた。

心配性の幼馴染が止める間もない短時間で行われたそれは、彼の心にあまりに圧倒的な実力と恐怖を叩きこみ、それまで抱いていた慢心を完膚なきまでに消滅させた。

結果だけ見ればその後彼は実力に加えて慎重さを身につけ、偉大な冒険者の後継と呼ばれるほどにのし上がったのだが、その時の惨状を目にした者は、一様にこう語る。

――褒めるべきはあんな目にあって立ち直れた男だ、と。

そんな逸話があるので、主であるシェリスはローラによる腕試しを禁じている。

そこをあえてやらせるという事は、その冒険者の実力が尋常ではなく高いという事。

おそらくはこの場の誰よりも。

そう思った途端、主の護衛も務めるメイドたちの武人としての側面が一刻も早く庭へ向かえ、と急きたてた。

だが、散々丁寧に授業をしてくれた人物を他所に皆で庭に向かうのはあまりに非礼、と人としての倫理観と骨の髄まで刻み込まれた礼儀がそれを押し止める。

明らかにうずうずとしているメイドたちを見ながら、海人は疲れた体を強引に起こして苦笑を浮かべた。

「私も興味はあるし、手っ取り早くここを片付けて庭へ行こうか」

言葉と同時に、待ってましたとばかりに神速の片付け作業が始まった。

◇◇◇

屋敷の庭では、二人の女性が対峙していた。

片や鍔《つば》に大粒のルビーが填められた優美なデザインのナイフを両手に携える絶世の美女。

片や刃紋すらなく飾り気が見当たらない打刀を両手に携える凛然とした美女。

双方共に構えは自然体。何かに特化していない代わりに、いかなる状況にも対処できる構えだ。

その周囲では、シェリスをはじめとする屋敷の者たちが遠巻きに二人の様子を観察している。

「睨み合っているだけというのも些か退屈なのですが」

「勝ち筋が見えずに打ち込む気はない。文句があるならそちらから来い」

「……では、先手を取らせていただきます」

言葉が終わるか終わらぬかの内に、ローラの姿が消えた。

いかなる技巧によるものか予備動作一つなく、相当な力で蹴られたはずの地面すらへこみ一つない。

――直後、刹那の正面で甲高い音が鳴り響いた。

それを皮切りに同じ音が極めて短い間隔で断続的に鳴り響き、それに伴って刹那の周囲で光の花が咲き乱れ始める。

それが人間離れした神速の刃の攻防の副産物である事が視認できたのは、この超人揃いのギャラリーの中でも特に動体視力が優れた者たちのみ。

残りの者は最初何が起こっているのか分からず、経験によって起こっているであろう現象を想像するに止まった。

「おー、凄い凄い。お姉ちゃん相手にあれだけ打ち込んで傷一つないなんて」

「むしろ私共としてはローラがあれだけ打ち込んで、いまだ無傷のセツナさんの方が凄いと思うんですけど」

「見た感じ、ローラさんまだまだ手加減してますけどね。いやー、世の中広いですね。屋敷の使用人であんな人がいるなんてなあ……」

そんな会話をしていた矢先、突如背後の人間が脇に退いた。

はて、と思った雫だったが、振り向いた先に見覚えのある姿を見つけ、にこやかに挨拶した。

「海人さんこんばんはー。シェリスさんに良い評判伝えてくれてたみたいで、色々助かりました。ありがとうございまーす」

「それは事実をありのまま話しただけだが……いったいなんなんだ、あれは？」

雫に軽く手を上げて答えながら、海人は目の前の光景を引きつった表情で眺めた。

というか、光景も凄いがそれ以上に音が凄かった。

金属のぶつかり合う音がただひたすらに響き続け、耳が痛くなるほどの騒音になっている。

「ローラがセツナさんの腕試しをしているんですよ。いやはや、あれだけの実力者がいまだ無名の冒険者とは……」

「ふふ……好きで無名やってるわけじゃないんですけどね。どっかの愚姉がファイアドラゴンに襲われた町を救うために依頼もないのに仕留めて、復興費用の足しにって死体全部あげちゃって、挙句の果てに格好つけて名乗るほどの者でもないとか言っちゃったりとか、またある時は大きな依頼があるって聞いてある町に行ったら、その途中でハイゴブリンの群れに襲われ、返り討ちにしたらそれが依頼のターゲット。しかも誰も私たちがやった現場見てなかったもんだからやっぱり報酬なしで……毎回そんな調子なんです」

幼い顔立ちに似合わぬ黄昏れた吐息を漏らす。

一気に二十歳は老け込んだかのような空気を纏った雫に、シェリスは冷や汗を垂らしながら問いかけた。

「……金運が消滅する呪いでもかけられてるんですか？」

「んな覚えないんですけど、時々本気でそう思いますねー……あ、お姉ちゃんも乗ってきた」

突如あちらこちらで咲き誇り始めた銀光の花を目で追いながら、雫は暢気に呟いた。

先程までは刹那が迎撃に徹していたために刃のぶつかる場所が決まっていたが、彼女が攻撃に転じた事により、無節操にあちらこちらで刃がぶつかっている。

とはいえどちらもまだ余裕があるらしく、常に遠巻きに見ているギャラリーからは少し離れた場所でやり合っている。

おかげで観戦している者たちもある程度安心して見ていられた。

が、ここで約一名困る人物がいた。

身長百五十cm半ば程度しかない雫である。

動き自体は目で追えるのだが、先程と違い対象が無節操に移動しているため、時折背丈の高い植え込みなどで隠れて二人の姿が見えなくなる。

魔法を使って浮こうにも巻き起こる風で周囲に迷惑がかかるし、人様の屋敷の屋根に上るのも問題だ。

だが滅多に見れない高度な戦いはしっかりと目に焼き付けておきたい。

全力は出さないだろうが、先程から見ていただけでもローラの動きは色々と参考になっている。

どうしたものかと考え始めた時、雫の目が背後の長身の男に止まった。

その男はぽりぽりと頬を掻きながら、驚嘆した様子で目の前の攻防を眺めている。

その顔を観察することしばし――彼女は唐突ににんまりと笑い、海人の背中に飛びついた。

反射的に肉体強化して雫を支えようとした海人だったが、

「重っ!?　じ、尋常じゃなく重いんだが!?」

通常の強化では間に合わず、体の限界まで強化してようやく体勢を整えることに成功した。

強化を強めるのが一秒遅れていれば、確実に地面に引き摺り倒されていただろう。

「あー、あたしの小太刀ですね。でも強化してれば大丈夫でしょ？」

海人の背中におぶさりながら、クスクスと笑う。

その表情に悪びれたところはなく、心の底から海人の反応を楽しんでいる事が窺えた。

耳にかかる柔らかい吐息をくすぐったく感じながら、海人は呆れた様子で問いかけた。

「それはそうだが……急にどうした？」

「いや～、よく見えないんで高いとこに行きたいと思いまして。屋根上るのも魔法使うのもちょっと面倒ですし。駄目なら下りますけど？」

「いや、構わんよ。ついでだし、こっちの方が見やすかろう」

そう言うと海人は雫を一旦下ろし、肩車をした。

小柄な雫といえども肩車するには些かサイズが大きいが、海人の高い身長と肉体強化のおかげでさして苦にはならない。

突然の事に雫は少し目を丸くしていたが、やがて嬉しそうに微笑み、

「ありがとうございまーす♪」

礼を言って、姉と超人メイドの激戦に再び目を向けた。

少し目を離した隙に、さらに攻防の速度が上がっていた。

しかも先程は武器しか使っていなかったのに対し、現在は手技まで使っている。

その使い方がまた凄まじく、ある時は手の甲でナイフの腹を弾いたかと思えば、またある時は肘で刀を逸らしたりもしていた。

常人では姿を見ることさえ叶わぬ速度でそんな技巧を披露しているあたり、どっちも大概人間離れしている。

そんな事を思っているうちに、また速度が上がる。

「そろそろ二人がどこにいるのか把握するのも難しくなってきましたね」

「変わらず一進一退ですよ。どっちもまだ刃は返してませんけど……あ、足技まで使い始めた」

「……あの姉にしてこの妹ありですか。私はもう刃物の残光しか見えませんよ」

「あはは、なんだかんだで姉の組手相手はいつもあたしですから。……あ、そろそろ終わるみたいですね」

その言葉と同時に一際大きな金属音が鳴り響いた。

二人の動きが止まり、刹那の間合いより若干離れた位置で睨み合う。

やがてローラが先にナイフを納め、深々と一礼した。

「久方振りに良い運動になりました。お付き合いいただき、ありがとうございます」

「こちらとしても色々ためになった。それで、合格なのか？」

礼を返した後に、刹那が問いかけた。

元々この腕試しはある依頼を請け負うための実力の調査ということだった。

ついつい興が乗って戦うことを楽しんでしまったが、一番肝心なのはそれに合格したかどうかだった。

「無論です。シェリス様、例の依頼はお二人に一任して問題ないかと」

「分かりました。ではロングレース山に発生したブラッディアントの巣の壊滅、お二人に依頼させていただきます」

「承知。ギルドを通して指名してもらえるという事だったな？」

「ええ。そろそろ夕食時です。詳しい話はその時にいたしましょう。カイトさんも一緒で構いませんか？」

「ああ。というか、知った顔がある方が気楽だ。海人殿さえよろしければ、拙者はその方がありがたい」

そう言って刹那は海人へと視線を向ける。

勿論断る理由などなかった海人は何でもなさそうに軽い調子で頷いた。

◇◇◇

会食場に移った海人たちは、大きなテーブルを囲んで話していた。

内容は刹那たちと海人がここで遭遇するに至った細かい経緯。

海人から自分たちの話を聞いた事と現在ここにいる事は聞いていたが、細かい話は聞いていなかったのである。

脇役であるシェリスと使用人は口を閉ざし、双方の会話に黙々と耳を傾けている。

「なるほど。昨日仰っていた客というのはここ絡みだったのですか」

「ああ、さすがに朝一で来るとは思ってなかったがな。どこぞの御令嬢が押し付けてきた書類がそんなに多いとは思ってなかったせいだが」

「一応言っておきますが、前見せていただいた計算能力を基に多少余裕を残して終わる量にしたつもりでした。大体、三日期限のものを受け取った日に終わらせておいて何を仰るんですか」

話を向けられたシェリスは海人の毒舌をさらりと受け流し、逆に毒を返した。

前もってこうなる事が分かっていれば、仕事が楽になる余地はまだあった。

秘匿のために回せない書類の多さなどを考えると大きな差にはならないが、それでも今日の書類が一割ほど減ったはずだった。

ぶつけ所を激しく間違っている自覚はあったが、少しばかりの毒は放たずにはいられなかった。

「やれやれ。早く終わらせないと、と思って急いで終わらせたのに酷い言われようだな」

大仰に肩を竦め、海人は嘆かわしそうに息を吐く。

が、その表情は皮肉気な笑みが張り付いており、まだまだ余裕が窺えた。

シェリスの言葉もまったく気にしていないらしい。

「感謝はしてますよ。おかげで次からもう少し多めに頼めるわけですし。あ、ところでシズクさん。もう一度依頼の確認ですが、報酬は二百万、期限は明日から一週間以内。この条件でよろしいんですね？」


さりげなく海人の次の仕事の増加を宣言しつつ、雫に話を向ける。

聞き逃さなかった海人がジト目で睨んでいるが、それは無視していた。

「勿論ですよ。ブラッディアントの巣穴潰しで二百万なら凄い割が良いですもん。ああ……久しぶりにちゃんとしたお仕事……しかも高額……生きてて良かった」

瞳を潤ませ、うっとりと天を仰ぐ。

毎度毎度、彼女らはそこらの冒険者など比較にもならぬ程の荒事をこなしているのに、収入が入る事はその一割にも満たない。

刹那のお人好しか、はたまた不運な巡り合わせによって、毎度毎度収入が入らないのである。

実は今回のように高額報酬の依頼を受けられる事すら珍しかったりする。

「きちんとこなしてくだされば次からもお願いしますよ。それほど依頼がたくさんあるわけではありませんが……二年もあれば一括で家を買えるかと」

「その前に武器の新調しないといけないんですけどね。結構くたびれてますんで。最近は武器屋も鍛冶屋も刀扱う所多くなりましたけど、やっぱ高いんですよねー」

「特殊な加工法ですからね。よろしければ、安くて質の良い武器屋紹介いたしましょうか？」

「あ、材料自前で調達して安く上げるつもりなんで、鍛冶屋の方が嬉しいです」

「ん～……刀の加工技術を持っているのは、この近くですとカナールのアンドリュー鍛冶店ですね。少し遠くまで足を伸ばせば、レンドラーク村のゴーガン老という選択肢もありますが」

「腕と値段はどんな感じです？」

「アンドリューさんの腕はいまだ一流の三歩手前といったところですが、値段はその分安いです。ゴーガン老の腕は文句なしに一流ですが、予約が多いため完成まで時間がかかる事と腕前と比べれば安くはあるものの値段が高い事がネックです」

「となるとカナールですね。ミドガルズ鉱石を持っていって加工してもらう場合、いくらになると思います？」

「おそらくは百万程度ですが……そんな素材を使うのなら、お金を貯めてゴーガン老の所へ行った方がよろしいかと。値段は五倍以上に跳ね上がると思いますが、材料に見合った質の物が手に入るはずです。アンドリューさんは才能はともかく、現状の腕はまだ未熟ですから……おそらく材料を活かしきれないでしょう」

二人の懐具合を計ったうえで、シェリスはあえて高額な方を勧めた。

ミドガルズ鉱石から作られるミドガルズ鋼は最高級の素材でこそないが、間違いなく一級の素材である。

それを材料にするからには加工する職人にも相応の技量が求められる。

まして刀。斬る事に特化したその武器は通常の剣と比較して特殊な作りだ。

鋭さを求めるための薄さと強度を両立させることは非常に難しい。

やはり、勧める側としては技量の高い方を勧めざるをえない。

それは雫も分かっていたのか、シェリスの言葉に存外あっさり頷いた。

「なまくら作られたり、すぐ折れる物作られても困りますもんねー……高い方にするしかないか」

「……その前にミドガルズ鉱石の入手の当てはあるんですか？」

「ゲイツ殿の話ではドースラズガンの森でも虱潰しに掘れば見つかるそうだから、この依頼が終わって準備を整えたら頑張るつもりだ」

シェリスの問いに、今度は刹那が答えた。

その言葉には時間さえかければ見つけられる、と確固たる自信が宿っている。

「やはりそうですか……」

シェリスは軽く嘆息した。

昨日までなら素直に頑張ってくれと言えたのだが、今日はそうはいかない。

珍しく予約もなしにやってきた老紳士の用件がまさにそれに関係しており、素直に激励できなかった。

「何か問題でもあるのか？」

「……あるにはあるんですが、現段階では申し上げられません。今回の依頼を片してくださったらお話しいたしましょう。まあ、その時には解決している可能性もありますが」

刹那の問いに、シェリスは僅かに言葉を濁した。

嘘は言っていない。

シェリスの手で解決できる可能性もなくはないし、自然解決の可能性もあるにはある。

一番有効なのは創造魔法という反則技だが、いかんせん使えるかどうかが分からない。

海人に事情を説明しなければ協力は期待できないし、今回の場合は説明したらしたで拒まれる可能性が高い。

いつでも試せる手段ではあるので、自力で色々手を打ち、不発に終わった時のみ頼んでみるのが正解だろう。

そんな事を考えていると、刹那が念押ししてきた。

「……仕事が終われば話してもらえるんだな?」

「ええ。私の名にかけて誓いましょう」

「なら、拙者たちとしては文句はない。できればそろそろ食事を楽しみたいが」

「分かりました。久方振りに料理長が張り切ってますので、期待は裏切らないと思います」

そう言ってシェリスが背後の使用人に目配せすると、一拍置いてからゆっくりと料理が運び込まれてきた。

まずは前菜。そして全員がそれを食べ終わった頃合を見計らい、スープが出される。それを終えて少し空けて魚料理が出され、といった具合に、迅速に、だが急き立てられる感じを与えぬ適度な間を置いて次々と料理が出てくる。

無論、料理の味はどれもこれも極上。そして献立の組み立て方も絶妙で、前の料理が満足感を与えながらも常に次の料理を引き立てている。

極上の素材と技巧で作られた料理、そして献立から出すタイミングに至るまで完全に計算し尽くされた食事に、刹那たちは時間を忘れてただひたすらに食べ続けた。

やがてメインディッシュが終わると、雫が恍惚とした表情で呟いた。

「……ふあー、美味しかったぁ～」

「ああ。実に素晴らしいお味だった。ここまで美味い物を食べたのはさすがに初めてだな」

「喜んでいただけたようでなによりです。カイトさんは御満足いただけましたか？」

「ああ。前の祝勝会では食べてなかったが、パンとバターも最高に美味いな。パンはスカーレット女士が焼いてるんだろうが、あのバターは？」

「フォレスティアの森の近くにある牧場から毎朝取り寄せている物です。乳の質は最高級とまでは言えませんが、やはりバターは鮮度が命ですからね」

そんな会話をしていると、ドアの方からノックの音が響いた。

ドアが開けられると、台車を引きながら調理服を纏った赤毛の女性が入ってくる。

女性は台車を部屋に引き込むと丁寧に一礼し、

「料理長のスカーレット・シャークウッドと申します。本日の料理、御満足いただけましたでしょうか？」

非常に上品な態度で尋ねた。

その仕草は実に優雅で、料理長とは思えないほどに洗練されている。

外見的な造形は気が強く荒々しそうなのだが、その立ち居振る舞いが見事に相殺しており、服さえ着替えれば貴族の令嬢と言って差し支えないほどだった。

その優雅さに雫が些か緊張し、やや早口で答えた。

「は、はい！　特にメインの肉料理が良かったです！」

「拙者はあれだな。野菜のポタージュスープ。複雑だが滋味溢れる味で、なんとも美味かった」

「それは良かった……なにか？」

なにやら先程から自分を見ながら笑いを堪えている海人に向かって、スカーレットはあくまで上品に問いかけた。

「いや、多分その二人は地の口調の方が寛いでもらえると思うぞ」

らしからぬ口調を取り繕っている料理長へと、海人は皮肉気な笑みを向ける。

そして次に当の二人へ視線を向けた。

「えっと……まあ、あたしたちは雑多な人間なんで、普通の口調があるならそっちの方が緊張は少ないです」

「右に同じだな」

二人の言葉を聞き、スカーレットは主へと視線を向ける。

軽く頷きが返ってきた事を確認すると、彼女は口調を地に戻した。

「あっはっは、そう言ってくれるならこれが一番楽さね。いや～、あの口調って疲れるんだよねえ」

優雅な印象から一転して姉御、という言葉が似合う印象に変わり豪快に笑う。

品位には欠けたが、その代わりになんとも形容しがたい愛嬌が滲み出ていた。

「ん～、すんごい親しみやすくなりましたねー」

「そりゃ良かった。ところで、デザートこれだけ用意してるんだけど、どれがいいかな？」

そう言って、スカーレットは大皿に被せられた蓋を取り去った。

その下から現れたのは、目も眩むような色とりどりのデザート群。

果汁が滲んで見えるほどたっぷりのカットフルーツだけで五種類もあり、ケーキやタルトも合計七種類と豊富。

さらに皮だけのシュークリーム。どうやら台車の脇にある絞り器でこの場でクリームを入れるらしい。

当然ながら、それを見て刹那と雫は大いに悩んだ。

どれがいい？　と言われても困る。

どれもこれも美味そうで『全部』としか答えられない。

が、さすがにそれははしたない。

二人がどうにか候補を絞るべく頭を悩ませていると、シェリスが口を開いた。

「私は全て少しずつ頂戴。今日は少し空腹気味なのよ」

あっけらかんと全てを頼むシェリス。

主の意図を察したスカーレットがそれに軽い調子で答え、テキパキと皿に各種デザートを盛った。

その盛り付け方は実に見事で、多種多様なデザートの山が見事に一つの作品と化していた。

それを見た刹那と雫は、安堵して自分たちも同じ物を頼んだ。

スカーレットは先程と同じように軽い調子で応じると、すぐさま二人分の皿を盛り付けた。

芸の細かいことにシェリスを含めた三人共盛り付け方が違い、目で見ても楽しめるようになっている。

客人二人の表情が悩み顔から笑顔に転じたのを確認し、スカーレットは海人へと視線を向けた。

「あんたはどうすんだい？　たしか甘い物は得意じゃないって言ってたけど……」

「いや、そちらが美味そうなんで食べてみたくなった」

「そりゃ嬉しいね。作った甲斐があるってもんだ」

ちゃっちゃと再び皿を盛り付け、海人の前へ差し出す。

やはり盛り付け方が違い、スカーレットの美的センスを窺わせる仕上がりとなっていた。

食べ始めると味の方も盛り付けに負けず劣らず素晴らしい。

どれもこれも上品でありながら野太い強さがあり、重くはないが強烈に印象に残る味だった。

女性陣は勿論、基本的に甘い物があまり好きではない海人も余裕で完食し、最後に紅茶が出された。

「ん～、良い香り～。すごいさっぱりするねぇ……」

「ああ。さすがは貴族の食事と言うべきか、最後まで文句の付け所がないな」

「御満足いただけたようでなによりです」

かつてないご馳走に至福の表情を浮かべている二人を眺め、シェリスは嬉しそうに微笑んだ。

その後しばし、他愛もない話をしながら紅茶を飲んでいたが、そのうちに刹那と雫が席を立った。

どうやら明日からの仕事に備えて早めに寝ておきたいらしかった。

シェリスとしてもそれを邪魔する理由はないので、すぐにメイドの一人に指示を出した。

メイドに案内されて部屋を出ていく二人の背中を見送ったシェリスだったが、再び海人との話を始めようとした時、先程から控えているメイド数名の視線が自分に集まっている事に気付いた。

何かあったか、と思考を巡らせようとした瞬間海人に彼女らの視線が移動し、それで気付いた、というか思い出した。

海人に一つ大事な話をし忘れていた事を。

「えーっと、カイトさん。今から少しお時間を頂戴してもいいですか？　もし駄目でしたら明日でも構いませんが……」

「いや、構わんよ。何かあったか？」

「ここではなんですので、できれば応接室で話したいのですが……」

若干申し訳なさそうなシェリスの言葉に、特に拒む理由もなかった海人はあっさりと頷いた。

◇◇◇

シェリスに案内されて海人が応接室に入ると、すぐにテーブルの上に載せられた籠に目を奪われた。

木で編まれたそれの中には大量の封筒が放り込まれ、一種異様な雰囲気を醸し出している。

既に半分ほどは封を切られており、中から紙片が覗いていた。

その内の一通を手に取り、シェリスはにっこりと微笑んだ。

「これがなんだかお分かりになりますか？　ちなみに文章の差はあれど、基本的な内容は全て一致しています。開封してない物もありますが……九割方同じ内容でしょうね」

「……シェリス嬢、悪い事は言わんから使用人の労働条件を少し改善してやれ。そんな大量の直訴状をもらうようでは、そのうち刺されるぞ？」

沈痛そうな面持ちで放たれた海人の予想外の答えに、シェリスは思わずつんのめった。

どうにか体勢を立て直すと、彼女はすぐさま抗議に転じた。

「大外れです！　というかカイトさんの中の私の評価ってどうなってるんです⁉」

「ただの冗談だ。が、人使いが荒いのは事実じゃないか？」

シェリスの反応を楽しそうに眺めながら、海人は苦笑した。

そこにあるのはしてやったりと言わんばかりの愉悦だけで、先程の暗い影は微塵も見当たらない。

からかわれた事に気付き、シェリスはムッとした顔で封筒を差し出した。

「まったく……読まれて困る類の内容ではありませんので、どうぞ読んでみてください」

差し出された封筒を受け取り、海人は中の文面に目を通し始めた。

そこにあったのは、予想通りの内容。若干嬉しくはあるが同時に困った内容でもあった。

「……やはりか。全部この内容で一致か？　正直、ここまで好評だとは思ってなかったんで、いまだに信じられんのだが」

「ええ。勉強が楽しくなった、悩んでた内容がすぐに理解できた、すんなりと覚えられた、など色々違いはありますが、どれもこれも要求している事はまたカイトさんの授業を受けたいという事です。中には給料の三割までなら授業料として天引きされても構わないという者もいました」

軽く肩を竦め、やや投げやり気味に語る。

実のところ、これは当然と言えば当然の結果だった。

どうやら本人の自覚は薄いらしいが、海人の説明の仕方は非常に巧みで良く出来ている。

解説の分かり易さもさることながら、時折クイズのように出される問いの出し方が実に上手い。それまでに解説した内容を組み合わせれば間違いなく正解に辿り着くことができるが、ただ覚えているだけでは解けない。

それなりに自分で頭を悩ませ、与えられた知識を活用して初めて解ける問題だ。

そしてそれを解く事によって程よい達成感を得られ、より深く学ぼうと学習意欲が高まる。

はっきり言って、もう一度授業を受けたいと思わない理由がないのだ。

シェリスとて、以前受けた時は自分の激務と照らし合わせ、受ける余裕がないと判断して頼まなかっただけだ。

海人のおかげで多少の余裕が出来た今となっては頼んでみない理由がない。

海人にとってはなんとも皮肉な話だが。

「むう……ここまで求められてしまうと断りづらいな」

「でしょうね。どうなさいます？　引き受けていただけるなら十分な報酬をお支払いするつもりですが。無論、都合はそちらに合わせます」

「……私がこっちに来るのは手間がかかるからな。私の屋敷の方に来てもらえる方がありがたいんだが」

「でしょうね。この際ですし、カイトさんの所に行く場合限定で図書室から本の持ち出しを許可しましょう。具体的にどの程度の頻度でやっていただけます？」

「月当たり一週間程度なら時間を取っても構わないが……こちらもやる事があるからな」

「分かってますよ。それでは、そこら辺を含めて詳しい条件を突き詰めていきましょうか」

ソファーに座り直し、シェリスは前屈みになって交渉の態勢に入った。

◇◇◇

一方その頃、利那と雫はあてがわれた部屋のベッドで半ば夢見心地で伸びていた。

昨日海人の屋敷で使わせてもらったベッドも良かったが、ここのはさらに格別だった。

どこが、とは上手く言えないのだが、強いて言えば物の肌触りが違う。

不思議と、肌に馴染むような印象があるのだ。

しばし上質なベッドの感触とふわふわな布団の感触を満喫した後、刹那が口を開いた。

くつろいでいる体とは裏腹に、その口調はどこか真剣な響きがある。

「……そういえば雫、どういうつもりだったんだ？」

「んみゅ～……何の事？」

「とぼけるな。拙者が手合わせしている最中、海人殿にちょっかいを出していただろうが。しかも目つきに少し危険な兆候が出ていたぞ」

「ありゃ、気付いてたの？　敵わないなー」

「雫」

あくまで軽い調子の妹に、語気を強める。

が、それにも臆する事なく雫はそのままの調子で答えた。

「分かってるから怒んないでよ。大した事じゃないんだから。なかなか『美味しそう』な人だなーって思っただけ。ローラさんほどじゃないけどね」

雫の言葉に、一瞬刹那は硬直した。

今まで妹がそう呼んだ人間の特徴に、件の男は当てはまらない。

あまりに意外な発言に、刹那は戸惑っていた。

「……気のせいじゃないか？　只者ではなさそうだが、お前がそう思う系統の人物ではないはずだし、精神的な面でも普通に善人と言って差し支えないはずだ」

「それについてはどうかなー？　海人さん、下手するとあたし以上に歪んだ側面がありそうだと思うんだけど。そこはお姉ちゃんも気付いてるはずでしょ」

「……まあ、な」

雫の言葉に、刹那は渋々だが頷かざるをえなかった。

今まで接した限り、海人という男は間違いなく善人寄りの人間。そこは断定できる。

この物騒な世の中で見ず知らずの人間二人を自分しか住んでいない屋敷に入れるなど普通は考えられない。

二人共武装していた事まで考えれば『寄り』ではなく底抜けの善人と言っていいかもしれない。

だが、それだけではない事も明白だった。

昨日刹那が負った傷について観察からの予測だけでほぼ核心を突いていながら、特に詮索もしなかった。

いずれにせよ雫がそれだけの手数の猛攻を実の姉に加えた事は明白だというのに、だ。

しかもそれら全てが峰打ちではなく斬撃――刃を向けた攻撃だった事も見抜いていた。

だというのに雫を咎める事もなく、刹那が平然と妹に接している事にも特に含んだものはなさそうだった。

本当に善に偏った人間であれば、間違いなくどちらかを咎めるような反応を見せるはずである。それがなかった理由がどんな要素に由来するものなのかは不明だが、基本的な人格を考えれば何らかの歪んだ側面がある事は確実。

色々してもらった相手に酷い評価だとは思うのだが、一度そう思ってしまうとなかなか変えられなかった。

「そういった面含めて興味があるんだよ。なんとなーく、長い付き合いになりそうな気がするしね。仲良く交流深めといた方が良いかなーと思ってる」

「かもな。まだ分からんが……あと一度ばったり遭遇するような事があれば、余程縁があるということだろうな」

やれやれ、と肩を落とす。

最初に海人と出会った事からして、おそろしく低確率な話である。

彼女らがドースラズガンの森の奥地から川に一直線に向かった結果が、たまたま海人の屋敷の裏だった。

あの森は広いため、それであそこに出る確率は極めて低い。

今日会った事も低確率な偶然が関わっている。

ローラと会った後に聞かされた話だが、彼女が冒険者ギルドに寄ったのはただのついで。

別の用事が思いの外早く終わったので空いた時間で情報を集めるためだったという。

予定では夕方に終わるはずだったため、予定通りであれば今日彼女と遭遇する事はなかった。

適当に安い依頼を幾つか引き受け、会うのは早くとも数日後だったはずだ。

当然、今日ここで海人と会う事もなかった。

まあ、ここまではただの偶然と言えば偶然と言えない事もない。

所詮二回だ。たまたま重なる事もあるだろう。

だが、あと一回。これも低確率な偶然が関わればもはや偶然とは言えない。

運命、とまでは言わずとも相当縁が強いという事だろう。

それだけならば喜ばしい事だ。

歪みがある事を考慮しても海人は非常に好ましい男だし、仲良くしたいと思う。

縁の深い友人が出来るのなら、それは歓迎すべき事だ。

だが、縁が深いという事はそれだけ接する機会も増え、できれば隠しておきたい雫の問題が表面化する恐れが大きくなる。

より深く良い関係を築くためにも早々にそれを教えた方が良いのだが、普通はそれを聞いたら間違いなく引く。

そして離れていけば、自分はともかく雫が傷つく事になる。

ゆえに、姉としては悩みどころだった。

もしも本当に縁が強いのであれば、どうすれば引かれないように雫の問題を打ち明けられるかと。

自分の事を我が事のように心配する姉に雫は、

「いつも言ってることだけどさ……別に放っといていいんだよ？　あたしみたいなのは友達も出来ずに暴れまくった挙句、因果応報で殺されんのが一番似合ってるんだからさ」

「……悲しい事を言うな。普段のお前は自慢の妹なんだぞ」

刹那はそう言うと、いつになく儚く見える妹を優しく抱きしめた。

大事な妹が決して自分の目の前から消えないよう――ありったけの願いを込めて。

◇◇◇

それから一週間後、海人は自分の屋敷の地下室でくたびれていた。

周囲には書き散らかされた大量の紙。

魔法の術式がびっしりと書き込まれたそれに埋もれながら、海人は呻いた。

「つ……疲れた……」

ここ数日、海人は色々と大変だった。

それらはほとんど自分で招いた事なので、愚痴る事もできないが。

彼の疲労の原因は大別すれば三つ。

一つはリトルハピネスに赴いた時。

この間刹那たちが伝言に来た際にミッシェルの味見用として米を渡しておいたため物を持っていく手間は要らず、授業の条件決めのついでにシェリスに頼んで、屋敷に帰る際カナールに寄ってから帰れるよう使用人を一人つけてもらったのだが、思わぬところで手間取ってしまった。

米の売買という性質上当然の如く金額交渉や卸す量の交渉があったわけだが、そこで問題が起こった。

最初海人は『どこからどうやって仕入れているのか』という疑問の肥大化を避けるため、少量しか卸せないと言った。

ここまでは良かった。ミッシェルのいつもの豪放磊落《らいらく》なまでの威勢の良さですんなり受け入れてもらえた。

問題はここからだった。よくこの店を利用する事もあるので、海人は比較的安い値で売り渡すつもりだったのだが、金額を言った途端ミッシェルに怒鳴りつけられた。

そんなんじゃあんたの儲けが出ないじゃないか、と。

そこからが凄かった。

お金を稼いで貯める事の大切さ、安易な安売りがもたらす将来的な不利益、果ては商売の理想的な在り方まで懇々と説教された。

途中色々言いたい事はあったのだが、それら全て海人は飲み込まざるをえなかった。

さすがゲイツの母と納得できるような迫力も理由の一つだが、それ以上に自分を心配して親身に諭してくれている事が良く分かったからだ。

ついでに言うと幼い頃に受けた母の説教に比べれば、関節を極められたりドロップキックが飛んできたり逆さ吊りにされたりしない分はるかに気楽だったというのもある。

とはいえ、説教は良し悪しを問わず精神力を削る。

しかも訪れたのがランチと夜の間の休憩時間であったため、数時間ぶっ続けだった。

結局最初に提示した額の倍額で卸す事になって儲けたは儲けたのだが、やたらと疲れた。

そして、必然的にそれに付き合わされて、海人を屋敷へ送ったシェリスの使用人も帰還時間が遅れる事になった。

それはつまり、帰ったら書類地獄が待ち受けているという事でもある。

幼い顔立ちの彼女が必死で溢れそうな涙を堪えて一生懸命取り繕った笑顔で帰っていった事に罪悪感を覚え、海人の疲労はさらに増した。

結果として海人は自分の部屋に戻った瞬間、倒れ込むように自分のベッドで爆睡する事になった。

二つ目の原因は引き受けた授業のための準備。

これはある意味一番難関であった。

最初に片付けたのがメイドたちが持ってくるであろう図書室の書籍の問題。

海人の授業の売りの一つにどんな分野であろうと教えられるという点がある。

だからこそ安心してどんな内容でも気軽に質問できるのだ。

今まで読んだ書籍の内容とその応用で対応しきる自信はあったが、結局海人は図書室の本全てにざっと目を通す事にした。

シェリスに頼んで丸一日図書室を借りきって頭に一通り叩きこめたが、さすがに山のような書籍を要旨だけとはいえ全て頭の中に叩きこんだのはさすがの彼もかなり堪えた。

第二に学習環境の整備。

海人の授業能力に問題はなくとも、授業をやるにあたっては必要な物がある。

とはいえ、今回の場合教える内容が各個人バラバラなので、黒板のような大勢相手の物は必要ない。

だが、それでも机と筆記具は必須だ。

書きながら説明した方が楽だし、生徒側も自分で書きながらの方が覚えやすい。

相手が年頃の女性たちという事も踏まえれば、それらのデザインも大事である。

文句は言うまいが、あまり安っぽい物ではやる気の低減に繋がりかねない。

そして一番肝心なのが教室。

勉強に集中できるようにするためには余計な雑音はない方が良い。

かといって狭苦しい部屋に押し込められて授業を受けるのでは、ストレスでかえって効率が落ちる。

逆に広すぎてもかえって落ち着かず、これまた効率が落ちる。

さんざん悩んだ結果、海人は使用人用の部屋の壁を一つぶち抜いた。

一つ分では少し狭いが、二つ分あれば丁度ゆったりと落ち着いて授業が受けられる広さだったのだ。

構造上抜いても問題のない箇所を開けたので建物の強度に影響はないのだが、問題は内装。

力技で開けたためかなり見苦しく、海人の手作業で整備するには時間がかかるため、ロボットを使わざるをえなかった。

丁度地下の工事も終わったのでそちらのロボットを流用できたのは良かったが、肝心のリフォーム用の材料がなかった。

そこで海人はこの前撮影した創造魔法の中位術式を純金の板に刻み込み始めた。

通常、魔法を発動させるためにはその術式全てを発動まで詳細に思い浮かべ続けなければならない。

そして、創造魔法の術式は一番単純な物でさえ基本属性の上位術式の数倍複雑だ。

海人は使用する術式の各パーツをある程度は正確に覚えているが、複雑精緻を通り越しもはや奇々怪々としか言いようがない術式全体を正確に揺ぎなく思い浮かべ続けるには、まだかなり遠い道程が必要になる。

なので、今回は消費魔力は倍になるが術式を思い浮かべる手間のない、貴金属の板に術式を刻み込むという手法を取ったのだ。

下位術式でさえ莫大な消費魔力を誇る創造魔法の中位術式の消費がどうなるかは不安だったが、毎日余った魔力をこつこつダイヤモンドに溜め込んでいたため、それを使えば賄えると判断した。

しかし、肝心の彫り込む作業が難航した。

海人の手先は常人よりはるかに器用なのだが、彫らなければならない術式はあまりに複雑すぎた。

なにしろシングルベッドほどのサイズもある板に細かい、それこそ一番小さな文字だと一ミリ程の物を延々彫り込んでいくのである。

驚異的な集中力と技量で予定より早く終わったものの、結局この作業のために丸三日徹夜する羽目になった。

とはいえ、その甲斐あって数多くの高級感には欠けるが洒落たデザインの机と筆記具、リフォーム用の建材一式が一度の魔法で揃い、現在屋敷では地下と教室の工事が同時に行われている。案の定魔力消費は推定五百六十万と凄まじかったが、きっちり自分で術式を扱えるようになれば半分で済む。

どの道傭兵業界屈指の魔力量を誇るルミナスの全魔力でさえとても届かない消費量ではあるが。

余談だが、魔力消費の測定にはルミナスたちとの同居中に教わった体内の魔力残量の割合を感覚的に把握する技法を使った。

魔力残量の把握が生死に直結する二人の厳しい指導の甲斐あって、この手法は海人が信頼するに値するだけの精度がある。

無論この方法では海人の総魔力量が増加していた場合には計算が狂ってしまうのだが、魔力量が短期間で一気に増加する事は極めて稀なので、仮に増加していたとしても誤差が極端に大きくなる可能性は低い。

海人は念を入れて今度シェリスに魔力量を計ってもらうつもりではあるが、時間の無駄に終わる可能性の方が高いぐらいである。

そして最後の疲労要因だが――これだけは完全に自業自得である。

一通りの作業が終わったところで、無属性防御魔法の改良案を思いつき、それを形にすべく地下室に篭り始めたのだ。

常識外の短期間で一応術式を仕上げ、板に刻み込んでしまうあたりはさすがなのだが、体の疲労はいかんともしがたい。

それでも彼はすっかり重くなった体を強引に起こし、最後の気力を振り絞って最終チェックを行った。

「……理論、法則にミスはなし……構築手順も使用文字・図形も問題なし……完成……」

その言葉を最後に、海人は机の上に突っ伏した。

くー、くー、と安らかな寝息を立てながら数日振りの睡眠を貪っている。

ここ数日の自分の行動が何を意味しているのか――それに気付く事もなく、ただ穏やかに眠っていた。

◇◇◇

カナールの冒険者ギルド。

そこでは情報交換がてらの酒盛りで冒険者たちが盛り上がっていた。

その中心にいるのはこの国の冒険者であれば誰もが知る偉大な冒険者。

オーガスト・フランベルその人であった。

彼は酒樽を片手で持ち上げ、ゴッゴッゴ、と凄まじい勢いで飲み干し、己の頭ほどもありそうな大きさの鳥の腿肉のソテーに豪快にかぶりつき、と小柄な体格にもかかわらず十分に目立っている。

というより、他にも興が乗って盛り上がっている者はたくさんいるが、彼以上に目立っている人間はいない。

しかしさすがと言うべきか、それだけの御乱行でありながら動きは素面のそれであり、時折声をかけたそうにしている冒険者には目敏く気付いて自分から声をかけている。

話の内容が相談だった場合は周囲の興を削がぬ程度に飲み食いの手を緩め、話を吟味した上でアドバイスをし、馬鹿話であれば話をより一層盛り上げて周囲を沸かせる。

なんのかんので偉大なる先達としての役割を果たしている御老人を中心に盛り上がっていると、入口から新たな人間が入ってきた。

「おっ、この間のお嬢さんたちか。首尾はどうじゃった？」

入ってきた刹那と雫に目敏く気付いたオーガストが軽い調子で近寄ってきた。

「ブラッディアントの巣、卵から巣穴に至るまで全部根こそぎ潰してきましたよー。証拠として兵隊蟻と女王蟻の顎とついでに卵の殻少しずつ持ってきました」

お気楽な口調で答えつつ、雫が担いだ袋の中身を見せた。

その中には人の腕よりも大きな深紅の顎、それの倍以上の大きさの漆黒の顎、そしてそこらの岩よりもはるかに固い卵の殻の残骸が入っていた。

どれも、間違いなく彼女の言った魔物の一部である。

「……二人共余裕そうじゃな。大したもんじゃ」

袋の中身から体に傷一つ見当たらない二人の姉妹へ視線を移し、オーガストは感心した。

ブラッディアントは成人男性よりも二回りは大きい巨大な蟻の魔物である。

個体ごとの強さに特筆すべき点はないのだが、集団になると統率の取れた動きと物量で危険度が跳ね上がる。

それを相手に無傷で巣穴ごと叩き潰せる者は一流の冒険者でもそう多くない。

「言うほど楽ではありませんでしたが……」

ふ、と遠い目をしながら刹那は巣穴を潰した時の事を思い返した。

本格的に巣を潰す際に二人が取ったメイン戦術は至極単純。

刹那が巣穴の出口で待機し、雫が内部に入り込んで女王蟻を討ち取る、ただそれだけだ。

この戦術、兵隊蟻がひしめく巣穴に単身突っ込んだ雫の負担は勿論だが、女王蟻が倒された後巣穴から逃げようとした蟻を残らず討ち取らなければならなかった刹那の負担も大きい。

雫が女王蟻狙い一直線だったため、かなりの数の蟻が残っていたのだ。

女王蟻を失った蟻たちは逃がすとデタラメに散逸するため、一匹も逃すわけにはいかない。

そのため、ひっきりなしに出てくる蟻を視認した瞬間に端から全て斬り捨てなければならなかった。

とはいえ、本来一番厄介なこの作業は二人にとっては余裕の作業だった。

雫の力量であれば襲い掛かる蟻を斬り捨てつつ女王蟻を始末する事など容易く、ついでに卵と巣穴を潰す事も造作もない。

刹那は刹那でひっきりなしに出てくるとはいえ出現場所が固定なので、かなり楽だった。

彼女らにとって厄介だったのは本格的な退治の前に巣穴の外に餌を探しに出ていた蟻を倒した時だった。

全部始末しなければならないため、何日もずっと外で待機だったのだ。

勿論、戻ってこなくなっても日を空けて戻ってくる可能性を考え、交代で見張りをしなければならなかった。

まあ、これ自体は冒険者の仕事としては一般的で、泥臭くはあるが厄介でもない。

問題はその最中に起きた出来事だった。

待機中運悪く大雨に降られたうえ、その時に限って数匹の蟻が一度に戻ってきた。

しかもどういうわけかタイミング悪く二人の刀に狙ったかのように雷が落ちた。

嫌な予感を感じて直前で刀を手放していなければ危なかっただろう。

トドメは咄嗟に手放した刀が蟻の真っ只中に入ってしまった事だ。

結局二人はその蟻たちを素手で倒す羽目になった。

思い出して苦い顔をしている姉をよそに、雫はケロッとした顔で奥へと歩いていた。

「それじゃ、仕事は終わりましたんで、報酬いただけますか？」

あっけらかんとした表情でギルドマスターに手を差し出す。

中年から初老に差し掛かろうとした年齢の男は、苦笑しながらその手に札束を載せる。

そして札束を数え始めた二人に一声かけた。

「そうそう、おたくら二人にシェリス様から言伝があってな。『先日の件について説明いたしますので、よろしければ屋敷の方まで御足労願いませんか？』だそうだ」

「ふむ、約束は守ってもらえるか。日時は指定されているのか？」

「いや、今週中なら時間作るからいつでもどうぞ、だとさ。それより遅くなると調整が難しいから、すぐに会えるとは約束できないそうだ」

「ふむ……なら今日のうちに行くとするか。行くぞ、雫」

『せめてどっかで昼食食べてからに！』と喚いている妹を引き摺りながら、刹那はシェリスの屋敷へ向かう事にした。

◇◇◇

一眠りした海人は、のっそりと身を起こしながら目を開けた。

明かりも消さずに寝たためか、今一つ疲れが取れていない。

が、じっとしていても仕方ないので、肩を回しながらゆっくりと立ち上がった。

柔軟をして軽く体をほぐすと、若干体の重たさが取れる。

しばらく体をほぐした後、最後に伸びをして海人は術式を刻み込んだ板を手に取った。

「さて、効果の程は……」

言いつつ魔力を流し込むと、瞬時に純金の板が魔力に包まれ、空中に一個の黄色く輝く直方体が出現した。

それを確認すると海人は床に転がしておいた剣――ルミナス愛用の剣のコピーを手に取った。

その剣は非常に重い。さすがに肉体強化して持てないほどではないが、素の海人ではまともに構える事もできない。

ドラックヴァン鋼という素材らしいが、海人の知識にあるいかなる金属よりも重く、堅く、それでいてしなやかである。

とはいえ、今重要なのは唯一点。これが海人の知る限り、この部屋で使える中で最も強力な武器だという事だ。

自身の分を超えるまで強化を強め、海人は思いっきり剣を振りかぶった。

やめろ、と言わんばかりに両腕に鋭く強い痛みが走る。

が、海人はそれを無視して空中の直方体を全力で殴りつけた。

ゴッ、と鈍い音がして剣が止まる。

それに伴って海人の動きも止まり――返ってきた衝撃の強さに耐え切れず、剣を落とした。

「っつう～～っ……！」

足元に落ちた剣に一瞥もくれず、海人は両腕から響いてくる痛みを堪えていた。

ただ、海人の苦しみぶりの割には足元の剣には微かな歪みもない。

さすがは傭兵業界にその名も高き《黒翼の魔女》の剣と言うべきか、刃筋も通せないド素人に無茶な扱われ方をしてもビクともしていなかった。

「……ぐぐ……だが、成功は成功か……」

ようやく痛みが収まると、海人は涙目で目の前の空間を見つめた。

そこは先程までは無属性魔法で作成した防御壁があった場所である。

通常の魔法ならば最低十分前後は消えずに防御壁が残っているのだが、既に跡形もない。

まるで初めから何もなかったかのように、綺麗さっぱり消えていた。

だが、それでも今回の実験は海人の中では成功と位置づけられた。

今回作った術式は持続時間を極度に短くすることを代償に強度を強め、発動時間を短くしたものだ。

持続時間が通常の一％未満ではあるが、発動時間をコンマ二秒まで縮め、強度は上位魔法並になっている。

もう一つ魔力消費も上位魔法級という難点があるのだが、これは海人の莫大な魔力量の前では大きな問題にならない。

欲を言えば発動時間をさらに半分以下に減らしたいところではあるが、本腰を入れ始めてまだ日が浅い事を考えれば十分な成果と言えた。

「できれば実戦での実験もしたいが……ルミナスたちがいない現状では無理か」

一応術式自体は成功と言えたものの、実戦の緊張という条件下で狙い通りに発動させられるかどうかは未知数だ。

勿論、単に発動させるだけならば容易だ。板に魔力を流し込むだけで魔法は発動する。

しかし、防御壁を狙うべき場所に出現させる事ができるか、と言われると考え込まざるをえない。

今回開発した術式に限らず、防御壁を出現させる系統の魔法は効果範囲内であれば狙った場所に出すことができる。

だが、そのためにはある程度正確なイメージが必要で、それがない場合は一番意識しやすい場所――術者のすぐ真正面に現れることになる。

悪い事ではないのだが戦略的に運用する場合、どうしても出現場所を自由自在に選べなければならない。

敵の進路に効果的に防御壁を配置すればそれだけ足止めの効果が高まり、それに伴って海人の生存率も高くなるのだから。

――なにより、狙い通りに出せるのであれば防御魔法は別の使い方もできる。

「……ま、二人が戻ってきたら頼んでみればいいか」

そんな事を呟いた時、くう、と腹が鳴った。

設置した時計に目をやると、既に時刻は昼を指している。

――しばし、考える。

一応眠気は覚ましたものの、まだ睡魔は今か今かと海人が気を抜くのを待ち受けている状態だ。

自室に戻って惰眠を貪るというのも悪い案ではない。

しかし海人の胃は食べ物が欲しいと喚いている。栄養をよこせ、と。

睡魔に気を許さず食事を作って食べるのも悪い案ではない。

ただし、両方の案を同時に実行することはできない。

いくら器用な海人でも、熟睡しながら料理をして食べるなんて芸当は無理だ。

つまり選択肢は二つ。食べてから寝るか、寝てから食べるか。

前者は健康の事を考えると食べてから時間を置いて寝る事になる。

後者は一眠りしたら眠気を覚ましつつ料理を作って食べればいい。

海人は当然のように後者を選び、地上の自分の部屋へと戻っていった。

◇◇◇

その頃、シェリスの屋敷では依頼を終えた宝蔵院姉妹と屋敷の主が睨み合っていた。

といっても、別に険悪な雰囲気というわけではない。

生真面目な女性二名が頭を悩ませ、快闊を絵に書いたような少女が欠伸を噛み殺し、無表情な女性がそれらを淡々と見守っているだけだ。

やがて、刹那が顔を上げて口を開いた。

「……つまり、ミドガルズ鉱石の稀少価値が跳ね上がるかもしれない、と」

「ええ。我が国最大の採掘地域が枯渇したとなると影響が大きいでしょう」

シェリスは頭痛を堪えるかのように頭に手をやった。

先日やってきた老紳士の用件は、この国最大のミドガルズ鉱石産出地が枯渇したという情報だった。

前々から採掘量が減り始めたという話はあったのである程度心構えは出来ていたのだが、それでも困った話であった。

ミドガルズ鉱石の輸出はこの国の大きな産業の一つなのだ。

無論他にも大きな産業はあるし、いずれ確実に尽きる鉱石の産出などなくとも国が成り立つように、心ある貴族たちが尽力している。

しかし、最大の産出地だけにしても枯れるにはまだ時期が早すぎる。

昔に比べれば比較に値しないほど商業などが発達したとはいえ、まだそれだけでは国の予算を支えられない。

このままでは遠からず増税の流れが生まれるだろう。

そうなれば最悪の場合、折角勢いづいている商業の成長が止まりかねない。

せめてあと二年は産出量が激減するような事態は避けなければならない。

だが、避けなければならないといっても鉱石の量は決まっている。

シェリスの力でできる事など本当に少なく、限られている。

こういう時はつくづく創造魔法の素晴らしさを確信する。

「それで、先日教えてもらえなかった理由は？」

「あの時点で教えては急遽依頼を蹴ってそちらに向かわれる可能性もありましたから。あの依頼は急務でしたので」

シェリスのしれっとした言葉に、利那は思わず呻いた。

たしかにあの依頼は急務だった。

向かった山の近くには小さな村があったのだが、ブラッディアントは数が増えると人工的な建築物のある場所も襲い始める。

あのまましばらく放置されていれば、あそこの村はそのうち壊滅していただろう。

なので、貴族の立場としてより確実な手段を取ったというのは分かる。

が、それは利那たちが一度受けた依頼を蹴る可能性があると疑っていたということだ。

この間が初対面なのだから仕方ないとは思うのだが、あまり気分の良い話ではなかった。

それでも、下手な嘘を吐かず真っ正直に話してくれた事には好感を抱けたが。

「――まあいい。それで鉱石の入手を依頼したいという事だったが、その前に聞きたい事がある」

「なんでしょう？」

「この前ゲイツ殿からあそこのミドガルズ鉱石の発光を見分ける事が可能な人物がいると伺ったのだが……」

「おそらく、ローラの事でしょうね。彼の人脈からしてそれ以外にはいないでしょう」

シェリスは刹那の言葉を即座に断定した。

ゲイツはスカーレットの婚約者でもあるため、人間関係もかなり深く把握している。

だからこそ、そんな規格外の観察眼を持つ人間が彼の知り合いにローラ以外いない事も分かっている。

正確には持っていそうな人間ならいるのだが、ゲイツがその事を知っているとも思えない。

さらに言えば、その事を話して当該人物を危険な森へ連れていかれても困るので、シェリスはあえてそれには触れなかった。

「……彼女に手伝ってもらう事はできないのか？」

「はい。ローラは別の用事でしばらく動き回ってもらわないといけませんので」

「ならば仕方ないか……しかし、多少時間をかけたとて大量に入手できるとは限らんぞ」

「分かっています。今回の問題に関しては別口で大量に入手する当てがありますので、メインはそちらです。御二人に依頼するのは、多いに越したことはないという意味合いが強いですね」

刹那の念押しの言葉に、シェリスは軽い口調で答えた。

「……ならば構わんが、どの程度持ち帰ればいいんだ？」

「あそこの物は純度が極めて高いですからね。こちらの用意した袋全てが満杯になるまで集めてくだされば、一千万支払いましょう」

その声に応えるかのように、ローラが背後から袋を四つ取り出した。

どの袋もさほど大きくはないが、鉱石を詰めて持ち帰る事を考えるとかなり嵩張る事は間違いない。

ただ、刹那はそれとは別の事を気にかけていた。

「その条件だとこちらが水増しする事も可能だが？」

「勿論構いませんよ。こびり付いた土などで水増しして楽に報酬を手に入れるも、真っ当にきっちり集めて報酬を手に入れるもお二人の自由です。それで今回の報酬を減らす事はないので御安心を」

そう言って柔らかく微笑む令嬢に、刹那は若干寒気を覚えた。

おそらく、シェリスの言葉に嘘偽りはない。

たとえ二人が大量に水増しして袋を持ってきたとしても、普通に一千万を支払うだろう。

だが、目の前の女性は『今回の』と言った。

言い換えれば次以降はその限りではないという事である。

それの意味するところを察し、刹那の表情に緊張が走った。

そんな姉とは対照的に、雫があくまでものんびりと気楽そうに質問をぶつけた。

「一つ気になったんですけど、ゲイツさんやオーガストさんには依頼なさらないんですか？」

「困った事にゲイツさんはいまだ前の仕事から戻っておらず、オーガスト老は別件の仕事がありますす。どちらも終わり次第依頼するつもりではありますが……いつになる事やら」

はあ、と息を吐いて天を仰ぐ。

本来であれば刹那と雫にゲイツとオーガストを加え、四人でやらせる事が理想的だった。

実力者四人もいれば万一の事態は起こり辛く、それこそオーガストが周囲を警戒している間に残りの三人で近くを掘りまくるという手段が使える。

しかしゲイツは少し前の依頼に手間取っていまだ帰還しておらず、オーガストにはローラの用事の関係で少し手伝ってもらう事になっている。

後者は仕事をサボった罰、というか説教を逃れるために進んで向かってくれるので費用がかかっていないのが救いではあるが、同時に少し悲しくもあった。

シェリスは知っている。

あの老人がギルドに行く時は酒を飲む方がついでであると。

メインは後輩たちに命を落とさないための心得などをそれとなく教えてやることだと。

ただサボるだけなら激怒するが、ギルドに行って後輩たちの酒奢りにかこつけてアドバイスをしているのなら話は別だ。

それであればサボる限度さえ弁えていれば目くじらは立てるつもりはない。

仕事の少ない魔力判別所の局長として働くよりも、間違いなくそちらの方が国益に繋がるのだから。

（ま、サボりはサボりですし、働くというなら働いてもらいますけどね）

そんな拗ねたような事を考えていると、刹那が問いかけてきた。

「もし他の冒険者と競合した場合、対応はどうすればいいんだ？」

これは確認しておかなければならない事だった。

冒険者同士だと、獲物がかち合った場合の殺し合いはそう珍しくない。最初に獲物を見つけた冒険者たちが殺し合って相打ちになり、結局その次に来た冒険者が悠々と獲物を持ち帰ったなどという実話もあるぐらいだ。

普段なら話し合いで決着がつかずとも競合相手を迷わず斬り捨てられるが、今回彼女らはシェリスの雇われだ。

同じように彼女に雇われた冒険者とかち合った場合を考えると、交渉決裂で即座に斬るというわけにもいかない。

が、シェリスはそんな刹那の懸念をあっさりと一蹴した。

「お任せしますよ。どうせ雇う冒険者はさっき名前の出た二人と貴女方だけです。このメンバーなら話し合いで決着がつくでしょうし、潰し合いにはならないはずです」

「なるほど……具体的な期限は？」

「定めません。依頼の内容が内容ですから、下手に区切っても焦るばかりで上手くはいかないでしょう。時間がかかったとしても、依頼した量を持ってきてくだされば報酬は支払います」

「承知した。では、早速向かわせてもらう」

そう言うと刹那は席を立ち、雫と共に軽く一礼してから部屋を出て行った。

二人が出て行ったドアを眺めながら、紅茶を啜る事しばし。

二人が屋敷から離れた事を確認してから、シェリスは紅茶を啜りながら背後に控える従者に問いかけた。

「それで、貴女の仕事はどれぐらいで終わると思う？」

「最短で三日かと」

主の問いにローラは短く、かつ簡潔に答えた。

今回主に任された仕事は、ローラにとっては容易い。

しかし仕事をしなければならない箇所が複数あり、距離が離れているため時間がかかる。

ローラの移動速度で多少頑張ったところで、三日以下には縮められない。

「そう……もしも集められた量が予定量に達しなかった場合、貴女も向かって。それと穴埋めは私がやっておくけど、皆の訓練メニューだけは決めておいてね」

「かしこまりました。カイト様にも書類をお願いしておいた方がよろしいですか？」

「いえ、今回はいいわ。たしかにあの方は頼りになるけど、頼りすぎるのは問題があるもの」

そう言って、シェリスは厳しい目で虚空を睨んだ。

海人の能力はまさに破格であり、凡百の人間をいくら集めても賄えない。

さらに言えば、彼にとって譲れない事以外はあっさりと引き受けてくれる。

おそらく、今回も理由を説明すれば二つ返事で地獄の書類仕事を引き受けてくれるだろう。

だが、それに頼りきる事だけは絶対にしてはならない。

ほいほい人に頼るなんて、という精神的な問題もそうだが、もっと現実的な問題がある。

ある程度ゆとりを作るために頼る程度ならともかく、何でもかんでも頼っていてはそれは依存に変わる。

そしてその依存は遠からず己自身の能力の劣化を招く。

海人が書類仕事をしなくなっただけで事務作業が麻痺するような事になっては困るのだ。

同様の事は創造魔法についても言える。

たしかに便利な魔法だし、この先海人から大きく信頼を寄せてもらえるような関係を構築できればそれこそ困る事は激減する。

だからと言ってそれに依存してしまえば、シェリスの状況対処能力の低下を招きかねない。

そうなればいずれは海人からの信頼も低下し、それに伴って創造魔法というカードも消え、後には前より劣化した能力で対処しなければならないという現実のみが残る事になる。

今回の話を海人に伝えていない最大の理由はそこである。

創造魔法という反則がいつ使っても間に合うものである以上、頼るのは最後の最後でいい。

できるのであれば今まで自分が培ったもので対処しなければならない。

このような突発的な事件でこそ、その人間の真価が試されるのだから。

シェリスは極当たり前にそう考えていた。

そんな主の考えを悟ってか、ローラの口元に僅かな微笑が浮かぶ。

もっとも、見ていても余程観察力の高い人間以外には分からない程度のものだが。

「御立派です。ところで、奪取した物の輸送手配などはいかがいたしましょう」

「盗賊ギルドに話は通してあるから警備を潰せば後は任せて大丈夫よ。ただ、ガルツェフ伯爵とディード子爵とライラック子爵は始末しておいて。あの三馬鹿は発見した採掘場を国に秘匿して勝手に売り捌いてるから。把握してる数字で合っているとは思うけど、一応月ごとの平均産出量聞き出すのも忘れないでね」

「御意」

主の非情な命に眉を顰める事もなく、ローラは恭しく一礼した。

◇◇◇

刹那たちは冒険の準備のためにカナールに戻ってきていた。

主目的は食料それも穀物である。この間雫を怒らせた経験から、刹那はその重要性を学習していた。

無論雫がそれに異論を唱えるはずもなく、姉妹仲良く食料品店を目指している。

「しかし、憂鬱だな。金のためとはいえ当てもなく穴掘りを延々と続けなければならんとは」

「まったく同感だね――ところであたし、一人だけ発光見分けられそうな人の当てがあるんだけど」

「は？　お前さっきはそんな事……」

「あの時はまったく気付かなかった――っていうか思い出さなかったんだけどね。さっきから少しでも楽できないかな～って考えてたら思い出したんだよ」

「オーガスト老でも無理、ゲイツ殿でも無理――他に誰がいる？」

「ん～……やっぱりかな～り強い縁があるんじゃないかな、って言えば分かる？」

そう言われた瞬間、刹那の表情が強張った。

言われてみると、今まで思いつかない方がどうかしていた。

観察力が極めて高い――仕置きと称して集めてきた草の中からマンディアルの葉だけをそれと

なく姉に押し付け、ゴルトースの葉を自分で独占して食べた雫ですら分からない傷の跡をあっさり見分けた男がいた。

たしかにあの男ならまるで分からないあの土地での鉱石の発光を見分ける事も可能かもしれない。

「――海人殿か。異論はないが、そもそも引き受けてもらえると思うか？」

「無理だろーね」

雫は苦笑しながら断言した。

海人という男はどう見ても好んで危険に首を突っ込む類の人間ではない。

先日の会話から判断すればシェリスから仕事を貰っているようだし、金銭的にも不自由はないはずだ。

ではややお人好しそうな人格につけ込んで多少強引に説得すれば渋々ながら引き受けるか――これもないだろう。

たしかに穏やかではあるが、あの男には凄まじく強固な芯を感じる。

譲歩してもいいところはするが、しないところでは絶対にしない、そういう類の人間だ。

だが、根拠などどこにもない、むしろ断られる根拠があるにもかかわらず、雫には妙な予感があった。

「でも、なーんか引き受けてくれそうな気がするんだよね。ただの勘だけど」

「お前の勘は当てになるが――仮に当たったとして何かあった時に自制する自信はあるのか？」

姉の心配そうな言葉に、雫は一瞬思案する。

姉の心配はもっともだ。

自分の悪癖を自制できなければ、海人を同行させるのは問題がある。

それが顔を出す状況を考え、そしてその時に自制出来るかどうかを考えた末——雫は笑った。

自信たっぷりに。

それを見て、刹那は試してみようかと思った。

雫の悪癖は多少顔を出す程度ならばそう大きな問題ではない。

姉が妹に刻み殺されそうになったと悟っていながら、平然としている海人なら気にしない可能性が大きい。

さすがに最悪の事態になるとまずいが、その場合は前兆があるので適当な理由をつけて海人を先に帰せばいい。

なにより、悪癖に関してこれほどに自信に満ちた妹の姿は初めて見た。

姉としては是非試してやりたい。

そんな事を思っていた刹那に、雫は不敵な笑みを浮かべて堂々と宣言した。

「あるわけない！」

「アホかぁぁぁぁぁあっ！」

絶叫と共に放たれた神速のアッパーが雫の顎を打ち抜いた。

その威力を物語るかのように、雫の体は現在進行形で天高く舞い上がっている。

しかもぎゅいんぎゅいんと激しい縦回転をしながら。

町往く人々が何事かと思って足を止めているが、彼らの視界にあるのは腕を振り上げた姿勢のまま拳を震わせている刹那のみ。

あまりに速すぎる攻撃速度ゆえに、誰一人として何が起こったのか分からずにいる。

注目を集めている事を感じた刹那が拳を下ろすと、一人、二人と野次馬は散っていった。

刹那が不機嫌そうな顔のまま妹のふっ飛んで行った方向に歩みを進めようとした時、

「お茶目な冗談なのに～……」

背後から恨みがましい声が聞こえた。

「手応えがおかしいと思ったが……身代わりの術か」

雫が手に持っていた袋がなくなっている事に気付き、まんまと騙された事を知る。

「痛いのやだもん」

「まったく……真面目に考えた拙者が馬鹿みたいだ。結局、海人殿を誘うというのは冗談なんだな？」

はあ、と刹那が嘆息しつつ肩を落としていると――雫の声音が変わった。

「違うよ。自信がないのは本当だけど、自制できるように頑張る。これは本当。ないとは思うけど、もし本気で海人さんが危なくなるような事になったら――殺していいよ」

一転して真剣な眼差しで姉を見つめる雫。

その瞳に揺らぎはなく、今度は真面目である事が窺える。

刹那はそんな妹の瞳をしばし睨みつけた末に、折れた。

「――はあ、仕方ないな。断られたら素直に諦めるんだぞ？」

「そこらへんは弁えてますって。それじゃ、準備整えたら御屋敷に行ってみよっか」

楽しそうに笑い、雫は刹那の腕を引いて近くの食料品店へと入っていった。

◇◇◇

翌朝、海人の屋敷。

「ん～……良く寝たな」

こきこきと肩を動かしながら伸びをする海人。

彼はベッドから出つつ疲労回復用のアロマと入眠用BGMを止め、それら両方の装置をベッドの下へと放り込んだ。

疲労はかなり取れているが、やはり大本たる連日の徹夜作業のダメージ自体が大きい。

調子としては好調時のせいぜい半分といったところだ。

とはいえ、これ以上寝ていても寝すぎでかえって体調が悪化するのみ。

回復を図るためには適度に体を動かし、夜中にしっかりと睡眠を取る事が望ましい。

そして寝る前の空腹感も消えていない事を踏まえると、食事を摂った後に腹ごなしがてらの運動というのが妥当だろう。

が、食事を作ろうと厨房へ足を向けた矢先、彼の耳にチャイム音が響いた。

同時に、門の方からやたらと鈍い金属音が聞こえてきた。

音源は銅鑼のようだが、音に伸びがなくやたらと重い。

まるで勢い余って銅鑼を叩き壊してしまったかのような音だ。

（まさかな……んな馬鹿がいるはずもない）

そんな考えを海人は即座に否定した。

呼び鈴用の銅鑼は見た目こそ何の変哲もないが、その素材は海人の開発した特殊合金だ。

遠慮なしにぶっ叩いてストレス解消、をコンセプトに作った物なので、それこそ象が踏んでも壊れないようになっている。

勿論肉体強化を使えば壊す事は可能だろうが、呼び鈴用の銅鑼をわざわざそんな状態でぶっ叩く馬鹿がいるはずもない。

そんな事を思いながらカーテンの端から門の方を観察すると、見覚えのあるシルエットが二つ見えた。

片方は銅鑼を吊り下げてあった台を抱えてあたふたと、もう片方は何やら粉々になった物を必死で拾い集めて組み立てている。

どちらもやたらと慌てており、遠目でも忙しなく動いているのが分かる状態だ。

どうやら海人の予想とは裏腹に、馬鹿がいたらしかった。

「……わざとではなさそうだが、いったい何があったんだかな」

◇◇◇

海人が門へと向かうと、案の定のやり取りが繰り広げられていた。

余程慌てているのか、海人が屋敷から出てきた事にも気付いていないようだ。

「お姉ちゃんの馬鹿馬鹿馬鹿ぁぁぁぁっ！　ど、どうすんのこれ⁉　かなり頑丈な素材みたいだからきっと凄く高いよ⁉」

雫が砕け散った銅鑼の破片を集めながら、必死で元通りに組み直そうと奮戦している。

しかし、木っ端微塵に砕け散った銅鑼の破片は嫌がらせの如き複雑なパズルと化しており、まるで組み上がる気配がない。

それもそのはず、銅鑼を砕いた刹那の一撃の余波で、細かい破片は最初に遠くへと吹っ飛んでいる。

そんな事とは露知らず、雫は混乱の極みに達した状態でとりあえず全ての破片を集めて組み上げようと悪戦苦闘していた。

そもそも形だけ組み上がったところでまるで意味はないのだが、それも失念するほどに混乱しているらしい。

「そ、そう言われても……いざ、と思って気合を入れたらつい腕を強化してしまって……！」

事の張本人である刹那はあたふたと慌てながら、銅鑼がぶら下がっていた台の歪みを元に戻そうとしている。

当然だが、彼女に悪気はなかった。

どちらかと言えば断られる可能性が高い交渉なので、鳴らす前に深呼吸をして軽く気合を入れただけだ。

が、そのまま――戦闘時と同様の気合の入れ方をしてしまったまま銅鑼を鳴らしてしまったために、この惨状になった。

いくら頑丈な銅鑼だろうが、中位ドラゴンを撲殺可能な力で殴られてはひとたまりもなかった。

「つい、でこんな壊し方する馬鹿がどこにいんの⁉　あああ……駄目だ。交渉する前から決裂確定だよぉ……それ以前に弁償で許してくれるかなぁ……」

「と、とりあえず可能な限り破片を集め、いらしたら全力で謝るしかない……！」

「……まあ、大方の事情は把握できたが」

そんな海人の声が聞こえた途端、刹那と雫は作業を止め、即座に声の方向へ土下座した。

「も、申し訳ございません！　力加減を間違えてこんな事に……！」

「ちゃ、ちゃんと弁償はします！　おいくらですか⁉」

「あー、そう心配せんでもいい。弁償させるつもりはないから」

「い、いえ！　そういうわけにはまいりません！」

「なに、これは私の自作だからな。やろうと思えば再生は多少手間がかかるだけで済む」

海人はひらひらと手を振って気にしないようアピールした。

それに対して雫はホッと一息吐いていたが、その姉は違った。

「いえ！　壊した事は拙者の不始末です！　せめて何かしらお詫びはさせてください！」

「……ふむ。その意気や良し。一応確認するが、主犯は刹那嬢だな？」

「はい」

「……困ったな。雫嬢なら色々と考えつくが、刹那嬢では何かやらせるとかえって被害が増えそうだ」

海人の容赦ない評価に、刹那はコント芸人の如く派手に地面に突っ伏した。

反論したいのは山々だが、先程やらかした事を考えるととてもできない。

色々言いたい事を飲み込んでゆっくりと体を起こそうとした矢先、

「ん～……とりあえず、掃除と料理だけはやめておいた方がいいです。洗濯もデリケートな素材だと確実に使い物にならなくしちゃいますね。武術指南という手もありますけど、加減知らないから推定致死率八割以上……こう言っちゃ何ですけど、素直に弁償にした方がいいと思いますよ？」

実の妹からの容赦なき追撃に、再び突っ伏した。

文句は山ほどあるが、今まで積み重ねた前科を思うととても口に出せない。

自分がどうしようもなくドジで間抜けな事は自覚しているが、それを開き直るほどには自尊心は捨てていない。

史上稀に見るお間抜けさんなだけで性格自体は生真面目な刹那は、自業自得、と呪文のように心の中で連呼して必死で自分に言い聞かせていた。

「まあ……急ぐ必要もないし、そっちはとりあえず後回しにしよう。今日は何の用だったんだ？」

「……えーっと、こんな惨状作った後だと非常に言い辛いんですけど、お願いがありまして」

「ふむ？　なんだか分からんが、とりあえず中で話そうか」

◇◇◇

「……というわけで、御助力願いたいのです」

「成功報酬ですけど、報酬は大奮発して三百万出すつもりでーす」

ぺこり、と姉妹に揃って頭を下げられ、海人は頭を抱えた。

当然だが、海人がたかだか三百万の報酬に釣られる理由はない。

彼がその気になれば金はいくらでも稼げるし、創造魔法がある以上そもそも大金が必要ない。

しかし、海人には悩む理由があった。

というのも、新魔法を実戦で試すには丁度良い機会なのだ。

無論ルミナスたちが帰ってきてからどこかしらに付き合ってもらって試すのが一番安全ではある。

あのお人好し二人の事だから、それこそ神経質なまでに護衛を務めてくれるだろう。

が、それでは実戦で試す意味は薄い。

必要なのは死ぬかもしれないという緊張感の中で発動できるかどうか。

ルミナスたちのように実力が並外れ、信頼できる人間に囲まれた状態では実験の意味は薄い。

その点において人格的に問題はなさそうだが、付き合いがあまりに浅く、実力も高くはあるが今一つ把握できない刹那たちはうってつけだ。

裏切ったり見捨てたりという可能性は低そうではあるがないとまでは言えず、実力が今一つ分からないので自分を守りきる力量があると確信もできない。

ゆえに、ある程度の安心は得られるが、気を緩めるには至らない。

そんな状況はなかなか作りにくく、実戦時のデータを集めるという点では非常に都合が良い。

それに加え、今は授業の準備期間という事でシェリスから書類を回さないようにしてもらっているため、特にスケジュール調整の必要もなくすぐさま行ける。

だからこそ、海人は悩んだ。

安全確実だがそれほど有益なデータは得られない前者か、危険はそれなりに孕むがその分有益なデータを得られる後者か。

悩んだ末に、海人は決断を下した。

「……分かった。幾つか条件付きでよければ受けてもいい」

「条件とは？」

「まず、私は戦闘に関しては基本的に一切手出しをしない。指示があればその通りに逃げるぐらいはするが」

「問題ありません」

「もう一つ。基本的にと言ったが、おそらく何回か手出しをする事がある。その時は前もって言うつもりだが、多少の動きにくさは覚悟してくれ」

海人の言葉に、刹那たちはむしろ安堵を抱いた。

彼女らにとって一番恐ろしいのは、戦闘時に海人が邪魔になる可能性だ。

手助けのつもりで攻撃魔法など使われてしまうとかえって危ない。

今まで何度か護衛の仕事の経験はあるが、雇い主が勝手に動いたり親切心で手助けしたりという時が一番危なかった。

それらの原因となるのは、つまるところ戦闘における自身の役割の認識不足。

下手な動きは邪魔にしかならないという事実を理解できていないからである。

海人の場合、今の発言からしてそれを弁えていると判断できる。

海人が手出しをするというのは悩みどころではあるが、前もって分かっていれば対応は可能。

その程度のリスクなら問題ない、と刹那たちは了承する事にした。

「……分かりました。他には？」

「荷物持ちはするが、可能な限り魔力を節約したい。ぶっちゃけてしまうと、戦闘時以外には極力魔法を使いたくない」

「となると、お水の調達とか調理用の火……後は掘った穴から出る時の飛翔魔法とかって事ですか？」

「ま、具体例としてはそんなとこだな」

軽い口調だが、海人にとってこの条件は不可欠であった。

海人はその特殊な魔力属性ゆえに基本属性魔法が使えないが、数日屋外で寝食共にしてそれを隠し通す事は難しい。

飛翔魔法が使えない事は土の属性特化でごまかせなくもないが、火と水が出せない事はごまかしようがない。

火か水の属性特化であってもどちらか片方は使えるはずなのだ。

しかも生活に不可欠な魔法なので下位魔法なら三歳の子供でも覚えており、術式を覚えていないという言い訳も不可能。

ゆえに、これは創造魔法の事を極力隠蔽したい海人にとっては一番肝心とも言える条件だった。

「それは全然問題ないですよ。他には何かありますか？」

「そうだな――最後に一つ、守ってもらわなければならない条件がある。これが受け入れられないようであれば、私としては絶対に引き受けられない」

「……はい。その条件とは？」

目の前の男のこの上なく真剣な目に若干気圧されつつも、利那は真っ直ぐに見つめ返した。

ゴクリ、と生唾を飲み込みながら身構えていると、やがて海人の口が重々しく開かれた。

「――頼むから食材の調達に関しては絶対に刹那嬢は手を出さないでくれ。料理に関しても雫嬢か私が用意した食材以外は使用しないでほしい」

しばし、その場の時が止まった。

空気までもが凍結したかのような静寂。

最初にそれから解放されたのは雫だった。

彼女は言葉の内容を理解した途端爆笑した。

よほどツボに入ったのか、激しく咳き込みながらお腹を押さえている。

そんな妹の様子とは対照的に刹那は固まっていた。

要求は至極当然で、受け入れなければならないと理解はできる。

この間のロゼルアード草など食べさせれば、海人は確実に即死なのだから。

とはいえ、理性がこれ以上ないほど納得していてもすんなり受け入れられるとは限らないのが人間。

刹那の目からは、ささやかな感情の抵抗が大量の液体となって溢れ出していた。

「あ～、笑った笑った。いや～、ごもっともな条件です。この宝蔵院雫、全身全霊をもって海人さんの毒殺を防いでご覧に入れましょう。姉の一挙手一投足まで監視し、不穏な動きを見せた瞬間に叩き潰します」

まるで忠実な従者の如く恭しい一礼をする雫。

それに対しやたら尊大そうな態度で頷きを返そうとした海人だったが、途中でふと真面目な顔になった。

「……いや、ちょっと待て。そういえば刹那嬢は今まで植物関係の知識を覚えようとした事はないのか？」

「な、何度となく覚えようとはしたのですが、その……」

「お姉ちゃんは武術系の知識と物の値段以外は異様に物覚えが悪いんですよ。いい加減あからさまな毒草ぐらいは覚えてほしいんですけどね……」

「ふむ、それなら丁度良いな。先程の弁償の件だが、私が道すがら見かけた植物の知識を覚えさせる事で相殺というのでどうだ？」

「それではどう考えても相殺にはならないと思うのですが……」

「いや、実は今度シェリス嬢のとこの使用人に授業をする事が決まったんだが、どうにもならないほど物覚えの悪い人間、あるいはどうしても短時間で覚えなければならない人間用の候補で幾つか試したい手法があってな。いきなり本人たちに試すには人道的にどうかと思う手法もあるんで、前もって試しておきたいんだ」

「あ、あの～、果てしなく嫌な予感がするのですが……」

「肉体的にも精神的にも後に残るような事はしないつもりだし、教えた内容を覚えれば使う機会もないが……まあ、嫌なら無理にとは言わんよ」

「……受ければ弁償はチャラなんですね？」

「当然だな」

「受けましょう」

「何を勝手に決めてる⁉」

姉の意思を無視して勝手に話を決めた妹に抗議の声を上げる。

やたらと嫌な予感がするだけにその声は必死だった。

が、雫は心底不思議そうな顔で問い返してきた。

「え？　だってお姉ちゃん償うつもりはあるんでしょ？　毎度のようなおっちょこちょいで人様の所有物粉々にぶっ壊した事反省してるんだよね？」

「そ、それはそうだが……」

「なら、多少無茶な要求ぐらい呑むのが筋ってもんじゃないかなー？　それともお姉ちゃんの謝意ってその程度のものなのかなー？」

けけけ、と邪悪に笑う雫。

乗せられていると分かっていても、刹那の答えは一つしかなかった。

「うぐぐ……分かりました！　やらせていただきます！」

刹那は威勢良く、迷いを振り切るかのように宣言した。

この決断の先に待ち受けている地獄を知る由もなく。

◇◇◇

ドースラズガンの森。

海人の屋敷の裏手に位置するこの広大な森は、奥地で採れる純度の高いミドガルズ鉱石だけでなく魔物が少ない地帯では多様な薬草も採取できる。

もっともそれほど珍しい物はなく、他の魔物のいない安全な森や山で採取可能な物ばかりなので、進んで採りにくる人間はいない。

が、ここは毒草の種類も多いため、実地で食用の草を覚えるのには丁度良い環境ではあった。

「さて、これは何だ？」

そう言って海人から差し出された草を見た瞬間、刹那は即座に説明を始めた。

「エンディメック草です！　効果は滋養強壮！　ほんのりと苦味があるため料理のアクセントには使い勝手が良いそうですね！」

どもりはしないものの、刹那はやたらと早口で一気呵成に説明を終えた。

その目は海人に固定されており、えらい神経質に彼の様子を観察している。

「うむ、完璧だ。なんだ、思ったより物覚えが良いじゃないか」

「や、そりゃあんな目にあうぐらいだったら必死で覚えるでしょ」

満足そうに頷く海人に、雫が冷や汗混じりに突っ込みを入れた。

海人の手法は、色々と凄かった。

まず、知らない時はちゃんと懇切丁寧に説明する。

覚える内容自体は多くないが、より覚えやすいように具体的に何に使えるかなども解説している。

それで覚えられなかった時も、三度目までは解説の仕方を変えて覚えやすいよう丁寧に教えてくれていた。

雫などは知らなかった知識も横で一度聞いているだけで身につけてしまい、ほとんど覚えられない姉に呆れていた程だ。

四度目には罰を与えると言われていたが、この調子なら厳しくはないのではないか、そんな事を姉妹は思っていた。

が、四度目に達した瞬間に下された罰は本気で容赦がなかった。

最初に行われたのはツボ押し。海人は刹那の全身の激痛を伴うツボを情け容赦なく押しまくった。

その痛みたるや、修行で痛みに耐性がある彼女が森中に響き渡りそうな苦悶の絶叫を上げるほどだった。

しかも雫にツボの見極め方と押し方の解説までしていたので、地獄の時間はいっそう長く続いた。

そのおかげで一気に刹那の真剣味が増して急速に覚えが良くなったが、それでも四度目に達する事はかなりあった。

やはり痛みだけでは記憶力の上昇にも限度があるということだろう。

そこで、今度は罰の方法が変わった。

激痛を伴うツボ押しから、強制的な呼吸困難を強いるくすぐりへと。

この効果はまさに絶大だった。

ツボ押しは痛みから逃れるために反射的に振り払う事もできたが、これはできなかった。

あまりに強烈に噴出してくる笑いに肉体強化がままならず、暴れてもやや限界を超えて肉体強化していた海人にダメージを与えられない。

そう、くすぐりには緩む瞬間というものがなかった。

そのため、最初から最後までなすがままに笑い死に寸前までくすぐられ続けた。

その後、本気で命に関わると思った刹那は実戦ですら見せた事がないほどの緊張感を漂わせていた。

おかげで、罰がくすぐりになってから刹那は一度も間違えていない。

そこまで考え、雫はボソリと結論を呟いた。

「……そーか、今まで甘やかしてたのが良くなかったのか」

今までの自分の教え方を顧みて、反省する。

嫌な罰があるから覚えられるという事は、今まで覚えられなかったのは集中力が足りなかったという事だ。

おそらく自覚はないだろうが、雫が見分けられるので覚えなくても大丈夫、という安心感がどこかにあったのだろう。

さらに言えば、肉体強化がある以上毒を食べてもそうそう死にはしないという認識も手伝っていただろう。

一応雫も教えた事を忘れるたびに姉をどついていたが、やはり相手が最愛の姉ゆえに手加減があった。

これからはもっと厳しく教えよう、雫はそう思った。

くすぐりの絶妙な指の動きは易々と真似できそうにないが、ツボ押しならば雫でも可能である。いや、むしろくすぐりのやり方を海人に教えてもらって、などと雫が呟いていると、刹那が怯えた声で懇願した。

「これからは一生懸命覚えるから許してくれ！　こんなの毎回続けられては頭がおかしくなる！」

「刹那嬢、これは？」

「アガディック草！　下位の魔物あたりなら一房煮溶かした物を飲ませれば数分で死に至る毒草です！」

「正解だが……困ったな。この調子だと他の手法が試せん」

まるでミスをしなくなった刹那に、大真面目な顔で考え込む腐れ外道。

元々どうしても覚えられない人間になんとしても覚えたいと頼まれた時用に考えていた手法だし、一人のデータだけではそれほど役に立たないので、もう十分といえば十分なのだが、それでもデータの種類が多いに越した事はない。

そんな事を考えていると、ついに刹那の涙ながらの抗議が入った。

「今の手法で十分でしょう⁉　あれで覚えない人間なんて人間やめてるか人生捨ててるかで

す！」

「そうとも断言できん。くすぐりは慣れる事もあるしな。保険としてあと幾つか試したいが……ま、どのみち次忘れていた時だな。ちなみにこの草は？」

「……ア、アルゲニック草！　成人なら一房、子供なら一口で数分体に痺れが出る毒草です！」

しばしの熟考の末に刹那は答えを出した。

今回教えてもらった草の中で、刹那がいまだ草の形状と名前を一致させていない物は十種類。

これはそのうちの一つだが、勘で答えても確率は十分の一。

だが、刹那の頭脳は地獄のくすぐりを逃れるためにフル回転してさらに絞り込んだ。

目の前の葉の色と一致するのは十種類のうち二種類だったと。

これで確率は二分の一まで絞り込まれた。

あとは五割の確率の正解を引き当て、それと同時に二度と忘れないよう記憶するのみ。

しかし、刹那は肝心な事を失念していた。

自分の運が、致命的なまでに悪いという事を。

「外れだ。正解はティオントラ草。清涼感の強いハーブで、普通に食べられる。ま、草の名前と効用は一致してたし、くすぐりより過酷な手法は使わないでおこう」

「それでもいやあぁぁぁぁぁっ!?」

五割の外れを引き当ててしまった女性の、本日何度目とも分からぬ絶叫が虚しく森の中に木霊した。

◇◇◇

いつの間にか、日が暮れ始めていた。

深い森の隙間から僅かに覗く空は、既に夕焼け色に染まっている。

そんな中、海人たち三人は足を止め、とりあえず腰を下ろして一休みしていた。

「ま、これで道中拾った草は全て覚えたな。お疲れ様」

「ありがとう……ございました……」

今日は一度も戦闘していないというのに、いかなる修行よりも疲れきってしまった刹那がへたり込んだ。

その姿にはもはや普段の凛々しさなぞ微塵も残っておらず、ひたすらに可愛らしい。

が、一応教えてもらったのは事実なので感謝はしているらしいが、やはり彼女が海人を見る目には恨みが滲んでいる。

海人はそれを受け流しながら苦笑し、白衣のポケットに手を突っ込んだ。

「ほら、ちゃんと全部覚えられた御褒美だ」

大福を取り出し、刹那に手渡す。

しばし若干不貞腐れた目で海人と大福を交互に見つめていた刹那だったが、そのうちに大福を口に入れた。

そして一口齧った瞬間、驚く事となった。

「中に苺《いちご》が……？　ああ、この酸味と甘味の取り合わせ、凄く美味しいです」

じゅわっと滲み出る果汁をこぼさないようにしつつ、大福を噛み切る。

苺と大福の組み合わせの妙に、刹那は顔を綻ばせた。

「苦労した甲斐はあったかな？」

「……はい。ありがとうございます」

海人の問いに、満面の笑みで答える刹那。

本音を言えばまだ大赤字ではあったが、刹那は負の感情を持続させる気にはならなかった。

元々銅鑼を破壊した詫びの一環なので怒るのは筋違いであるし、長年身に付かなかった知識を与えてもらったのだから納得はいかずともむしろ礼を言うべきところではある。

だが、刹那の鬱憤を霧散させたのはそこではない。

あくまでさり気なくではあるが、海人は先程から刹那の顔色を窺っていた。

気になって彼と視線を合わせると何でもなさそうに視線を外すが、よくよくその横顔を観察すると申し訳なさそうにしている事が分かる。

やりすぎたと反省はしているようだが、どうにも素直に謝れないらしい。

そんな様子が妙に可愛らしく思え、いつの間にか負の感情が霧散してしまっていた。

「お姉ちゃんだけずるいですよー。あたしにはないんですかー？」

「あくまで御褒美だからな。頑張った刹那嬢だけじゃないと不公平だろう？」

不平を言う雫を受け流しつつ、海人は近くの樹に背中を預ける。

そうやって体を休めつつ二人と雑談をしていると、次第に辺りが暗くなり始めた。

みるみるうちに周囲が暗くなり、程なくして完全に夜になった。

「それじゃ、そろそろ始めましょっか。海人さん、近くで発光は見当たります？」

「まだ分からんが、丁度雫嬢の足元辺りが候補だな。その辺りだけ周囲と土の色が違う」

「――へ？」

自分の足元を指され、雫は間抜けた声を上げた。

「あの、まったく違いが分からないのですが」

「色が違うのは確かだ。ただ、それが発光によるものかどうかまでは判別できんが」

「ま、まあとりあえず掘ってみますね。しばらく掘ってれば変化があるかもしれないし」

そう言って雫はスコップで足元をザクザクと掘り始めた。

外見に見合わぬ膂力《りょりょく》をもって、足を使う事もなく腕の力だけで次から次へと土を脇に飛ばす。

刹那はさらに器用な掘り方をしている。

両手にスコップを携えて掘る事で雫の倍近い掘削速度を実現している。

海人はといえば、そんな二人を眺めているだけだった。

面倒だから、という理由もあるが、海人が手伝わないのは身体能力差の分、かえって速度が落ちる可能性を考えての事だ。

さすがは姉妹と言うべきか、刹那たちは一度もお互いのスコップをぶつける事なく軽快に掘り進めている。

しばらくそんな状態が続いていたが、そのうちに刹那がある事に気付いて口を開いた。

「――土の色が淡い青に変わったな」

淡く、注意深く観察しなければ分からないほど淡く輝く足元を見下ろし、息を吐く。

五階建ての建物の高さと同程度に掘ってようやくこの程度。

掘る前の違いの判別など、本気で人間業ではない。

「特徴はぴったりだね。よ～っし、俄然やる気出てきた」

雫は腕まくりすると、先程までに倍する速度で掘り始めた。

刹那も負けじと速度を上げ、みるみるうちに穴が掘り下げられていく。

それに従い、土に現れた青い輝きも徐々に強まっていく。

そうして掘り続ける事一時間弱。雫のスコップが固い物にぶつかった。

ぶつかったあたりを手で掘り、土をどける。

すると、暗い穴の中で眩いばかりに輝く大きな石が現れた。

ついでに周囲も掘ると、それよりは小さいながらも同じ石が幾つか出てきた。

「……これがミドガルズ鉱石なのか？」

「うん。硬度からしても間違いないと思う。うっわ、凄い。この短時間でいきなり見つけちゃったよ」

「海人殿のおかげですね。ありがとうございます」

「引き受けた役目を果たしただけだよ。それに、この後も当たるかどうかは分からんからな。礼を言うなら仕事が終わった後、だ」

「謙虚ですね～。そんじゃ、この調子でどんどん探していきましょうか」

そう言うと、雫は海人を抱きかかえて飛翔魔法で穴の出口へと上って行った。

◇◇◇

数時間後、海人たち一行はやたらハイペースで集まるミドガルズ鉱石に拍子抜けしていた。量の違いはあるが、海人が指摘する場所を掘れば間違いなく鉱石が存在するため、見つける事は難しくない。

その上普通なら大変な掘削作業も刹那と雫にとっては少し面倒なだけなので、肉体的な苦労はあまりない。

「既に袋一つは半分以上埋まったか……この間の苦労はなんだったんだかな」

「まったくだねぇ……そんじゃ、そろそろお腹空いたし御飯に――」

ピクリ、と雫の耳が動き、やや遅れて刹那が周囲に視線を走らせた。

すると、明らかな敵意を持つ気配が複数こちらへと視線を送っている事に気付いた。

距離はそこそこ開いているため逃げる事は容易だが、海人という足手纏いを抱えて鬼ごっこになる可能性を考慮すれば、動かずに迎え撃つ方が面倒が少ない。

そう判断し、刹那は刀を抜いた。

「海人殿、拙者の背後から動かないでいただけますか」

「分かった。だが、ちょっと手出しをさせてもらうぞ」

「承知しました。攻撃魔法を使う場合は仰ってください」

「いや、攻撃魔法は使わない」

その言葉と同時に、魔物が一斉に襲い掛かってきた。

最初に、雫が動いた。

彼女は袖の中から金属製の糸を取り出すと、周囲の樹に引っ掛けた。

瞬く間に即席のネットが完成し、突進してきた猪型の魔物は数本の樹木を軋ませて跳ね返った。

すかさず懐の短刀を抜き、ネットの隙間から猪の眉間へと投擲する。

その小柄な体格からは想像もできない速度で投げられた刃物は、刀身全てを魔物の体内に滑り込ませるだけでは飽き足らず、そのさらに先——柄の部分までも頭骨を砕いて捻じ込んだ。

一匹仕留めた事に特に感慨もなく次の獲物へと視線を走らせると、梟《ふくろう》型の魔物が彼女の正面に突っ込んできていた。

体躯こそ通常の梟と変わらないが、その丸々とした姿の印象とは正反対の突撃速度は鉄すらも容易に貫く。

瞬く間に雫の眼前に嘴《くちばし》が到達する。

が、その直後魔物の動きが止まった——下から雫の左手に串刺しにされて。

ポタポタと己の腕を伝う魔物の体液に構う事もなく、雫は小太刀を抜いて横に向かって突き出した。

一見何もない空間に揺らぎが生まれ、直後そこに大きなカメレオンのような魔物が姿を現した。

体表の色を自在に変化させて潜む暗殺者のような魔物は、紫色の体液を口から吐き、動かなくなった。

そして次——そこで雫の動きが若干淀んだ。

（っと……まずいまずい。危うく自制忘れるとこだった）

軽く息を吐いて気分を落ち着かせるが、それは僅かながらも隙となった。

それを狙いすましたかのように襲い掛かってきた魔物に、左腕に刺さったままの亡骸を投げつける。

グシャ、という音と共に魔物の頭部が吹き飛んだ事を確認した後、雫は目を閉じた。

雫の経験上、昂《たか》ぶった心を静めるにはこれが一番良かった。

飛び散る鮮血や無惨に潰れた敵の死骸といった——己を昂ぶらせる物を見ない事が。

とはいえ、この方法は危険だ。

五感の一つ、しかも一番的確に周囲の状況を把握できる感覚を縛るのだから。

控え目に言っても三割は性能が落ちる。

だが、雫の実力をもってすればこの状態でも十分に敵を潰せる。

早速それを証明すべく、残りの感覚を研ぎ澄まし——直後、おかしな事が起きた。

ゴンッ、という鈍い音と共に何かが地面に崩れ落ちる音がした。

姉の打撃ではない。集中している今なら、姉の動きで生じる僅かな風も感じ取れる。

今感じたのは間違いなく魔物が動いた時に生じた風のみだった。

さらに言えば、姉の気配がおかしな事になっている。

生真面目すぎる姉は残心を怠る事はない。

だが、今は戦闘時の殺気はあるのだが、妙に間が抜けたように感じる。

疑念の思考が強まったせいか徐々に気分が落ち着き始める。

しかもその間もなぜか敵は襲い掛かってこず、気は抜かないものの徐々に緊張が解けてくる。

雫は程なくして気分が落ち着いてしまったその原因を確認すべく目を開けた。

「えっと……いったい何が？」

地面でビクビクと痙攣していた二頭の魔物に姉がトドメを刺すのを見届けつつ、ポリポリと頬を掻く。

状況から考えて今仕留められた二頭は姉が伸したわけではない。

動いた気配はなかったし、なにより姉がやったのなら一刀で斬り捨てられているはずだ。

だが、止めを刺されるまで、二頭にこれといった外傷はなかったようだ。

おそらくは元凶であろう人間に視線を向けると、

「おや、見ていなかったのか……ん～、端的に言えば魔物が自滅したといったところか」

「自滅させた、が正解かと。よくもまあ、あんな器用な戦法を……」

刹那は呆れ半分、称賛半分といった顔で海人を見ていた。

実際、海人の使った戦法は器用だった。

刹那が同じ事をやれと言われても、できなくはないが慣れが必要だ。

どう評価したものか、と悩んでいる姉の顔を見て、雫の好奇心はますます膨れ上がった。

「何やったんですか？」

「秘密だ。刹那嬢も黙っておくように」

「え？　なぜです？」

「どうせ教えるんだったら驚く顔が見たいじゃないか」

人の悪そうな笑みを浮かべ、唇に人差し指を当てる海人。

苦笑しつつ、刹那もそれを承諾した。

「ぬうう………ええい、御飯です！　食事にしますよ！　ケチンボな海人さんへの不満は御飯と一緒に飲み込みます！」

「はっはっは、それなら米を出さんとな」

海人はそう言うと、リュックを下ろして中を漁り始めた。

自然、彼の視線が刹那たちから外れる。

それを見計らって、刹那は妹を手招きした。

「何、お姉ちゃん？」

「……さっきはちゃんと自制できたな。偉いぞ」

耳元で優しく囁き、雫の頭を撫でる。

その手つきは優しく、なんとも温かな慈愛に満ちていた。

最初キョトンとしていた雫だったが――その意味に気付くと、すぐに嬉しそうな笑顔を浮かべた。

◇◇◇

所変わって、グランベルズ帝国のとある酒場。

ここは現在とある傭兵団に貸し切られており、百を超える男女がその中で酒盛りを繰り広げている。

飲み比べ、大食い競争、多種多様な馬鹿騒ぎでしっちゃかめっちゃかである。

それもそのはずで、今日は団長の計らいで飲み放題食い放題。

さすがに全団員参加とはいかず、参加者は一部を除き抽選で決められたのだが、当選した者たちは仲間の分まで満喫してやろうと、多いに盛り上がっていた。

そんな中、唯一騒ぎに飲み込まれていない一角があった。

「……すんません。隊長の顔に泥塗っちまいまして」

「んな事はいいんだけどね……第三の連中に接戦って、少し鈍りすぎじゃない？」

ルミナスは頭を下げる部下に、嘆かわしそうに頭を抱えた。

理由は今日までの試合内容。

実力の次元が違う副隊長以上は抜きでのトーナメント戦。

そして自分の部隊はエアウォリアーズ三部隊中最強と自他共に認める隊。

だというのに、今回の試合はそれを覆しかねないほどに危うかった。

一応全員上位には入っていたものの、最後に集合した時と比較して実力差が埋まりすぎていた。

休暇期間が長かったとはいえ、このままの調子では遠からず追い抜かれてしまうだろう。

休暇の間ほとんど正気を保っていた人間がいなかった事は聞き出したが、それにしても無惨だ。

同じく観戦していた団長と副団長は悪くない、と合格点を出していたが隊を束ねる者としてこのまま放置はできない。

様子を見に行ってやらなかった分も含め、自分の休暇を返上して強引にでも鍛え直すべきか、

などと考えていると、

「い、いや、なんかあいつらメチャクチャ腕上げてんですよ！　いくらなんでも最後に会った時のあいつら相手に接戦はないですって！」

「……たしかに基礎能力はかなり上がってたわね。でも、その分動きが少し単調だったわ。もう少しあんたらの試合運びが上手かったらもっと簡単に勝てたはずよ」

「そいつは聞き捨てならねえな」

ルミナスの言葉に、背後にいた男が反応した。

立ち上がってルミナスの方へやってきた男の名は、ケルヴィン・マクギネス。

純血の獣人族であり、顔は狼そのもの、身長も二メートルを超す迫力満点な巨漢の斧使いだ。

そして今話題に上っていた第三部隊を束ねる隊長でもある。

「……誤解させたんなら謝るけど、あんたんとこの部下を馬鹿にしてるわけじゃないわよ？　というか、多少鈍ってるって言ってもこいつらと良い勝負したんだから上出来よ。ただ、訓練が偏りすぎたせいだかなんだか知らないけど、攻撃が少し単調だったってだけ」

威圧するようなケルヴィンの態度にもまるで臆する事なく、ルミナスは喧嘩を売っているようにも聞こえる分析を語る。

「今回はきっちり俺が全員鍛えたから、抜かりはねえはずだぜ。聞いた話じゃ色男と同居してたそうだが、それにうつつ抜かして見る目が鈍ったんじゃねえか？」

「ったく……誰に聞いたのか知らないけど、あんたが思ってるような関係じゃないわよ」

やれやれ、とルミナスは溜息を吐いた。

ここに来る道中同じ内容で何度となく部下に揶揄され、いい加減否定するのも疲れてきていた。若い男女が一つ屋根の下で二ヶ月以上暮らしていたのだからそういった臆測は仕方ないとは思うのだが、現実には海人は自分やシリルにそういった視線を向ける事はなかったし、自分たちも彼に向ける事はなかった。

が、そんな事をいちいち説明する気もないので、ルミナスはとりあえず言うべき事を言う事にした。

「つーか、あんたがきっちり鍛えたって……そのせいじゃないの？　力押し一辺倒のあんたに鍛えられたら嫌でもそっちに傾くでしょ」

遠慮のないルミナスの言葉に、ケルヴィンは呻いた。

身体能力だけならその種族ゆえに隊長格中トップを誇る彼だが、実力では最下位だ。

その理由は、彼の戦闘技術の未熟さにある。

空中戦を除けばパワーもスピードも隊長格最強たるルミナスを上回っているのだが、その高すぎる身体能力を制御しきれずどうしても攻撃が単調になるのだ。

これは種族の全体的な特徴でもあるので一概に彼の怠惰とも言えないのだが、熟練した獣人族の戦士なら上手く力を加減する事によって、高い身体能力を活かした上で巧みな戦闘を行えるため、ケルヴィンが未熟であることは間違いない。

そんな人間が指導したと言われれば、ルミナスの疑問ももっともだろう。

が、今回は少し事情が違った。

「今回は自分も加わりましたんでそれはないっすよ。ちょーど自分も暇でしたんで、ケルヴィンと半々でしごいたんっすから」

ケルヴィンの背後から第二部隊隊長のアンリがひょいっと顔を覗かせた。

顔には爽やかそうな笑みが浮かんでおり、口唇から覗く歯もそれを引き立てんばかりに白い。

身長も海人と同等か少し上程度で、若干細身ながらも引き締まった肉体が軽快感を演出している。

しかもパリッとした軍服系の服が、ともすれば軽薄とも受け取られそうな本人の雰囲気を引き締めていた。

狙ったのではないかと思うほど女性受けしそうな容姿である。

が、ルミナスはそれをまるで気にする事なく考え込み始めた。

「ん～、アンリも加わっての訓練か……半々とはいっても、そうなると私の勘違いかしらねぇ」

目の前の人物は三人の隊長の中で最も身体能力が低いが、高い戦闘技術によって実力的には二番手だ。

しかもその技量という一点では一番手であるルミナスもアンリには敵わない。

剣技だけならばルミナスの方が上なのだが、アンリは大概の武器を一流のレベルで使いこなせるためだ。

本人曰く器用貧乏らしいが、毎回敵軍の編成に合わせて一番効率的な武器を選ぶような人間が言っても説得力に乏しい。

部下への指導能力も高く、アンリの部隊は三つの部隊の中で一番の技巧派部隊である。

それが指導に携わっていたとなると、ルミナスは自分の感覚を疑わざるをえなかった。

そもそもケルヴィンの第三部隊は獣人族が多いわけではないので、筋力強化に重点を置いたとしても技巧を磨く事を怠る可能性は低い。

上達はせずとも、劣化する事は考えにくかった。

これは平穏な生活で自分の目が曇ったか、などとルミナスが唸っていると今度はそれを否定する人物が現れた。

「いえ、私も同じ事を思いましたし、勘違いではないと思いますわ」

先程からルミナスの向かいの席で黙していたシリルは、そう言うと目の前の紅茶を飲み干した。

「……お前もか？」

今度はケルヴィンが唸る番だった。

副隊長という立場ではあるものの、シリルは隊長になっていても遜色ない人材だ。

通常、弓兵は武器の性質上接近されると脆く、しかも彼女のように小柄な体型であれば余計に不利になる。

だが、それを彼女は類稀な読みの鋭さでカバーする。

攻撃の流れを見事に読んでかわし、場合によってはカウンターまで叩きこんであっさりと相手の体勢を崩してしまう。

しかもルミナス仕込みの格闘術と剣術があるため、大概の相手はその隙を逃してもらえず命を絶たれる。

結果としてシリルは副隊長中唯一の後衛系でありながら、最強の近接戦能力を誇っている。

その本来なら補えない要素を補って余りある読みの鋭さからの判断は、とても無視はできなかった。

「ええ。失礼ですけれど、私が見た試合に限って言えば全員最低五手先の動きまでは予想が的中しましたわ。とはいえ客席から見ていた時の予測ですから、自分が戦った場合にどうなるかは分かりませんけど」

「へえ〜……ま、どのみち当面は明日の事が最優先っしょ。結果次第で二人の目が曇ってんのかどうか分かる可能性もありますしね」

穏やかに微笑みながら、アンリは明日へと思いを馳せた。

明日は隊長と副隊長に加え、今日までのトーナメントの決勝進出者を加えた八人でのトーナメント戦。

抽選の結果、順当に行けばアンリは準決勝でシリル、決勝でルミナスと戦う事になる。

もしも順当にいかなかった場合は、二人が鈍っている可能性――ひいては目が曇っている可能性が高いという事になる。

「その通りですわね。お手柔らかにお願いいたしますわ」

「無理っすね〜。シリルさん相手に手を抜いたらあっという間に負けちゃいますし」

シリルの言葉に、アンリは冗談交じりにそんな答えを返した。

どちらも穏やかな微笑を浮かべており、清々しい武人の鑑のような態度である。

それとは対照的に、やや好戦的な二人は獣のような獰猛な笑みで睨み合っていた。

「ま、多少鈍ってたところであんたには負けないけどね」

「ぬかせ。恋愛にうつつ抜かしてるような奴に負けてたまっか」

「だーから違う……っていうか今日は妙に絡むわね。また振られたの？」

ふと、ルミナスが思いついた疑問を問いかけた。

目の前の男は粗野で乱雑な男だが、その分性格的にはさっぱりしており、人にしつこく絡む事は稀だ。

そして、稀にそうなる時は大体パターンが決まっている。

——それは実に五十を超えたとも言われる失恋記録を更新した場合。

案の定、呆れたようなその言葉にケルヴィンは劇的な反応を示した。

「ち、ち、ち、ちげえぇぇぇぇぇっ！　俺が振ったんだ！　俺がいない間に男連れ込むような奴は願い下げだってこっちから振ってやったんだ！　振られたんじゃねえ！　断じて振られたんじゃねえぇぇぇぇっ！」

言葉とは裏腹にケルヴィンは狼そのままな顔からだばだばと滝のような涙を流し、外まで響きそうな遠吠えを放っているが、ルミナスはあえて指摘しなかった。

哀れむのもかえって傷つきそうなので、ひたすらに自分をごまかそうとしている男から視線を外して無言でグラスを傾ける。

第三部隊の面子は知っていたのか、自分たちの隊長の哀れな姿に涙を堪えながら無言で酒を傾け、数人がこの後必要となるであろう自棄酒《やけざけ》用の樽酒を注文している。

他の者たちの反応も大体似たり寄ったりではあったのだが、一人だけ周囲とはまるで違う反応をした。

その人物はポンポンとケルヴィンの肩を叩きながら、優しげに語りかけた。

「まあまあ。わざわざ自宅から離れた宿取って丸三日夜な夜な啜り泣いてたんだから、いい加減吹っ切っちゃった方が良いっすよ？」

「何で知ってやがるっ⁉」

アンリの胸倉を掴み上げ、睨み殺さんばかりの視線で見据える。

が、その表情には怒り以上に慄きが見え隠れしている。

「そりゃまあ、情報収集は自分の趣味なわけで。面白ネタ抱えた同僚が『偶然』隣の部屋泊まってたら盗聴もしてみたくなるじゃないっすか」

にっこりと微笑み、問題発言をするアンリ。

ちなみにケルヴィンは両隣に客がいない事を確認してから部屋を取ったはずであった。

「こ、この腐れ男女が……！　絶対明日ぶちのめしてやっかんな！　覚えてやがれ！」

そう捨て台詞を残すと、ケルヴィンは一気に酒を呷ってから酒場の外へと駆け出していった。

それを見ていた彼の部下たちもその後を追いかけていく。

律儀に自棄酒用の樽酒を抱えたまま出て行っているあたり、ケルヴィンの人望はかなり厚そうだ。

それを楽しげに見送ったアンリの顔を見ながら、ルミナスは一際大きな溜息を吐いた。

「……あんたも素直じゃないわよねえ。で、その女どうなったの？」

「なんかこの間酒に酔った勢いで街中で素っ裸のまま寝っ転がって騎士団に連行されたらしいっすよ？」

クスクスと笑いながらアンリ――アンリエッタ・マーキュレイは楽しそうに相手の女の末路を

語った。

その性別を問わず見入ってしまう妖艶な微笑みを見て、ルミナスは頭を抱えた。

相変わらずの口調と本人が好む愛称に加え、男物の服装と髪型、そして女性らしからぬ高身長と薄い胸。

それらの要素で頻繁に誤解されるが――アンリは掛け値なしの美女である。

さすがに神の芸術としか形容できないローラには及ぶべくもないが、それでも女性らしい服装と髪型にさえすれば、見惚れない男などいないだろう。

もう少し人格がまともならケルヴィンの記録更新にも歯止めがかかるだろうに、などと哀れんでいると、

「ま、あの鈍感馬鹿の事はさておき、明日はお互い頑張りましょう。ルミナスさんが鈍ってるとは思わないいっすけど、自分もケルヴィンもかな〜り鍛えたんで、今回は本気で優勝狙ってますよ？」

「あら、私は眼中にありませんの？」

「あのさして広くもない闘技場で隊長がシリルさんに負けたらそれこそ問題っしょ。うちのテリーも張り切ってますし、今回は初戦敗退かもしんないっすよ？」

にっ、と挑むような笑みを返す。

自分がシリルに負けるつもりがないのは当然だが、なにより今回はアンリの部隊の副隊長がかなり腕を磨いている。

当の本人は抽選でいきなり前回ボコボコにされたシリルとぶつかった事を嘆いていたが、アン

リは今の彼ならシリルとぶつかっても四割程度の勝率はあると読んでいた。

もしも彼がシリルから上手く勝ちを拾えれば、それは大きな自信となる。

負けたとしてもそれなりに接戦はするだろうから、多少の自信はつくはずだ。

やや弱気な所が欠点な副官にはいずれにせよ良い経験になるだろう。

――が、一つだけ気がかりな事があった。

(団長たちも認めるほど皆上達してんのに、ど-してこの二人だけが単調になったたって思ったんすかねぇ……)

才覚においては団随一、さらに団で一番真面目に鍛錬を積んでいる二人組の言葉に、アンリは猛烈に嫌な予感を覚えていた。

第5章 吸血族

——不意に、懐かしい声が聞こえた。

振り向くと、色白で細身だがしっかりとした筋肉のついた足が見えた。

そのまま視線を上げると、怖い顔をした女性が自分を見下ろしている。

足が勝手に動き一目散に逃げようとするも、その前に襟首を掴まれた。

ジタバタと手足を動かしても、虚空を切るばかり。

抵抗空しくクレーンで吊り下げられるかの如く、女性の顔を真正面から見る羽目になった。

ちびりそうなほどに怖いが、視線を逸らすというのはできない。

逸らしたが最後、尻千叩きが天国に思えるほどのお仕置きが待っている。

「海人？　あれは何かな？」

す、と指を真横へ向ける。

その先にあるのは、ズタボロになった動物。

全身に包帯を巻かれてはいるものの、それが所々赤く染まっており傷の深さを物語っている。

今にも息絶えそうなそれに視線を向ける事もなく、海人は質問に答えた。

「食肉目イヌ科の哺乳類。古くから人間との関係が深い種で、ペットから狩猟までありとあらゆる用ぐぎゅ⁉」

犬の説明を延々と語ろうとした矢先、顔を掴まれて黙らされた。

　そのまま彼女は手を持ち替えて両手で海人の頬をむにむにと揉んだ。

　年相応の子供らしく、海人の頬は柔らかくすべすべしており、よく伸びる。

　その感触を一頻り楽しんでから、女性は再び問いかけた。

「……どして？　怒らないから言ってごらんなさい？」

「おかーさんがそう言って怒らなかった事ってないと思うんだけど」

　作り笑顔で大法螺を吹く母――月菜の顔を見つめながら、海人は涙した。

　こうなってしまってはもはや一切の言葉が無駄に終わる。

　話に耳を傾けてくれないわけではないのだが、母が作り笑顔をしている時は既にお仕置きは確定している。

　ぶっちゃけてしまえば、母の問いは自分の罪状を読み上げろと言っているにすぎない。

「いーから言えっての馬鹿息子」

「えっと、実は……」

　母の剣幕に圧され、海人は事情を詳細に説明した。

　事の起こりから現在に至るまでの全経緯を。

　その間、月菜は可愛い息子の言葉を終始笑顔で聞いていた。

　説明が終わると、月菜は一際優しそうに微笑んだ。

　そのままやや小柄な息子を優しく地面に下ろし、

「うん、ちゃんと説明できたわね。そんじゃ、お仕置きね。三十数えてあげるから頑張って逃げなさい？　いーち、にーい……」

頭を一度優しく撫でてから、地獄へのカウントダウンを始めた。

三十数えると言ってはいるが、騙されてはいけない。

彼女の数え方はやたら早口なため、海人に残された猶予は実質十秒もない。

「やっぱりぃぃぃぃっ⁉」

あまりにも予想通りな結果を嘆きつつも、海人は必死で弱っちい手足を動かした。

学校の徒競走で常にビリという言葉が小賢しい頭をよぎるが、それでも彼は全力で走った。

既にお仕置きの準備を整え終えている母から一ミリでも遠く離れるために。

だがその努力も虚しく、カウントダウンが終わった直後――

「うわあぁぁぁぁぁぁぁぁぁぁっ⁉」

海人は絶叫と共に夢から覚めた。

息が、荒い。

心臓はバクバクと激しい鼓動を打ち、そればかりか全身の血管が脈打っているかのように体が熱い。

うす暗い森の中で、むしろ若干肌寒くてもおかしくないはずなのに大量の汗を掻いている。

頬を伝った汗を拭いつつ、息を落ち着けていると、刹那が心配そうに声をかけてきた。

「……だ、大丈夫ですか？　えらくうなされておられましたが」

「も、問題ない……ちと昔の夢を見ただけだ」

ふう、と息を一つ吐いて周囲を見回す。

当然ながらここは元の世界の屋敷などではなく、ここ一週間ですっかり見慣れた森の中だった。

採掘は比較的順調に進んでいるが、発光が分かるようになるのは夜間のみなので時間がかかっていたのだ。

現状を思い出しつつ雫の姿を探すと、丁度彼女が海人に向かって笑顔で手を振ったところだった。

彼女の横では飯盒《はんごう》で米が炊かれ始め、猪型の魔物が丸焼きになっているが、その音はしない。

どうやら寝ている海人に気を使って魔法で調理の音を遮断してくれていたらしい。

海人の息が落ち着いたのを見計らって、刹那が木製のコップに入った水を差し出しながら尋ねた。

「そんなに恐ろしい夢だったのですか？」

「いや、むしろ懐かしい夢だったんだが……な。もう少しマシな夢を見たかった」

適度に冷やされた水を一口飲み下し、嘆息する。

今のはいまだに恐ろしいお仕置きの記憶だったが、海人の親との思い出には楽しい記憶も数多くある。

というか、数としてはそちらの方が多い。

基本的には子煩悩な両親であったし、海人自身当時は比較的良い子だったので怒られる回数も多くはなかった。

だというのに、久方振りに見た母の夢が思い出したくもない悪夢の記憶。

成長し、むしろあれは母の愛情の一つだったと頭で理解はしているのだが、やはり子供の頃に刻まれた恐怖は拭いがたい。

「いやー……でも、海人さんの寝顔はちょっと可愛かったですよ？」

「可愛いと言われてもな。君の趣味、相当歪んどらんか？」

「えー？　そんな事ないですよー。ね、お姉ちゃんだってそう思うでしょ？」

「……否定はせん」

「そこは否定すべきでは!?」

そう言って思わず慄いた海人に、刹那は困ったように顔を逸らした。

彼女には、雫の言葉を否定できない理由があった。

気付いたのは森に入って三日目。

樹に背を預けて俯《うつむ》いた状態で寝ていた海人が、たまたま寝返りで頭を動かした時だ。

森に入った初日の海人はかなり険しい顔で寝ていた。

魔物が跋扈《ばっこ》する森に入った緊張感からか、刹那たちに気を許していなかったためかは分からないが、なまじ美形なだけにかなりの迫力があった。

その日も相変わらず迫力のある寝顔ではあったのだが、初日とはかなり印象が違った。

警戒と緊張が全面に表れていたそれに、若干のあどけなさが覗いていたのだ。

初めは気のせいかと思ったが、少し観察しているうちに見間違いではないと確信した。

それで興味を引かれて翌日も観察したのだが、前日よりもさらにあどけなさが強くなっていた。

同時に過剰な警戒と緊張も少し緩んでおり、寝顔から険が取れていた。

その表情がなんとも母性本能をくすぐられるのだ。

以来毎日変化する海人の寝顔を観察しているのだが、その印象は強まるばかり。

先程もうなされる直前までは安らかでどこか可愛らしさがある寝顔だった。

だからこそ雫の言葉を否定できなかったのだが、まさか毎日寝顔で楽しませてもらってますと暴露するわけにもいかず、刹那はごまかすしかなかった。

ここで適当な嘘をでっち上げればいい、という発想が浮かばないあたり、彼女の性格がよく表れている。

事情を知っていてあえて海人を誤解させる方向に誘導した小悪魔の額に指弾を飛ばしつつ、どう説明したものかと考えていると、海人が冷や汗を垂らしつつさり気なく刹那から距離を取った。

「むう……雫嬢がサドっぽいのは感じていたが、刹那嬢までとは……」

「ち、違います！　雫のような加虐趣味と一緒にしないでください！」

海人の言葉が半分冗談だとも気付かず、刹那は思わず詰め寄った。

その剣幕に圧され、海人が若干体を逸らした時、

「痛っ……！」

弾みで近くの樹のささくれに右手の甲が引っ掛かった。

寝起きで肉体強化を解いていた事が災いし、数箇所少し切れている。

これといった手当てが必要なほどではないが、血がはっきりと滲み出ていた。

「やれやれ、我ながら間抜け……ん？」

血を拭い終えた時、海人は刹那たちが自分の手を見ている事に気付いた。

二人共やたら真剣な面持ちで、まるで食い入るように見つめている。

刹那の視線にはかなりの熱が籠もっており、雫にいたっては――

「……二人共」

「はっ……⁉　な、なんでしょう？」

刹那は我に返ると同時に姿勢を正し、表情を引き締めた。

その佇まいは普段の三割増しで凛としており、先程の様子が幻だったかのような変貌振りだ。

が、その程度でごまかされるほど海人は甘い男ではない。

「まさかとは思うが、吸血族か？」

「な、なぜそうお思いに……？」

「雫嬢の顔を見れば一目瞭然だと思うが」

そんな海人の言葉に反応し、刹那は慌てて後ろの妹を見た。

慌てた様子で隠してはいたが――雫は文字通り目の色を変えていた。

普段の艶やかな黒の瞳から、乾く前の鮮血のような深紅へと。

言い逃れができない事を悟り、刹那は直角に頭を下げた。

「……申し訳ありません。折を見て話そうとは思っていたのですが……少々言い辛く」

「ん？　どうしてだ？　別に吸血族は隠さなきゃならんような種族ではないだろ？」

海人はシェリスの図書室で得た知識を頭の奥から引っ張り出し、首を傾げた。

吸血族とは、その名の通り血を吸う事を好む嗜好を持つ種族の事だ。

吸うのは人の生き血。それも獣人族や飛翼族のような亜人系ではなく、通常の人間族の血に限られる。

さらに言えば、生き血を傷口から直接吸引する事を好む。

そして人間の血を吸う事によって魔力と身体能力、そして再生能力を爆発的に跳ね上げる能力を持ち、興奮状態になると瞳の色が深紅に変わる特徴がある。

とはいえ、彼らは基本的には普通の人間である。

たしかに人の生き血を啜る事を好むが、吸われたところで多少血が減る以外の害はない。

普通の食事で生きていけるし、血を吸わないと禁断症状が出るわけでもない。

彼らの能力に関しても平均的には発動から十分前後の短い間の話であり、能力を使うためには相応の量の血を生きた人間の傷口から直接飲まなければならないという制約がある。

一応血が本人の嗜好に合えば合うほど必要量は減るのだが、コップ一杯程度で済む人間ですら数万人に一人程度と稀少。

そんな文献の内容からすれば、はっきり言ってまるで隠す意味がない。

やや種族的に凶暴性が強い傾向にあり、外見も普通の人間とは明らかに違う獣人族が社会的に受け入れられているのだから、その程度の性質が受け入れられないはずがない。

海人はそう思っていたのだが、現実は違った。

「人の血を吸う種族、というだけで恐れられる事も多いのです。田舎の方の町など行きますと、吸血族に血を吸われたら化物になって死ぬまで苦しむとか、若さも吸われて老人になるとか、現実離れした迷信があったりもするんですよ」

今までの人生経験を思い出し、刹那の目が若干やさぐれた。

都会の方では吸血族と知られたところで害がない事の方が多いのだが、田舎だと思わぬ憂き目を見る事がある。

怖がられて宿に泊めてもらえない事や、出て行けと石を投げられる事などはまだ可愛い方で、酷い場合になると宿に泊まった晩に村人総出で建物に火炎魔法の集中砲火を浴びせられ、焼き殺されそうになった事もある。

実際はそんな迷信が残っている田舎などそう多くはないのだが、持ち前の不運によってかなりの頻度でそれを引き当ててしまう刹那たちが知る由もなかった。

「それは大変だな……しかしそうか……となると、さっきのは君らにとっては結構勿体なかったのか？」

「そこは分かんないですね。ご存知かとは思いますけど、感じる味の個人差ってかなり大きくて飲んでみるまで分からないんですよ。でも大概の人の血はほのかな甘味があって、変なジュースより美味しいです」

「話半分かと思っていたが、そんなに差があるのか？」

「拙者はそう多く飲んだ事があるわけではないので確証はありませんが……父曰く、まるで口に合わないと胃ごと全て吐き出したいほど不味いが、完璧に適合した血であればこの世のものとは思えない至福の恍惚に浸れる、だそうです。しかも能力の使用も一口足らずで十分なのだとか」

「おや、君たちの父上はそこまで適合した血を見つけているのか」

海人は軽く目を瞠《みは》った。

コップ一杯で済む人間が数万人に一人と言われている以上、一口で済むような相手はそれこそ生涯出会わなくとも不思議はない。

まして、血の味を確かめなければならないという点まで踏まえれば見つけるのは奇跡的だろう。

娘二人と違って父親は余程運が良いのだろうか、などと若干失礼な事を思っていると、

「ん～……まあ、見つけたには見つけたみたいなんですけどねぇ……」

雫が言葉を濁した。

横を見ると、刹那も妙に沈痛そうな面持ちをしている。

「どうかしたのか？」

「父は元傭兵なんですけど、戦場で戦ってピンチになった時に一か八か敵に噛み付いた時だって言ってたんですよ。腕に噛み付いたらしいんですけど、相手は全身汗だくで体毛モジャモジャのむっさいおじさんだったらしくて……」

「……それはなんというか……辛いな」

「そのおかげで力を跳ね上げて無事帰って来たんですけどねー……あ、御飯できましたね」

そう言うと、雫は焼き上がった丸焼きを短刀で切り分けて木製の皿に盛った。

手渡された皿に各自炊き上がった飯盒の米を盛り、仕上げに生で食べられる野草を横に添えた。

そしてこの環境下でありながらなかなか栄養バランスの取れた食事が完成する。

三人は揃って行儀良く手を合わせると、ゆっくりと食べ始めた。

「そーいえば、結局海人さん最初の一回以外戦いで手出ししてませんよね」

「最初の連中より強い魔物に当たっていないからな。エンペラー・カウとまでは言わんが、せめてシルバーウルフあたりじゃないと使う意味がない。それ以前に、魔物との遭遇頻度自体が少なかっただろ？」

「あー……この間来た時にエンペラー・カウ含めてかなり狩っちゃったんですよね。シルバーウ

ルフはそんなに数狩ってないと思いますけど。ってか、結局海人さんの『器用な戦法』って何なんです？　凄く気になるんですけど」

「大したものではない。おそらく誰でも思いつく戦法だ。ちなみに攻撃魔法は使ってないぞ」

「むう……ありゃ、お客さんか」

「だな。しかも噂をすれば、だ」

海人を背に庇いながら、刹那は木陰に潜む魔物を見据えた。

その毛並みは鈍い銀色の輝きを放っており、一種の神々しささえ感じさせる。

だが、その美しさとは裏腹に戦闘能力は極めて高い。

口に並ぶ鋭い牙は強靭な顎の力と相まって鎧ごと人間を噛み千切る事もあり、前脚の爪だけでも生半可な鎧は切り裂いてしまう。

狼と似た姿でありながら群れを作らない孤高の魔物――シルバーウルフだ。

「んふふ、お目当てのが来ましたけど手出しします？」

「ああ。数も多くないし丁度良い」

海人が不敵な笑みを浮かべると同時に、周囲の魔物が襲い掛かってきた。

やはりシルバーウルフの速度は凄まじく、いの一番に雫へと肉薄し――直後、鈍い音と共に大地へと沈んだ。

あまりに唐突に倒れた魔物とその原因となった現象に、雫は思わず目をぱちくりと見開いた。

魔物が沈んだ原因は極めて単純。

その脅威的な瞬発力を最大限生かした突撃速度のまま――突如出現した光の壁に頭を打ち付け

たからだ。

しかも壁の位置がまた惨く、鼻先には当たらず丁度眉間の近くに衝突し、突撃の勢いそのままに回転して全身を壁へ叩きつけてしまっていた。

それが終わると壁はすぐさま消えてしまったが、脳を激しく揺らされた上に全身に衝撃を与えられた魔物は身動きが取れない。

結局彼はヨロヨロと立ち上がろうとしたところを雫に斬られた。

他の魔物も既に刹那が斬り捨てており、十を超える魔物たちは見事に瞬殺されていた。

「なるほど……たしかに器用な戦法ですねー」

小太刀の血を拭いながら、雫が感心したように頷く。

防御魔法は発動時間さえ満たせば顕現は一瞬。

ゆえに相手の行動を先読みして加速が最大限になる地点に防御壁を出現させれば、それは回避不能の攻撃と化す。

後は防御壁を破られさえしなければ相手の自滅が確定する。

しかも、動く必要がないので運動能力も不要。

言葉にすると簡単そうに思える。

しかし、それを実現するためには迫り来る魔物を相手に平静を保つ精神力と的確に相手の動きを読む行動予測力が不可欠だ。

ましてや今回のように防御壁の端に相手の頭部が当たるように調整するとなると、さらに難度が高まる。

同じ芸当ができる人間は職業戦士でもかなり少数だろう。

――もう一つ、これを可能にしたであろう要素まで踏まえるとさらに少ないだろうが。

先日偶然から気付いた海人の能力を思い、雫はそんな結論を出した。

「ま、相手が突っ込んでこなければ使えん不便な方法だがな」

「たしかにそうですが……そう仰る割には随分手馴れておられるように見受けられますが？」

刹那はそう言って首を傾げた。

不便な方法と自分で言っている割には海人の戦法は非常に洗練されている。

卓越した思考速度と計算能力があれば可能とはいえ、海人の狙いはあまりに完璧すぎた。

刹那もやれと言われれば似たような芸当は可能だが、ここまでの域に達するには相応の慣れが必要となる。

少なくとも、昨日今日思いついて試した次元の技量ではなかった。

「……諸事情で少し前まで同居していた相手に毎日使っていたんでな」

ふ、と遠い目になる。

ルミナスたちとの同居生活は楽しかった。それに疑いはない。

だが、異性同士の同居となると問題が起こりやすいのも事実。

これは元々二人を怒らせてしまった際、間を空けて怒りを冷ますために培った技術だった。

(事故で怒られるのは若干理不尽を感じなくもなかったが……ま、二人共年頃の女性だし仕方ないよな)

そんな事を思いながら、寛大な気分で懐かしそうに空を仰ぐ。

実は二人を怒らせる頻度が最も多かったのは海人のひねくれた性格によるものだったりするのだが、彼はその事実をさらっと記憶の彼方に放り投げ、遠い空の下にいるであろう大事な友人二人に思いを馳せた。

◇◇◇

グランベルズ国境付近のとある町。

そこでルミナスとシリルは買物を楽しんでいた。

カナールは世界的に見ても良質な物が揃う店が多い部類だが、その分一定以下の質の商品は排除されている。

決して悪い事ではないのだが、そのせいで衣服のデザインも無難になりがちだ。

カジュアルからフォーマルまで一通り揃ってはいるのだが、面白味に欠ける物が多い。

対してこの町は決して良品ばかりではないが、その分デザインの幅が広い。

服を選ぶ楽しみ、という点では若干この町に軍配が上がった。

「ん～……どれにしよっかなぁ」

「お姉さま、こちらなどいかがです？」

「ヘソ出すのあんま好きじゃないって知ってるでしょ。これにしよっと」

白のワンピースを選ぶと、ルミナスはそれを持って会計へと向かった。

が、その途中で足を止めた。

そこは男物の衣服のコーナー。

品揃えの特徴としては高級感というには些か足りないが、安物ではないといったところだ。

値段も比較的手頃で普段使いの服としては理想的であった。

ルミナスの脳裏に、長らく同居していた男の姿がよぎる。

（……美味しい物用意してくれるって言ってたし、お土産ぐらいは持ってかないと駄目よね、うん）

そんな事を思いながら、大きめのサイズで安くて質の良い物を探し始める。

ただの手土産を選んでいる割には随分と楽しそうであった。

一方でシリルも上司の考えている事を察して、選別を始めていた。

ルミナスの態度には色々と思うところがあるのだが、土産を買っていく程度でいちいち目くじらを立てるのもみっともない。

それに海人は見栄えがするので、シリルとて彼の服を着せ替えるのは楽しみではあるのだ。

「男物の服……ひょっとして同居してたって方へのお土産っすか？」

そんなハスキーボイスと共になにやら見覚えのある影が視界の端に映ったが、二人は揃って無視した。

気のせいだ、周囲の女性客の目が背後に集まっている気がするが錯覚だ、と自己暗示をかけながら。

その後もなにやら幻聴が聞こえたが、二人はひたすらに無視を貫き、そこそこ安く良いデザインの物を数着購入して店を出た。

「完全無視は寂しいっすよー」

が、店を出た途端見覚えのある幻覚が先回りしていた。

これみよがしに涙を滲ませ、二人に批難の眼差しを向けている。

それも無視して通り過ぎるのだが、ひたすらに周囲の視線が痛い。

中年のおばさま方にいたっては、ひそひそと二人を批難する言葉を囁き合っている。

傍から見ていると美形の青年を無慈悲に袖にしているようにしか見えないので当然だが。

しばらくそれに耐えて歩き続けた二人だったが、ついにシリルが音を上げた。

「……お姉さま。いい加減、限界ですわ」

「しょーがないでしょ。そのうち飽きるわよ」

珍しくげんなりしている副官の頭を撫でつつ、背後からついてきている人物に視線を送る。

「早いとこ思い出した方が精神衛生上良いっすよー？　自分は本気でしつこいから家までついてっちゃうっすよー？」

そこでは大会が終わって以来、ルミナスたちに付き纏い続けている男装の麗人が憎たらしい笑みを浮かべていた。

「だーかーらー、マジで心当たりないんだってば。やたら腕が上がってた理由なんて」

「さすがにそれ信じろってのは無理があるっすよ。ルミナスさんはまだしも、シリルさんがケルヴィン負かしちゃったたんっすから」

爽やかな笑みを引きつらせつつ、アンリは肩を竦めた。

今回の大会の結果は大概順当ではあったが、三位だけ誰も予想だにしなかった結果に終わった。

仮にも三番隊隊長であり接近戦を専門とするケルヴィンが、さほど広くもない闘技場で一番隊副隊長で遠距離戦を専門とするシリルに敗北したのだ。

当然、楽勝だったわけではない。

ケルヴィン愛用の大斧が使えないよう超近接のヒットアンドアウェーを挑んだシリルだったが、相手は獣人族の中でもトップクラスの筋力の持ち主。

しかもシリルは鍛え抜いてはいても、普通の人間で小柄な体格というハンデがある。

巧みな戦法で隙を作り、的確に急所を狙う事で補ってはいたが、試合が終わる頃には彼女も痣《あざ》だらけでボロボロだった。

だが、前回の仕事が終わった時のシリルでは勝つ事はできなかったはずだ。

前の大会の時もそうだったが、予測攻撃軌道の微妙な誤差一つで大きく体勢を崩され、その隙に決定打を打ち込まれていただろう。

それがなかったのは、以前にも増して正確さを増した先読み能力、そして一際上手くなっていた力の緩急加減だ。

前者も凄まじかったが、後者はアンリをして思わず感嘆せしめるほどの技量だった。

なにせ踏み出された右足の膝を砕くべく前蹴りを放つのかと思いきや、そこを足場にして顎に肘鉄。

易々とは悟られぬ程度に疲れで少しずつ攻撃の速度が落ちていると思いきや、ケルヴィンが大振りをした瞬間に最大加速で鳩尾《みぞおち》に拳。

どちらも結局決定打にはならなかったものの、アンリとの特訓がなければ確実にそこで終わっていた。

ルミナスもシリルと比較すれば目立った結果ではないというだけで、同様に腕が上がっていた。

なにしろ準決勝で戦ったケルヴィンも決勝で戦ったアンリも、前の大会の時の半分以下の時間で叩きのめされた。

しかも、前回アンリと戦った時はそれなりに傷を負っていたというのに、今回は肉体強化を一時間やっていただけで完治してしまった。

団長と副団長は元々の放任主義に加え、多忙のためすぐ別の場所へ向かわなければならなかった事もあって深く追求はしなかったが、意外に負けず嫌いなアンリはどうしても追求せずにはいられなかった。

「んな事言ってもただの事実よ？　私もシリルも本当に平常通りの鍛錬しかしてなかったんだから。休みが長かったからシリルとの組手の時間がかなり増えてたのは間違いないけどさ」

「……ホントっすかぁ？」

「嘘言ってもしょうがないでしょ。あんたらが強くなれば私たちの生存率だって多少上がんのよ？」

「むう……ごもっともですけど……ええい、時間切れっす！　今度の召集の時までに思い出しといてください！」

最後にそう言い残すと、アンリは走り去っていった。

実のところハッタリはかましたものの、アンリはいつまでもルミナスたちに張り付いている事などできなかった。

困った事にケルヴィンがシリルに負けた翌日に『鍛え直しだぁぁっ！』と、やや遠く離れた場所にある強力な魔物が跋扈する危険な森へ入っていってしまったのだ。

殺しても死ぬような男ではないのでそれ自体は問題ないのだが、その森に入るには冒険者ランクAのライセンスか許可証が必要で、勝手に入ると短期の懲役刑が科せられる事もある。

ケルヴィンはどちらも持っておらず、しかも堂々と入っていったものだから目撃者が多数いた。

アンリが人脈を使って懲役は勘弁してもらったものの、彼女の手で連れ戻すよう条件をつけられてしまった。

期限は明日までなので、もはや時間は残されていない。

とりあえず追求できなかった鬱憤、余計な面倒をかけさせた恨み、その他諸々全てを出会い頭に叩き込む事を心に決め、アンリは鞭と棍棒を携えて町の外へと駆け抜けていった。

瞬く間に去っていった同僚の背を見送った後、ルミナスは疲れたように肩を落とした。

「やっと行ったか……心当たりがないもんはしょうがないのにねぇ」

「あら、お姉さまは本当に気付いておられませんでしたの？」

「は？　あんたは思いあたる要因あったの？」

シリルの言葉に、批難がましい視線を向ける。

早く言っていれば、アンリに何日も付き纏われずに済んだはずなのに、と。

「その様子ですとまだお気付きではないようですけれど……計三回お姉さまの下着姿を真正面から見、挙句逃げるために私を盾にした事まであるお馬鹿さんの事をお忘れですの？」

「……あ」

ようやく思い至ったルミナスの顔が一気に引きつった。

同時に、シリルがアンリに伏せていた理由も理解した。

アンリの性格からして、知ればどうにか自分も同じ事をやってみたいと考えるだろう。

そうなると、基本平穏な生活を願っている海人に迷惑がかかるのだ。

一筋縄ではいかないアンリの性格まで考えると、あまり良い未来は浮かばない。

海人の性格まで考えると凄惨な未来さえ浮かんでくる。

ケルヴィンあたりに話が回ったら、それは現実になる可能性も高い。

冷や汗を垂らしているルミナスをよそに、シリルは感慨深げに呟いた。

「私も気付いたのは昨日ですが……本気で日常の一幕と化してましたものねぇ」

はあ、と息を吐いて肩を落とす。

海人のおかげで強くなった事は分かっていたものの、彼女は素直に感謝する気にはなれなかった。

というのも、海人が毎日のようにルミナスたちを怒らせていたせいだ。

うっかりの事もあるが、明らかに自業自得の事も多かった。

例えば夕食の献立の相談でルミナスの部屋に行った時。

ノックをしたはいいものの、うっかり返事を聞く前にドアを開けてしまい、彼は下着姿のルミナスと鉢合わせた。

挙句、素直に一発引っ叩かれればいいものを、わざわざ先読みして強力な防御魔法で防いで逆にダメージを与えた。

その後も海人は頭を下げる事も素直に殴られる事もなく、体力が切れるまで逃げ続けた。

まあ、これはだけなら酌量の余地もある。

防御魔法で防ぐのは恐怖心からの反射的なものであるし、頭を下げなかったのもルミナスに追いかけられてその暇がなかったからだ。

彼女のあられもない姿を見た段階で土下座していれば、そもそも殴られる事もなかったという事実はさておき。

が、問題は逃げる途中である。

事もあろうに海人は傍観を決め込んでいたシリルを盾にしたのである。

それも障害物的な使い方ではなく、文字通り防御壁の変わりとして。

折角普段ならぶち切れる事件をあえて無視していてやったというのに、だ。

結局、その日以来シリルは海人が何かしでかすたびに、ルミナスと二人がかりで追いかけるのが日課となってしまった。

巻き込まれる前に元凶を潰してしまえ、というわけである。

結果として海人は一時の防御のために、その後の脅威を増やしてしまったのである。

「ほとんど毎日のようにあいつにお仕置きしてたからねぇ……。そりゃ、先読みと力加減は磨かれるか」

気付いてしまえば、ルミナスも納得がいった。

ルミナスもシリルも、理由は時々で違えど毎日のように逃げる海人を捕らえていた。

あの男は追われる時の開始距離がルミナスたちの手の届く範囲なら、無駄を悟って大人しく捕まるのだが、少し距離が離れていると途端に逃亡を試みるのである。

その際に海人は二人の行動を読みながら巧みに防御魔法を使って逃げていたのだが、これが厄介だった。

海人の絶大な知力を生かした先読みは半ば予知能力と化していたし、防御壁の強度はそこらの高級防具などよりも高い。

そのせいで海人がそれを始めた当初は動いた先に壁が唐突に現れて鼻をぶつけ、隔てている壁を破壊する頃には海人は既に別の場所に逃げ、と散々だった。

が、おかげで先読み能力と力加減がやたらと磨かれた。

海人の先読みがいかに凄かろうと、身体能力の差は絶大。

魔法の発動時間も最短一秒弱と短くはあるが、家の広さの関係で間合いはそれほど空けられない。

ゆえに、いくら動きを読んでも海人の行動できる範囲には限りがあった。

そこから手順を導き出し、最速で壁を壊して近付いていけば手間はかかるが確実に捕まえられる。

ただ、その流れに一つでも穴があると海人はあっさり別の階に逃げてしまうため、正確な読みが要求される。

しかも迅速に組み立てないと海人が位置を変えてやり直しになってしまう。

これのせいで、正確かつ迅速な先読み能力が磨かれた。

さらに、いくら怒っているとはいえ彼女らは万一にも海人を殺す気はない。

そのため防御壁は全力で即座に打ち砕きつつ、海人を射程内に収めたら瞬時に力を緩める必要があった。

防御壁を砕いた勢いのまま海人に打撃を当ててしまえば、肉体強化の有無を問わず即死なのだから。

そのせいで無自覚に力の加減が上達した。

ただ、それほどその時間が長かったわけではない。

海人はあれで女性たちとの同居生活にかなり気を配っており、その系統のトラブルの原因は大概が手が滑ったなどのちょっとした弾みだった。

例として挙げたケースも丁度その時階下からシリルに呼ばれ、その拍子に手をかけていたドアノブを回してしまっただけだ。

廊下の窓が換気のために少し開けられていなければ、風で一気に開くような事もなかっただろう。

――完全に狙ったとしか思えないほど間の悪い時に居合わせてしまう事もあったが。

一番多かったトラブルは彼の若干ひねくれた性格から来る口の悪さによるものだったが、そちらも自覚はあったらしく、彼なりに自重する努力はしていた。

――ボードゲームで二人を大人気なく惨敗させた時などは、調子に乗りすぎて怒りをかっていたが。

いずれにせよ海人は毎日のようにルミナスたちに追いかけられるような事をしていたが、その回数は多くても日に二度。

しかも逃げる時間が長引くと二人は大概落ち着くので、追いかけられる時間自体もそれほど長くなかった。

本人たちの自覚は薄いが、二人の実力の急上昇は自身の才覚によるところが大きいのである。

「しかもこっちの行動パターンを把握してどんどん逃げ方が上手くなってましたものね。まったく、素直に謝ればいいだけだというのに」

「それはあんたのせいでしょ。一回即座に土下座した時、いつもの癖でぶん殴っちゃったじゃない」

「……そんな事、ありましたかしら？」

ふい、そっぽを向きながらとぼける。

が、ルミナスから背けたその表情は控え目に言っても引きつっていた。

「とぼけないの。あれでヤバイと思ったら即逃げが確定しちゃったんでしょうが」

こつん、と副官の頭に拳を落とし、嘆息する。

一度だけだが、海人は二人が動く前に土下座した事があった。

それはもう謝意を疑いようもないほど完璧に。

しかし、その時は極めて間が悪かった。

海人がその場で頭を下げる事はまずない、という認識が固まりつつある時期だったので二人共即座に攻撃に入ってしまったのだ。

ルミナスの方は拳が当たる直前でどうにか止まったのだが、シリルの方は止まらなかった。

咄嗟に威力を弱めたものの頭を下げたままの海人の頭頂に拳を叩きこんでしまい、見事に彼は昏倒した。

その後は起きるまで甲斐甲斐しく世話を焼いたりはしていたものの、海人からすれば謝った瞬間殴られた事実が変わるわけではない。

結局その後は何かやらかしたらとりあえず一時撤退が彼のスタンダードになった。

「……そもそも毎日怒らせるカイトさんが悪いんですわ。あそこまで毎日騒ぎを起こせるって、あれも才能ですわよ？」

「ホントよね……私らがいない間に何も起こってないといいんだけど。あいつはつくづくトラブルに愛されてるからねぇ……」

そう言って、ルミナスは天を仰いだ。

普通に考えれば屋敷に一人で引き籠もっているだろうからトラブルなど縁がないはずだが、どうにも海人の場合は安心できない。

なんとなく、普通なら予測もできない事でいらない揉め事に巻き込まれそうな気がするのだ。

シリルも同意見だったらしく、いつの間にか彼女も天を仰いでいる。

それが見事に当たっている事を知る由もなく――二人は今は遠く手が届かない大事な友人を思った。

◇◇◇

海人が友人たちへの感傷的な気分を打ち切って下を見ると、若干不機嫌そうな雫の顔があった。

「……な〜んか口元が緩んでますよ〜？」

「そうか？　ま、楽しい生活だったからな」

「むう、今は楽しくないと？」

唇を尖らせ、面白くなさそうな顔になる。

こんな森の中で魔物を警戒し、毎晩毎晩発光を探しては穴掘りを眺める生活。

普通ならそれが楽しいはずもないが——雫は楽しかった。

海人との会話はよく弾むし、姉もいつもより笑顔が少し多くなった。

姉と二人で旅を始めて以来初めて、と断言できるほどに今は楽しい。

その気分が共有されていないのは仕方ない事だが、やはり面白い事ではない。

雫の問いは否定してほしい、そんな思いを込めての言葉だった。

が、返ってきたのはひねくれ者の海人らしい、予想の斜め上をいく言葉だった。

「楽しいぞ。刹那嬢は美人だし、性格も可愛らしいからな」

「お姉ちゃんだけ⁉　この超絶美少女かつ性格も抜群なあたしは⁉」

「外見に関しては異論を挟まんが、性格に関しては反論せざるをえんな。悪いとは言わんが、サドっ気の強い性格は滅多に抜群とは呼ばれないぞ」

案の定の反応に、海人はなおも雫をからかった。

無駄に胸を張ってこれみよがしに見下しているあたりがまた雫の感情を煽る。

しかも海人の悪党顔ぶりがそれにさらなる拍車をかける。

だが、雫もやられっぱなしでいるような大人しい少女ではない。

にたり、と邪悪な微笑を浮かべ見事に応戦した。

「あたしの性格の良さが分からないとは……これはなんとしても理解してもらわなければなりませんね！　鞭と蝋燭どっちがお好きですか⁉」

「史上稀に見る恐ろしい二択だな⁉　というか何をするつもりだ⁉」

やいのやいのとやりあう雫と海人。

実のところ、ここ数日夜間に採掘している時以外は大概こんな調子だった。

二人は互いをからかい合い、時には結託して横から傍観している刹那をからかう。

色々問題のある会話も多いが、傍から見ているとまるで兄妹のように仲が良く、息が合っている。

そんな和やかさを感じながら、刹那は同時に後ろめたさも感じていた。

自分たちは海人にまだ全てを語ってはいない。

それは話が途中で中断したせいもあるが、なにより心情的な要因が大きかった。

元々明るく人懐っこい雫だが、あそこまで懐くのは家族以外では海人が初めてだ。

話して拒絶された場合、どれほど傷つくかを想像するととても言えない。

だが、そうそう危険な事にはならないとはいえ、なった場合にかかるものは命。

雫の状態が目に見えて安定している事を差し引いても、話さない事は問題だ。

一応、大概の場合はどうにでもできる自負がある。

現実的にありうる最悪のケースの際に海人を逃がす暇がなかったとしても、どうにかする自信もある。

しかし、起きたのは過去一度だけだが、刹那でも対応しきれない事が起きる可能性はゼロではない。

ゆえに話すべきだと頭では分かっているのだが、かつてなくはしゃいでいる妹の姿を見るとどうしても口に出せない。

――そんな刹那の葛藤を、海人は横目に見た表情から漠然と感じ取っていた。

といっても、内容が分かっているわけではない。

話したいのに、どうしても話せないという雰囲気を感知しているだけだ。

自分もルミナスたち相手で経験があるだけに、海人はあえて追及はしない事にした。

（ま、どうせ害はないだろうしな）

そんな事を思いながら、海人は暢気に二人が話す気になる時を待つと決めた。

実は海人は二人の隠し事について、ある程度予測をつけていた。

戦いに際して、時折雫の雰囲気が怪しくなる事があるのだ。

戦闘狂なのかはたまた別の何かかは不明だが、その時はかなりの凶暴性が感じられる。

だが、同時に彼女がそれを自制しようと努力している事も気付いていた。

その雰囲気が顔を出すのは数回に一度、それもほんの数秒の話である。

しかも瞳の色が変わる事は一度もなかった。

海人が雫の変化に気付いたのは、二人の戦いを注意深く観察していたからこそだ。

危険には違いないのだろうがほぼ確実に自制が利く、海人はそう読んでいた。

しかもさり気なくではあるが、刹那は戦闘中常に海人と雫の間に身を置いている。

となれば、海人としては早急に二人を問い質す要素はない。

問題が起こったとしても、刹那が防いでくれるはずなのだから。

——そう、思っていた。

海人は自分の考えの甘さに気付かなかった。

なまじ山のようにあるシェリスの図書室の本を読破した事で、得た知識を過信していた。

いくら文献の内容を頭に叩き込んだところで、載っていない情報などいくらでもある。

そんな至極当たり前の事を、海人は完全に失念していた。

◇◇◇

シュッツブルグ国内のとある山奥。

そこに安っぽい、それこそ夜露をしのぐ程度にしか使えぬ木造の建物があった。

森の中にひっそりと佇むその建物は、一見するとただの山小屋でしかない。

しかし、その地下にはある貴族が国に秘匿している近くの隠し鉱山から運び出されたミドガルズ鉱石が隠されている。

建物の作りが粗いのもいざという時に建物を瞬時に焼却して痕跡を隠すためだ。

いざという時の痕跡隠しを迅速かつ確実に、そしてもしも秘密を知られた場合その人間を確実に抹殺するために、この建物にはそこそこの手練が五人以上詰めている。

やや離れた所にも同様の建物が幾つか点在し、それらにも同様に見張りがいる。

そんな建物の中を——鮮血に染まった床を、ローラとオーガストが悠々と歩いていた。

「……ここですね」

ローラは立ち止まると、足元の床を右足で踏み抜いた。

その下から現れたのは、夜にあってほの青く輝く鉱石の山。

純度が低いためか一つ一つの輝きはさほど強くないが、数が多いため床下全体が青白く照らされている。

まるで澄んだ海を思わせるその光景はなかなかに幻想的で美しい。

「ふーむ……思ったより少ないのう」

「溜め込むよりも早く金に換える事を優先していたようですから仕方ないかと。皆様、どうぞお入りになってください」

その言葉に従い、入口から数人の男たちがわらわらと入ってきた。

彼らはローラに軽く会釈すると、迅速に自分たちの仕事を始めた。

まず足を滑らせたりしないように踏み抜かれた床から入口までの血を綺麗に拭い、それが済むと一人が床下に飛び込んで鉱石を上の者に投げ渡し始めた。

そのままバケツリレーのように入口まで数人を経由して手渡し、最後の人間が外の頑丈な木箱に放り込む。

一連の動きは実に手馴れており、一切の無駄がなく言葉すら発しない。

結局、大量にあったはずの鉱石はものの十分もかからず全て外に運び出される事になった。

最後に闇の魔法で周囲を覆いつつ小屋を完全に焼却すると、彼らは会釈して迅速に去っていった。

「さすがは盗賊ギルドの精鋭。良い仕事をなさいますね」

「なんだかんだでプロじゃからの……しかしシェリス嬢ちゃんもえげつないのう。前々から情報は掴んでおったのに、採掘量減少に備えてあえて鉱山を隠しとった貴族を放置しておったとは」

「特に問題はないかと。鉱山の隠匿は露見すれば一族郎党の処刑に至りかねない罪状。それがこれまで生きながらえ、死者も当主一家のみで済むのですから」

この一週間で本家の血筋が絶えた貴族たちについて、ローラは冷淡に判断を下した。

事実、今回の死者は当主一家のみ。

今回の事が露見した場合には最低二親等以内が処刑される事を考えれば、数は少ない。

そもそも色々法に反した行為を行って私腹を肥やし遊び呆けていた貴族に同情する必要などない。

それが彼女の考えであった。

オーガストもそれに異論はなかったので、あっさり納得した。

「ま、その通りなんじゃがな。ところで、各領地を管理する貴族はもう決まっとるのかの?」

「はい。既に血縁で有望な方に話をつけ、継承されるよう手を回してあります」

「それはなによりじゃ。で、あとどのぐらい残っとるんじゃ？」

「ここで終わりです。あとは崩れた鉱山を再び掘り起こすだけです」

そう言うローラの声は僅かばかり普段より低くなっていた。

というのも、今回は予想外に仕事を片付けるのに手間取っているためだ。

シェリスがあらかじめ集めていた情報はある程度正確だったのだが、隠されていた鉱山には知られざる細工が施されていた。

鉱山内部の坑道の大半が普段は入り口を岩やら何やらで偽装されていたり、鉱山奥部に飼い慣らされた魔物が多数潜んでいたりと、なんのかんので色々と時間がかかったのだ。

極めつきがこの近くの隠し鉱山で、緊急時の証拠隠滅用だったらしいが宝石をはめ込んだ純金の板に魔力を流し込むとその瞬間に落盤が起こって鉱山を埋め尽くす仕掛けだった。

先程ローラたちが周囲の山小屋を八割ほど制圧したところで盗賊ギルドの人間が突入したのだが、危うく生き埋めになりかけたらしい。

それ自体はどうでもいいのだが、問題は掘り起こす作業にローラも向かわねばならない事だ。集めた鉱石が予想量に若干不足しそうな現状と照らし合わせると、それを迅速に終えてからドースラズガンの森に向かわなければならない。

一応余裕を持ったスケジュールを組んではいたが、これ以上屋敷に不在の期間が伸びると後に影響が出る。

それを考えれば、徹夜で坑道を掘り返した後にその足で森へ向かわなければならない。

ミドガルズ鉱石を溜め込んでいた盗賊団十以上の壊滅をはじめとした大量の荒事系の仕事のせいで、この一週間ローラはほとんど休んでいない。

途中オーガストも幾つかの仕事を手伝ってはくれたが、それでも負担は大きかった。

さすがの彼女も、表情に若干疲れが出始めていた。

「その事じゃがな。わしがやっとくから森の方へ行って構わんぞ。どうせ、ひたすらに掘るだけの単純作業じゃし……あっちの方はお主以上の適任はおらんからのう」

珍しく疲労を覗かせているローラを見かね、オーガストがそう声をかけた。

「……ありがとうございます。礼と言ってはなんですが、今度上物のワインを一樽御用意させていただきます」

「いやいや酒などいらんから少しばかりお主の乳を揉ぶぎゅ⁉」

付き合いの浅い刹那たちの前では見せなかった本性をさらけ出そうとした老人は、その瞬間にローラの眼前から消えた。

わきわきと指を蠢かせながら伸ばした腕はそのままに、何も存在しない虚空を揉みしだいている。

当然ながら風圧の感触以外は何も感じず、楽しくもなんともない。

それを嘆きながら、オーガストは思った。

(今日こそは掠るぐらいはできると思ったのにのう……移動時間を省く優しさをどうしてそっちに回してくれんのじゃ)

正確に目的地の鉱山へと向かっている己の現状を鑑みながら、涙する。

一方でローラははるか高き天空へと舞い昇った伝説の冒険者へ向かって優雅に一礼すると、すたすたと何事もなかったかのように歩き去っていった。

第6章 狂気と予期せぬ暴走

日付が変わり、深夜のドースラズガンの森。

海人たち一行はようやく全ての袋一杯のミドガルズ鉱石を集め終え、一息ついていた。

「いや～……でもホント、夜のミドガルズ鉱石って綺麗ですよねぇ」

「そうだな。昼間はただの石ころにしか見えんが」

夜に青く光る鉱石を、海人はしげしげと見つめた。

ミドガルズ鉱石は昼間は普通の石ころと判別がつかない。

触った感触もちょっと硬い岩盤程度なので、夜間に目印をつけ、昼間に掘るという手法が使えなかった。

そのため場所を見分けられる海人がいてもまだ時間がかかったのである。

「それなんですけど、ホントに分からないんですか？」

「ん？　どういう意味だ？」

「や、海人さんの目的ってあの防御魔法の強度実験みたいですから、魔物に何回か遭遇して試すまでそういう事にしておこうと思ったんじゃないかな～、と」

「それだったら真っ向から頼んでいるさ。それに、どのみち穴の埋め戻し作業もあっただろ？」

先程埋め終わった穴に視線を向け、苦笑した。

刹那の提案で、掘った穴は全て昼間に埋め戻していた。

この作業は海人も協力したが、深さが尋常ではないのでかなりの重労働だったのだ。

「正直、すんごい面倒でしたけどねー……お姉ちゃんは真面目だから仕方ないんですけど」

「真面目もなにも、冒険者の義務の一つだろうが」

何を馬鹿な事を、と言わんばかりに反論する刹那。

採掘時に掘った穴の埋め戻しは、冒険者ギルドが定めている義務の一つである。

その理由は虚弱な稀少生物などがそこに落ちて死ぬ事を防ぐため。

魔物ならともかく、普通の動物はそれで死んでしまう事が多いのだ。

とはいえ、埋め戻しはあくまで努力義務であり罰則はなく、この森に棲んでいる生物もさほど稀少ではないため特にやる意味はない。

駆け出しの冒険者あたりならその穴に落ち、飛翔魔法を使う前に墜落死する可能性もあるので無意味とまでは言えないが、そんな事をいちいち気にする冒険者は少数派である。

「んな義務いちいち守ってるのなんかそういないってば。穴ボコだらけの森とか結構よくあるじゃん。そーやっていっつも――」

「こらこら、喧嘩するな。というか、袋は満杯になった事だし早く帰らないか？」

「――その前にこっちにその荷物を渡してもらおうか？　おっと、そこの二人は動くなよ。動いたらそっちの野郎の頭がなくなるぜ」

和やかな会話に、無粋な声が割り込んだ。

それに応じるようにして、森の木々から次から次へと男たちが現れる。

その数十二。その数で海人たちを取り囲んでいた。

うち数人がいつでも魔法を使える状態で待機している。

「……獲物の横取りとは、良い趣味をしているな」

あまりにも陳腐なやり口に、海人はいっそ感心していた。

自分であればあまりに恥ずかしくてできないかもしれない、と。

「へっ、泥臭く掘り起こすよりゃ、集めた連中からかっぱいだ方が合理的だろうが。むしろこの天才的な頭脳を褒めてもらいてえもんだ」

図に乗って下品な笑い声を上げるリーダー格の男に、刹那は激烈な怒りを覚えた。

倫理的な義憤ではなく、よりにもよってこのタイミングで下衆共が現れた事に。

折角何事もなく終わると思ったというのに、最後の最後で絶大な危険を運んできた男たちに。

正直、刹那は海人の心配はしていない。

彼の防御魔法の発動時間の短さと強度を考えれば、集中砲火を浴びても届く前に防御できる。

刹那ならその隙を狙って皆殺しにする事もできるし、魔法発動前に片付ける事も可能だ。

目の前の冒険者たちは必勝と疑っていないようだが、実際は自ら死刑台に上っている。

彼女の心配はまるで別だ。

先程から雫の息が微かに荒い。

俯いて見えないが既に瞳は深紅に染まっている。

その両手は微細に忙しなく震動している。

それを男の一人が目敏く見つけ、さらに状況を悪化させた。

「どうしたお嬢ちゃん？　悔しくて泣いてんのかぁ？」

その言葉に、一斉に笑い出す男たち。

状況も分からず暢気な、と刹那は強い苛立ちを覚えた。

「ま、こんな雑魚引き連れて探索してる方が悪いよなぁ？　どう思うよ兄ちゃん？」

「少なくとも、私が雑魚な事は疑う余地もないのは事実だな」

「へ、ルミナスたちといいこの二人といい、女たらし込むのだけは上手いみてえだがなぁ？」

「……彼女らの名誉のために言っておくが、私程度でたらし込める程馬鹿な女性たちではない。しかし、彼女らと親しい事を知っているとなると——カナールを根城にしている冒険者か」

「それがどうかしたか？　あそこの町のギルドにでも訴えるつもりか？　無駄だ無駄。冒険中の揉め事はたとえ死んでも自己責任。鉄則だぜ？」

下卑た笑みを浮かべ、小馬鹿にするように語る男。

とはいえ、それほど間違った事は言っていない。

獲物の取り合いによる冒険者同士の潰し合いは数えるのが馬鹿馬鹿しくなるほど多く、一件一件取り合っていては他の仕事が滞ってしまう。

なので、冒険者同士の揉め事は部外者は不干渉というのが暗黙のルール。

冒険者ギルドが調査に乗り出す時は、悪質な噂が無視できないほど大きくなった者たちのみを対象にしている。

それゆえに、この手の事例は後を絶たない。

今の状況は、冒険者にとってはごく一般的な仕事の風景でしかないのだ。

「らしいな——実に都合が良い」

不敵に笑うと同時に海人は口の中に溜めておいた魔力を使い、魔力砲を放った。

魔力量がさほど多くないため威力には欠けるが、狙いが正確なそれは油断していた男の一人の目を貫いた。

砲弾はそのまま直進し、魔法の術式維持に意識を割いて肉体強化をおろそかにしていた男の脳で止まった。

そしてぐらり、と男の体が傾き、崩れ落ちる。

その様子を、周囲は呆然と眺めていた。

起きた事が信じられない、と言わんばかりに。

特に男たちのそれは顕著で海人が直後に無詠唱で瞬時に己の周囲を防壁で固めた時でさえ、攻撃を忘れていた。

男たちにとっては誤算だったろうが、これは当然の帰結である。

海人の肉体的な貧弱さは疑いようもないが、他は侮っていい人間ではない。

鋭い観察眼は一番油断している男を正確に見抜き、その洞察力は一番敵の虚を突ける攻撃とそのタイミングを把握し、高い判断力と敵への冷酷さはそれらを何の逡巡もなく実行に至らせる。

貧弱だろうがなんだろうが、海人はこの程度の輩に遅れを取るような可愛い人間ではないのだ。

しかし、そんな彼にも一つ誤算があった。

この場において唯一、雫だけは呆けていなかった。

海人ならそれぐらいはやりそうだと思っていた事もあるが、彼女はそれ以上に別の思考によって目の前の光景を冷静に見ていた。

――あたシもヤッテイイのカナ？

苦悶しながら息絶えた男の死骸を見ながら、彼女の思考は狂気に染まる。

理性がギリギリのところで今にも正面の姉を弾き飛ばして敵に襲い掛かりそうな衝動を抑えるも、

――きっと愉シイよネ？

抗いがたく魅惑的な声が、耳元で囁く。

普段ならば素直に受け入れてしまうのだが、

（ダメ……！　折角ここまで我慢したのに……！）

渾身の理性でもって、甘やかな誘惑を撥ね退ける。

人間らしく、この上なく穏やかで楽しかったこの一週間の記憶が、雫の理性を強めていた。

彼女の両親が知れば、間違いなく泣いて喜ぶほどの自制心の成長。

しかし――他ならぬ海人がその渾身の努力を台無しにしてしまった。

「感謝しよう、将来の憂いを減じる機会を与えてくれた事を」

ニヤリ、と笑う海人。

彼にとって、目の前の男たちは実に都合が良かった。

男たちの言動からして海人に良い感情は持っておらず、ルミナスたちとの関係に凄まじい勘違いを抱いている。

生きていれば、あらぬ噂を立てる要因になるだろう。

それを正当な理由で排除できるのは実に喜ばしい。

といっても、それは微々たるもの。

世間の好奇心の強さを考えれば、この場で十二人程度消したとてさしたる意味はない。

では何が良いのか。

実のところ、海人はルミナスたちとの同居以後、あまりに穏やかになりすぎている。

襲撃を未然に防ぐための情報収集と敵の殲滅が主体の日常から、基本のんびり楽しく暮らせる今の状況に変化したせいである。

決して悪い事ではないのだが、適度に締め直さねば後々命に関わりかねない。

シェリスたちとの付き合いでさえも、下手を打てば最悪命を狙われる危険はあるのだから。

ゆえに、目の前の男たちは都合が良かった。

海人が己の気分を適度に締め直すための、生贄として。

そんな思いと共にこぼれた笑みは実に邪悪で、見る者を震わすほどの迫力に満ちている。

芯の強い刹那でさえも、僅かに気圧されるほどの邪笑。

それが、最悪の化物の枷《かせ》を外してしまった。

――コレナラダイジョウブカナ？

「く、くそ！　舐めやがって、ぶっ殺――」

最後まで言葉を出す前に、男の首が落ちた。

ドサ、と妙に生々しい音を立てて。

背後にはいつの間にか近寄って小太刀を一本抜いていた雫。

その口元は三日月状に吊りあがり、深紅の瞳は恍惚に潤んでいる。

立ったままの胴体から遅れて噴出した鮮血を手に浴びせ、そのまま口元へ運ぶ。

その一連の流れはまるで貴婦人のように自然かつ流麗。

そのうえ筆舌しがたい妖艶さまでをも漂わせている。

その倒錯的とも言える魔性の美に、その場の誰もが固唾を飲んで見惚れてしまった。

海人でさえ、当初の目的を失念して見入っている。

それが致命傷になる事を嫌になるほど知っている刹那でさえも。

「――ん、美味し……やっぱ悪党の血は良いなぁ……でも……」

手に付着した血液を一滴残らず舐め取ると、雫は無邪気な笑みを浮かべた。

そして、雫の姿が消え――直後、男の一人の背後に現れて首筋に歯を突き立てた。

「ぐ……あああああああああああああああっ⁉」

男は絶叫を上げ、首元に齧り付いた雫を引き離そうとするも、すぐに腕の力が抜けた。

そして雫の喉が鳴るたびに全身の力は抜けていき、最後には恐怖に慄いた顔のまま息絶えた。

「ぷはっ……やっぱりこれだと味が段違い……♪」

全身の血液を吸い尽くした抜け殻を放り捨て、恍惚に身を震わせる。

だが、雫はその直後小首を傾げた。

なかなかの味であり腹も満ちたが、なぜか物足りない。

食欲は一応満足しているわけだから、原因は別にある。

少し考え、すぐに思い当たった。

「あ、そーかそーか、最初の目的忘れてた」

能天気そうな声で呟きながら、もう一本の小太刀を抜く。

そして、双刃が妖しく閃いた。

「折角殺しても問題のない人たちが来たんだから、こっちも楽しまないと……ね♪」

可愛らしいウインクと同時に、二人の男の命の火が消えた。

バラバラと、文字通り全身を崩れ落ちさせながら。

「あ、あ……うわあああああああああっ!?」

慌てて逃げ出す男たち。

しかし彼らの速度はあまりに遅く、目の前の狂戦士にとっては亀が歩いているのと大差なかった。

その進行方向の木々の隙間に鋼糸で編まれたネットが現れて行く手を阻む。

慌ててその障害物を手持ちの武器で切り裂こうとするも、

「無駄ぁ〜〜〜♪」

可愛らしく楽しげな声と共に、男たちの右足首に赤い線が現れる。

ほぼ同時にその下の部分が体から離れた。

「ひ、ひい……ひいやァァぁぁ!!」

体重をかけていた部分が消失し、派手に転ぶ男たち。

生への執着の強さからか、なくなった足首をそのまま用いて別方向へと逃げ出した。

おびただしい血液を止めどなく流しながらの逃亡だが、それすら気にならないほどに追い詰められているらしい。

が、その甲斐あってか次の雫の攻撃はギリギリで回避できた。

服の背中が大きく斬られてはいるが、なくなった部位を思えばどうということもない。

そのまま背後の殺戮者から全速力で逃れる。

目の前には比較的開けた走りやすい道があり、

「あ、また会いましたね」

背後にいたはずの雫がいた。

清純ささえ漂わせる可憐な微笑みに、禍々しいまでの色彩を放つ深紅の瞳。

そして、なにやら二本の小太刀の背でポンポンと何かをお手玉して遊んでいる。

その正体は何かと目を凝らそうとした瞬間――背後で何かが重々しい音を立てて崩れ落ちた。

崩れ落ちたのは、一番後方にいた男の体。

ただし、それにしてはパーツが足りない。

足首は仕方ないとして――個人を判別するために重要な部分がなくなっている。

そこで雫の遊んでいるモノの正体に思い至り、彼らは悲鳴を上げて逃げ出し、

「それではまた来世～～」

ひらひらと手を振りながら楽しそうに笑う少女の声を背に、あの世への旅路を辿った。

その死に様は亡骸と分からぬほど執拗に切り刻まれた無惨なものであったが、それを行った技術は実に美しかった。

短い時間で相手を一度でも多く斬る、ただそれだけのための技巧。

ゆえに無駄が省かれており、その剣閃は一種の芸術性さえ感じさせる。

振るう精神こそ歪ではあるが、その技はどこまでも純粋に研ぎ澄まされていた。

その絶技の前に三流程度の男たちなど一人たりとも生き残れるはずがない。

──が、なぜか一人だけまだ残っていた。

本来であればいの一番に殺されていたであろう、雫の真正面の男が。

ニコニコと笑いながら、雫はわざわざ生かしておいた男に歩みを進めていく。

へたり込んだ姿勢のまま必死で後退ろうとするも、早足でもない雫との距離はどんどん縮まっていく。

「ひっ、た、助け、助けて……！」

「ムシがいいなぁ～？　あーゆー事で失敗して、生きて帰してもらえると思ってるんですか？」

「わ、悪かった！　きょ、今日から心を入れ替える！　有り金も全部渡すから見逃してくれ！」

「……仕方ないなぁ。それじゃ、とっとと消えてください。何もしないで見送ってあげますから」

小太刀を二本とも納め、しっし、とつまらなそうな顔で手を振る。

「す、すまねえ、感謝する！」

そう言って駆け出した瞬間──男の腕が落ちた。

慌てて振り返ると、その拍子にもう一本の腕が落ちる。

それを皮切りに、全身の部位がバラバラと落ち始めた。

いまだ意識はあるが、余命は数秒といったところだろう。

話が違う、と絶望を込めた瞳で男は雫を見つめるが、彼女に悪びれた様子はなかった。

それどころか楽しげに微笑みながら、既に言葉を出せなくなっている男に声をかけた。

「そんな目をされるのは心外ですよ？　あたしはちゃんと約束守りました。ただ――」

そこで一瞬言葉を切り、雫はどこまでも透き通った可憐な微笑で、無慈悲な言葉を付け足した。

「約束した時にはもう切り刻み終わってたんですけどね？」

残虐無比な種明かしと同時に、男の体が完全に分解されて地にばら撒かれた。

そこから流れ出たおびただしい量の血液が、瞬く間に地面に血の海を作り出す。

クス、と笑みを漏らし、雫は微かにかかった返り血を舐め取る。

極上と言うには遠いが、なかなかに美味。

自分と嗜好が違う姉の口には合わないだろうが。

――そこで、雫はようやく我に返った。

そして冷えた頭で周囲の惨状を見渡しながら自分の行いを一つ一つ冷静に思い返し、頭を抱えた。

やってしまった。彼女の脳裏はその言葉で埋め尽くされていた。

我慢に我慢を重ねていたとはいえ、最後の最後で思いっきり悪癖が出てしまった。

――殺戮狂。それが雫の悪癖。

生物の命を奪う事に愉悦を見出し、甚振り嬲る事でさらにそれを深める、狂った趣味。

敵対者以外は全く殺す気にならないというそれなりに強い抑制が存在するが、敵対した生物は皆殺しにしなければ気が済まず、彼女は感情が分かりやすいという理由で人間相手の虐殺を特に好む。

性質上、野盗や魔物以外には滅多に表に出ないため旅の途中で大きな問題になった事はないのだが、それでも十分異常である。

一応昔に比べればある程度自制は利くようになったのだが、それでも人目を気にして一時的に皆殺しを我慢できるのみ。

しかもその後は相手を追いかけて殺さなければ気が済まず、場合によってはさらに周囲の生物を手当たり次第に殺す事がある。

その場合の対象には分別がなく、相手が姉であっても例外ではない。

――はっきり言って、雫は狂人以外の何者でもない。

それを嫌というほどに理解しているため、雫は嘆いた。

海人との楽しく穏やかだった関係も、これで終わりだと。

一週間自制を重ねた末の暴走で海人や姉を狙わなかったのは大きな進歩。

自制を重ねていたのに危険信号である深紅の瞳の持続すら出ていなかったのだから、画期的な成果ではある。

だが、それは海人の印象には関係のない話だ。

彼は過去の雫の事を全く知らないのだから。

そして、かつてこれを目の当たりにして逃げ出さなかったのは家族のみ。

常識的な感性を持つ人間であれば、自分が対象にならないと分かっていても確実に逃げ出す。

それは責められるはずもない、至極当然の事である。

――だからこそ、雫は恐る恐る顔を上げた先の光景に驚いた。

そこには海人がなんの気負いもなく姉と一緒に歩いてくる光景があった。

これだけ凄惨な光景を目の当たりにしながら、彼は普段となんら変わった様子を見せていない。

姉と親しげに会話しながら、平然と自分の方へ歩み寄ってくる。

ふと雫の顔を見ても、若干呆れているだけでその目に嫌悪感はない。

一般的な感性からすれば色々問題があるとは思うが、雫としては感涙に値する話だった。

子供よろしく抱きついて感謝でも伝えようか――そんな事を思っていた矢先。

ドクン、と雫の心臓が跳ねた。

息が苦しいほどに全身の血流が加速し、立っていられないほどに体が熱い。

原因は鼻先に漂ってくる、気高く魅惑的な香り。

それを悟った瞬間、雫は近寄ってくる姉たちから距離を取ろうとした。

しかし体がその場から動かない。まるで本能がそれを拒否するかのように。

声を張り上げて姉に事態を知らせようとするも、少しでも衝動を抑える意識を削ぐと正気を失いそうになる。

自身の悪癖による海人の拒絶からは逃れられたのに、今度は自身の体質ゆえに正真正銘最悪の事態を招こうとしていた。

（……う、嘘……駄目……やだ……やだよぉぉっ……！）

どうする事もできず、和やかに話しながら近寄ってくる二人を、雫はただ待つ事しかできなかった。

◇◇◇

惨たらしい殺戮現場を暢気に見回しながら、海人は歩いていた。

普通の神経の持ち主ならば嘔吐せずにはいられないような光景を目にしながら、その目には何の感慨も浮かんでいない。

「……ふむ、凄まじいな。あれは雫嬢が特殊なのか？　それとも文献に出てなかっただけで吸血族全体の特性か？」

「誓って申し上げますが、拙者含め吸血族の大半にはこんな趣味はありません。あれは雫個人の趣味です」

「趣味か。歪んでるとは思うが、まあ人それぞれか」

「……その、恐ろしくはないのですか？」

心底どうでもよさげに呟く男に、思わず問いかけた。

最愛の妹ではあるが、あの悪癖に関しては刹那とて恐ろしい。

雫の個人的嗜好上、相手が殺意を向けてきた場合にしか出ないが、それにしても雫の趣味は残虐極まりない。

それをまるで気にしてなさそうな男に、疑いの目を向けずにはいられなかった。

「そりゃ怖いが、別に無差別というわけではないだろう？　今の今まであういう面は見ていなかったわけだから、少なくとも私には害がないと思うんだが」

「……ありがとうございます」

ぺこり、と極上の感謝を込めて頭を下げる。

この状況下での異常なまでの自然体は若干薄ら寒さを感じるが、ありがたい事なのは紛れもない事実。

あれを受け入れてもらった上でこれからの関係を構築できる人間は、そう多くない。

雫が懐くような人間となればさらに稀少だろう。

あらためて、海人との出会いが良い巡り合わせだったと思えた。

そんな自分もまた雫に毒されているか、と若干反省しつつも、その思いは消えなかった。

「礼を言うような事でもないと思うが」

そんな事を言いながら歩いていると、少し先にいる雫が突然自らの体を抱きしめ、震え出した。

何事かと慌てて駆け寄ろうとする二人。

だが、それを雫の消え入りそうな声が止めた。

「駄、目……です——逃げ、て……」

「——待て、雫。どういう事だ。理性を飛ばしてもいないのに——何故海人殿を狙う」

腰の刀を二本とも抜き、雫に向かって構える刹那。

その目には身を削るような光と同時に明白な戸惑いが同居している。

「駄、目なんだよ……この美味しそうな匂い、飲みた、くて飲みたく……て堪らな、い……！」

血を吐くような叫びと共に、雫の瞳が盛大に見開かれて深紅の瞳が輝きを帯びた。

それは雫の凶暴性が最大まで高まり、正気を失いつつある証。

同時に、吸血族の能力が発動した瞬間に生じる薄紅い霧が、彼女の体から緩やかに漂った。

「ば、馬鹿な……どうにか抑えろ！　海人殿は気に入ってるんだろう⁉」

「無、理……逃げ、て……これ、前の時より、ずっと……早く、逃げ……ア……ア……ァアアアァアアアアッ‼」

泣き叫ぶような狂った咆哮と同時に、雫の足元が爆砕した。

砲弾の如き速度で海人へと肉薄するが、彼を射程に収める寸前に刹那が割り込んだ。

横入りしてきた姉に、雫は躊躇いもなく凄絶なまでの攻撃を開始した。

それは獣のような動きでありながら、流れに一切無駄がない。

理性は飛んでいるようだが、それでも体に染み付いた武技の残滓《ざんし》があるようだった。

だが、刹那はその猛攻を見事にしのぎきった。

そしてその後に生じた一瞬の隙を狙い、攻撃に転じる。

「はあぁっ！」

裂帛《れっぱく》の気合と共に双刃が煌めいた。

速度で雫に遅れを取りながらも、その動きは見事に迎撃に成功した。

――雫の両腕を粉々に切り刻むという形で。

返す刃で両足をも同様に刻まれ、雫は完全に達磨と化した。

獣のような、苦悶の悲鳴を上げる雫。

だが、刹那の表情には妹を惨たらしい姿にした罪悪感も、狂った妹の戦闘力を奪った安堵もなかった。

あるのは純粋な焦燥。

利那はすぐさま後ろに飛びずさり、驚愕で固まっていた海人を自分の背に抱えた。

そしてそのまま全速力でその場を離れた。

――既に四肢の再生が終わりかけている妹から、一刻も早く逃れるために。

◇◇◇

数多の木々を潜り抜け、進路上の魔物を斬り捨て、刹那は必死で森の中を駆け抜けていた。

雫の理性は飛んでいるらしいのに、精度は低いながらも飛翔魔法をはじめとした日頃動きの補助に使う魔法は使えるらしく、空に逃げても地を駆けてもすぐさま追いかけてきて、引き離せなかった。

痛みを堪えて肉体強化の限界突破を行いようやく引き離したものの、それもやがて限界が訪れた。

限界突破は体に極度の負荷がかかるため、長く続ければその場で体が壊れる危険を孕んでいる。

足の痛みで限界を悟った刹那は、強化を弱めて立ち止まった。

一応、逃げる途中雫を魔物の群れに誘導して突っ込ませたため多少の猶予はあるが、余裕はない。

ゆえに、刹那は最初にやらなければならない事をした。

「申し訳ございません……まさかこんな事態になるとは……！」

「悪意がなかった事は分かる。気にしてないから事情を簡潔に説明してくれ。どう考えても時間がない」

「これは一般には知られていない事ですが——吸血族は少しでも人の生き血を飲むと、好みの血を持つ人間を嗅ぎ分ける事ができるようになるのです。同時に、個人差はありますが血を飲みたい衝動に駆られます」

「……少なくとも文献には書いてなかったな。おそらく、普通なら問題にならないのか？」

「はい。普通であればそもそも好みに合う血の持ち主自体が多くなく、嗅ぎ分けたところで激しく興奮し好戦的になるだけで済みます。ですが、雫の場合は生まれつき——」

「好みの血の持ち主が多く、吸血衝動が強すぎて一定以上適合した血の持ち主を嗅ぎ分けるとあやって暴走してしまう、か？」

「はい。とはいえ——言い訳になってしまいますが、暴走に至ったのは過去一度のみです。雫の衝動は尋常ではなく強く、趣味もあの通り残虐ですが、武術で微弱ながら自制心も養っておりますので」

「ちなみにその一度はどうなった」

「雫が五歳の時の話ですが、そこそこ名の通っていた山賊団を一人で皆殺しにしました。それだけでなく暴走の原因となった頭領を吸い殺しても衝動が収まらず——」

「そこまででいい。今は詳しい話は不要だ。しかし山賊団壊滅とは、たった十分前後でか？」

「いえ——雫の持続時間は最長一時間です。強すぎる衝動の対価なのか、持続時間も能力の強さも吸血族の平均をはるかに上回っているのです」

「それはまたとんでもないな。対処法は？」

「それですが……今の雫は、もはや相打ちで仕留める以外ありません。身体能力の差は歴然ですが――相打ち覚悟なら、再生不能である頭を潰す事が可能です。御迷惑をおかけしたまま、お詫びもできず勝手に死ぬ事は申し訳ないのですが……」

「私の助けを求めようとは思わんのか？　攻撃魔法は同士討ちになりかねんが、防御壁の戦法なら――」

「意味がありません。失礼ながら、今の雫相手では海人殿は何の役にも立ちません。お分かりのはずでしょう？」

海人の言葉を、刹那はバッサリと切り捨てた。

海人の戦法が雫に使用できるのであれば、希望はある。

それができるのであれば、土下座だろうが奴隷契約だろうが何をしてでも助力を請うだろう。

可愛い妹の命を救えるのであれば、この先の生涯と引き換えにしても惜しくはないのだから。

しかし、それができるはずはない。

海人の戦法は相手の動きを見てそこから行動を予測し、しかるべき位置に防御壁を配置するもの。

碌な戦闘経験もないであろう海人がそれを可能にしているのは、神がかった観察眼と大量の情報から瞬時に予測を組み立てる情報処理能力ゆえ。

それはたしかに尊崇に値する能力だが、致命的な問題がある。

刹那はそんな悲しい――見当外れの勘違いをしていた。

「まあ、たしかにあの状態でも武技を忘れとらんからなぁ……地面を抉った初撃の振り下ろしでさえ重心移動が芸術的だったし、その勢いを利用して宙返りしつつ左右時間差による踵落としの動きも凄まじかった。その後も止まる事なく十五連続まで繋げていたし、魔法の発動時間を踏まえるとかなり不安はあるな」

その言葉に、刹那の時間が止まる。

今の海人の言葉は、ありえないはずのものだった。

海人が役に立たないと言った根拠の大前提を覆してしまう。

驚愕に目を見開いている刹那をよそに、海人は不敵な笑みを浮かべながら言葉を続けた。

「ちなみに先日の腕試しの最後だが、手技足技どちらも拮抗したからといって頭突きはどうかと思うぞ。見ていて痛そうだった。ま、それでも双方全力ではなかったんだろうが」

その言葉で、刹那の背筋は戦慄に凍りついた。

冷静になってみれば、気付かなかったのは間抜け極まりない。

シルバーウルフの突進速度は魔物の中でも有数。

多少距離が離れていたとはいえ、いくら無属性魔法の起動が早いとしても、通常ならば防御壁展開前にこちらの喉元に牙を突きつけていただろう。

それができなかったのは――海人がその類稀な動体視力によって、かの魔物の動きを捉えていたからに他ならない。

だからこそ、予測ができた。

その動体視力で突進中の魔物の動きを完璧に捉え、その観察眼で筋肉の動きや飛びかかる軌道を瞬時に判別し、それらを超高速の思考で分析して先を読んだからこそ、移動先に防御壁を設置する事ができた。

自分にとってはシルバーウルフの動き程度は見えるのが当然であるからこそ、刹那はそれに気付かなかった。

そもそも相手の動きが見えなければ予測ができるはずもなく、海人の戦法は使えない。

そう思い込んでいた刹那の考えは覆された。

ならば、希望はまだ残されている。

いかなる対価と引き換えにしても、海人に助力を求める価値がある。

悲壮感に満ちていた刹那の顔に僅かに光が戻った事を確認し、海人は改めて問うた。

「さて、君の望みは何だ？」

「――対価はこの身命に懸け、お望みのままにお支払いします。雫を止めるためのご協力を願います！」

「請け負った。それでは、ちょっとこっちに顔を寄せろ」

その言葉に従い刹那が顔を近付けると、海人は己の左腕をポケットの調理用ナイフで切り裂いた。

瞬時に血が溢れ出し、海人の腕を赤く染める。

「な、何を!?」

「驚く前に飲め。どの程度適合しているかは賭けだが――上手くいけば君の能力も短時間跳ね上げられるだろう？」

「……っ！」

あくまで冷静な男に慄く己を抑え、刹那は迅速に傷口周辺を唇で覆った。

――――その瞬間、世界が変わった。

血液に舌が触れた途端、あまりにも強烈な刺激によって感覚が消滅する。

直後、スカーレットの料理でさえ足元にも届かぬような、全身を貫くほど暴力的な美味が彼女の口を支配した。

その味の骨格は甘味だが、そんな単純な言葉で言い表せるような味わいではない。

あまりの興奮に刹那の瞳は瞬時に紅く染まり、最初の一口は味わう間もなく喉へと消えていった。

だが、そこで終わりではなかった。

喉を過ぎる過程では全身が蕩《とろ》け、灼熱するほどに甘く強い熱を。

胃に収まってはそれまでの灼熱が嘘のような清々しい爽快感を。

それが収まると、今までの自分は大山を載せられていたのではないかと感じるほどの解放感を。

そして最後に――――全身が今にも弾け飛びそうなほどの、溢れ出る力が与えられた。

この間、瞬きほどの暇もなかった。

思わず二口目、三口目、とどんどん吸い上げていってしまう刹那だったが、少ししてから頭部になにやら衝撃が走った。

うっとりと蕩けたような顔のまま顔を上げると、

「……どうやらまだ運は向いているようだが、目的を忘れるな」

鋭い顔で睨みつける海人の顔と相対した。

それで正気を取り戻し、刹那は慌てて口を拭ってから思いっきり頭を下げた。

「も、申し訳ございません！　ですが、これなら……雫を止める手段の当てがあります！」

そう言うと、刹那は具体的な作戦と理由の説明を手短に語った。

だが、その全てを聞き終えた海人は唸った。

作戦そのものは悪くないのだが、刹那には非常に辛い事になる。

海人は彼女の強い決意を秘めた瞳を見据えながら、念を押すように確認した。

「間違いなく、辛いぞ？」

「ええ――ですが、姉としての務めです」

「――結構。ただし魔力消費の関係もあるため、私の援護はそう長くはもたん。迅速にぶちのめして正気に戻せ」

「承知！」

「アアアアァァァァァアアアァァァッ‼」

刹那の気迫に応えるかの如き狂声と共に、森の奥から雫が出現した。

その顔からは普段の天真爛漫な面影は塵も残さず失われ、あるのは凶暴性と残虐性と飽くなき食欲。

その両手は道中に引き裂いた魔物のものか、爪が見えないほどに血に塗れている。

まさに理性を捨て去った魔獣の如き様相だが、鍛え抜かれた武技も戦闘経験も完全には失われていない。

その証拠に二本の刀を構える姉に対して適度な間合いを取り、即座には襲い掛からなかった。

彼女の背後にある美味そうなエサにすぐにでもしゃぶりつきたい渇きを堪え、警戒している。

――その隙に、刹那が動いた。

「おおおおおおおおおおおっ！」

裂帛の気合と共に踏み込み、刀の峰で無数の連打を叩き込む。

元々素の状態でも、一流の戦士たるシェリスの使用人たちの動体視力で捉えきれない速度を出す刹那。

それが吸血によって普段とは比較にならないほど強化されているのだ。

一撃一撃が中位ドラゴンの体を紙のように貫きかねないほどの重さと、一流の戦士に反応すら許さぬ速度を兼ね備えている。

いかなる魔物よりも強力な怪物と化した雫でも、これはたまらなかった。

瞬く間に全身を衝撃が貫き、その骨格に深刻な損害を被った。

だが、それでも今の雫にはさしたる意味がない。

「ガァァアアァァァアアアアアァアアァァァァッ‼」

周囲を揺るがす怒りの雄叫び。

たったそれだけの動作の後で、雫は何事もなかったかのように刹那に襲い掛かった。

もっとも、先程四肢を断ち切られても即座に再生した雫だ。

たかが全身の骨に罅《ひび》が入った程度ではダメージになるはずもない。

それは刹那も、そして海人も分かっていた。

「……無垢なる我が魔力、現われ出でて不破なる盾となれ！　《ハイマテリアル・ウォール》‼」

詠唱の完成と共に、雫の周囲に数多の防壁が現れる。

それらは彼女の各関節等に巧みに配置され、その絶大な力を九割以上殺している。

ただし、劇的に短い発動時間の代償に数秒で消えてしまう儚い拘束でもある。

だが、今はそれで十分だった。

「寝てろぉぉぉぉっ！」

再び連撃を放つ刹那。

先程とは違い、完全に拘束されているため衝撃を逃がす事は叶わない。

全身の骨を徹底的に打ち砕かれ、肉までも叩き潰され、血が飛び散る。

——それでも雫は生きていた。平然と。

内臓が瞬時に回復したため呼吸に淀みはなく、時を置かずして砕けた骨も、潰れた肉も、神経組織も、全てが再生している。

攻撃の成果と呼べる物など、乾いて付着した血ぐらいのものだった。

だが、これもまた二人の予想範囲内。

元より雫を正気に返すための攻撃。

後遺症が残るような、ましてや命を絶つような真似をするはずもない。

二人の狙いは唯一つ。雫が飲んだ血の力を消費させる事。

能力発動時の吸血族にはおおよそ死角と呼べるものがない。

しかも雫の持続時間は本来最長二十分に満たぬはずのそれをはるかに上回っている。

その不滅めいた再生能力と合わせれば、まさに不死身の怪物だ。

しかし一般には知られていない事ながら、その再生能力だけは狙い目がある。

魔力や身体能力の増大は持続時間が切れるまで失われる事はないが、再生能力だけは違う。

再生すれば再生するほど能力の強さは弱まり、最終的には平時と同程度になる。

しかも同時に能力発動時独特の好戦的な衝動も収まるため、雫が正気に返る可能性も高い。

よしんばそれで正気に返らなかったとしても、今の雫には攻撃魔法を使えるほどの理性は残っていない。

両手両足をへし折って大地に倒し、防御魔法で上を塞げば高確率で身動きは取れなくなる。

あとは時間切れまで魔法を持続させ続ければ、血の効果は切れる。

洒落にならない激痛ではあろうが、それと引き換えに命は助かるのである。

とはいえ、問題は多い。

一度全身を叩き潰したにもかかわらず、二度目の回復は一度目のそれより遅くなった『かもしれない』という程度。

まず間違いなく常人では遅くなったと認識できない程度にすぎない。

あれを常人並に低下させるまでに何度同じ事を繰り返さなければならないかなど、考える気にもならない。

さらに、それを行う刹那の制限時間がある。

雫とは違い彼女の持続時間は長くはない。せいぜい十五分といったところだ。

その間に雫の全身を可能な限り打ち砕き続けなければならない。

それを過ぎても海人の防壁とのコンビネーションなら多少は持ち堪えるだろうが、長くて十分、しかもそれまでの勢いで妹にダメージを与える事はできない。

希望の光はいまだか細く、いつ消えるとも分からないものでしかなかった。

◇◇◇

所は微妙に外れ、ドースラズガンの森の入口付近のとある場所。

この物騒な区域には似つかわしくない容貌の女性が一人佇んでいる。

(森が震えている……一体何が？)

今現在この森を包んでいる空気はただ事ではない。

森の生き物が余すところなく怯え、何かから逃げている。

形容しがたい空気ではあるが、印象としては上位ドラゴンが冒険者に子供を殺された時のそれに近い。

軍隊を動員しても返り討ちにあう事があるほどの化物が、理性を完全に飛ばして暴れまわっている時に。

一瞬、悩む。

連日の重労働の負荷はいまだに体に残っている。

安全を考えればこの場はすぐさま一旦退き、屋敷に連絡を取って応援を呼ぶのが最善。

しかし、この空気の発生源が何者かも分からない状態では思わぬ被害を招きかねない。

そう判断したローラは、即座に飛翔魔法で森から飛び出した。

縄張りを侵された鳥型の魔物たちが威嚇してくるが、それを無視してその発生源の方へ遠隔視の魔法を使って目を向けた。

そこにあった光景は、涙を流しながら歯を食いしばって刀を振るい続ける刹那と、それを憔悴しつつも絶対的な意志を滾《たぎ》らせた瞳で見ている海人。

そして幾度も見るも無惨に全身を砕かれながらも、そのたびに瞬時に再生して二人に襲い掛かろうとする雫だった。

何が起こっているのか分からず、彼女の思考が一瞬止まる。

それを狙ったのか、はたまた単なる偶然か、周囲の魔物がローラに襲い掛かった。

が、そんな容易に仕留められるような生温い女性ではない。

停止した思考はそのままに体が反射で動き、手刀で魔物を数体輪切りにした。

反対の手にはジタバタと暴れもがく魔物の首を掴んでいたが、一瞬で握り潰し無残な死体へと変えてしまった。

魔物の体液が滴る両手に一瞥もくれる事なく、彼女は呟いた。

「……事情は分かりませんが、逃げられなくなった、と。まあ、貸しを作る機会が出来たと前向きに考えましょう」

そう呟くと同時にローラは着地した。

そして軽く体をほぐすと、一気に森の中を駆け抜けた。

魔物を薙ぎ払い、木を切り倒し、道中の岩を蹴り砕き、文字通り一直線に。

直線距離でも数km先の戦場へと。

◇◇◇

雫の体が破壊された回数が百を超えた頃、海人が膝をついた。

（くそ、我ながら情けない……！）

ズキズキと痛みを発する頭を押さえながら、海人は内心で舌打ちした。

刹那の持続時間はまだ残っているが、彼はもう限界に近付いていた。

雫の攻撃は直撃どころか頬を掠めただけでも海人の頭部が弾け飛ぶ。

その上攻撃速度も尋常ではないため、一度でもこちらに攻撃が来れば海人は死を免れない。

なぜなら、飛んでくると事前に分かっていても彼は回避などできないからだ。

動体視力は数多持つ異常な才能の一つに数えられるほどに高いのだが、彼は他に致命的な欠陥を抱えている。

一つは、筋力。

海人は非常に筋肉がつきにくい体質で、彼の考案した最高効率のトレーニングを怠らず実践しても、趣味でスポーツをやっている人間程度の筋力が限界。

実際には本職が研究者であるため、トレーニングの時間はそう長く取れず、同世代の平均値を少し上回るのが限界だった。

その上二年前に妻を喪った事で抜け殻と化し、一年半も最低限の食事と寝る以外の作業をしなかった。

その代償は大きく、トレーニングを再開した今でも常人には僅かに届いていない。

そしてもう一つ。

実のところこれが最大要因なのだが——生まれつき、体の神経速度が常人より遅い。

例えば海人が子供の頃、小学校のイベントで野球の打席に立った事があった。

その時ボールは見えていたのだが体の反応がついていかず、一回目は見事に空振りした。

二回目はそれを踏まえてタイミングを調節しようとしたのだが、計算上ピッチャーが振りかぶる前に振り始めなければならない事に気付き、唖然としている間に見逃し。

三回目はバントで挑み見事に当てたものの、貧弱さが災いしてバットごと後ろにすっ転んで目を回した。

喧嘩をすればパンチは見えているのに当たる場所を鼻から頬に変えるのが精一杯、母が怒った時のビンタに至っては、見えているのに打点を一ミリもずらす事ができなかった。

研究してどうにかしようと思った時期もあったのだが、その結果はフィクションじみた改造手術以外にないという結果だった。

大好きな両親からもらった大事な体を弄くりまわす気にはどうしてもなれず、結局諦めたのだ。

ゆえに、海人は優れた動体視力を持ちながら、防御魔法で対応する事はできても、体で避ける事はできない身である。

刹那が一度でも彼への攻撃を防ぎ損ねればその段階で死が確定する。

さらに言えば、刹那も海人の防御壁の配置にミスがあれば高確率で体の一部を粉砕される。

再生能力があるので彼女は死には至らないだろうが、海人は高確率で死ぬ。

そこから来る極限の緊張、あまりにも脅威的な雫の攻撃の視覚的な威圧、なによりその状況下で姉妹二人の神速の動き全てを僅かな体の動きから予測し、雫の動きのみを一番合理的に制限できる場所に防御壁を作製するという、頭脳への極度の過負荷が海人の意識を徐々に蝕み始めている。

念のため持ってきた宝石に備蓄した魔力まで尽きるのが早いか、はたまた精神的疲労からミスをするのが早いか。彼は非常に危険な綱渡りを強いられていた。

だが、それでもあと一歩のところまできている。

最初の時に比べ、雫の再生速度は劇的に落ちている。

回数を重ねる毎に再生速度の落ち方が加速度的に大きくなっていたためだ。

これまでの経過から計算すると、直に再生能力は失われるはずだ。

しかし、そこで思いも寄らぬ事が起こった。

「しまっ……!?」

甲高い音を立てて、刹那の左の刀が折れ飛んだ。

それを行った雫の右腕は勢いを殺されながらも、姉の体を引き裂いた。

ごぷ、と血が噴き出るが、刹那は折れた刀を捨てて左腕と裂かれた傷口の間に雫の右腕を挟み込んだ。

そのまま大地に足を踏ん張り、あわや吹き飛ばされる寸前でどうにか体を張って雫を止める。

「やら、せん……！」

そのまま雫の腕を折り、腹を蹴り飛ばして間合いを外す。

そして、右手の感覚の異常に気付いた。

右の刀も、もはや折れる寸前だった。

峰打ちという方法では次の一撃で折れ、その隙に海人が殺されかねない。

使えるチャンスは、ただ一度の斬撃。

とはいえ、今の雫の骨折の治りの遅さからして胴体を切断すればおそらく死んでしまう。

かといって腕を落としても、数度刻まなければ傷口をくっつけて治癒してしまうだろう。

――ならば、狙える攻撃は唯一つ。

覚悟を決め、刹那は呼吸を整えて残った刀を八双に構えた。

極限まで精神を研ぎ澄まし、その一刀に全てを注ぐ。

そのただならぬ気迫に、雫は気圧された。

だが、悲しいかな今の彼女は理性を喪失した身。

その背後にいる鼻腔をくすぐる極上のエサの匂いに、やがて獰猛な叫び声を上げて姉へと襲い掛かった。

瞬間、使い手の名前に恥じぬ速度の剣閃が閃いた。

直後、刹那の刀が砕け散った。

その彼女の前には、何事もなく立っている雫がいる。

だが――

「これで、終わりだ」

刹那の言葉と同時に、雫の体から血が噴出した。

左肩から右脇腹にまで達した傷は肉を深々と裂きながらも内臓にはギリギリ到達しない絶妙な傷。

何もしなければ致命傷だが、肉体強化による治癒を続ければ、失血で動きを封じるに止まる。

正気に返らずとも本能的にそれは行うはずなので、どうにか命には関わらないはずだった。

「ごふっ……あぐ……うあ……」

体を深々と斬り裂かれ、よろめきながら地に倒れ伏す雫。

周囲を轟かすような狂気の咆哮は収まり、その禍々しい気配も消え去った。

念のため確認すると雫の瞳の色は黒になり、虚ろながらも正気の光が戻っている。

それを見て、刹那は汗を拭って思わず大の字に倒れた。

危なかった。あと一瞬でも刹那の刃が遅ければ、回避されていた。

そうなれば刹那の体が今度こそ砕かれ、海人の命はなかった。

とはいえ、過去に暴走した時には最終的に両親含め数十人がかりで止めた雫を、たった二人で実質無傷で止められたのだ。

とりあえず、大団円と言って差し支えないだろう。

再生していく自分の腹部を見下ろしながら、刹那は満足気に微笑んだ。

だが――彼女の達成感は、珍しく取り乱した海人の叫びで打ち砕かれた。

「雫嬢！　意識があるなら早く強化を強めて止血しろ！　そのままでは死んでしまうぞ！」

「ぁ……すい……ません……魔力が、ほとんど残ってなくて………」

「くそ、あの異常な再生能力は魔力も大量に使用していたためか……！」

雫に駆け寄り、白衣の中に入れておいた治療用具を使って手当てを行う。

しかし、深すぎる傷口ゆえに雫の顔色は戻らぬまま。

そこで、ようやく呆けていた刹那が事態に気付いた。

「雫……雫っ！」

「ごめん……ね……お姉ちゃん……最期まで……迷惑、かけちゃった……」

「え、縁起でもない事を言うな！　気をしっかり保て！」

「気に、病まないで……悪いのは、あたしなんだから……海人さんも……ごめん、なさい……」

「雫っ！　目を閉じるなっ！」

今にも息絶えそうな妹に、必死で呼びかける刹那。

だが、これといった医療技術を持たない彼女では迅速な止血の手伝いもできず、ただ海人の治療を眺めるしかできない。

悔しさと悲しさで歯噛みする刹那を横目に見つつ、海人は密かに決心を固めていた。

この場にある材料では雫を助ける事はできない。

吸血族の能力発動時の再生能力は、一度低下してしまうとさらに吸血しても元に戻らない。

翌日になれば再び能力発動も可能だが、それまでは雫の命がもたない。

しかし不幸中の幸いと言うべきか、傷は深いが止血して縫合すれば治る。

大きな問題は、そこから流れ出た血の量が多すぎるという点のみ。

道具さえあれば、いくらでも治療できる。

ならば、手の打ちようはある。

創造魔法で人工血液などの治療用具を一式揃えればいい。

正直あまり気は進まないが、刹那たちのためなら気に入っているからと割り切れる。

（……本当に、我ながら甘くなったものだ）

そう自嘲し、海人は術式を思い浮かべ――視界の隅に映った人影に、思わず硬直した。

遠目でも分かる美しい銀の髪と、質素な衣装に似合わぬ神がかったプロポーション。

その冷たい美貌に宿る眼差しには、微かな哀れみが籠もっている。

おおよそ、この状況において最悪の人物――ローラ・クリスティアがそこにいた。

ギシリ、と何かが軋む音が聞こえた。

――それは戒めの鎖。

誰よりも我が子の幸福を願った母の教育。

それがこの上なく正しかった事を嫌になるほど思い知らされた海人の人生経験。

そして、この状況を冷静に分析する彼の理性の警告。

（諦めるべきだ……刹那嬢には機会を与えた。活かせなかったのは彼女だ）

再び、不快な音を立てて鎖が軋む。

ふと、昼に見た夢の続きが、海人の脳裏でフラッシュバックした。

「どうして見捨てる事ができないの！　どんなに頑張っても全部助ける事なんてできないのよ!?　賢いあなたに分からないはずないでしょう!?」

鎖に繋がれた、今まで海人が拾ってきた犬たちを指して怒鳴りつける母。

数は全て合わせて七匹。飼い主に捨てられ野犬と化したが、小型犬であるがゆえに山の生存競争で敗北した者たちだ。

傷だらけになりやせ細ったその犬たちを屋敷の近くで見かけ、海人は放置できずに家へと連れ帰ったのだ。

「やだよぉ……あんなに苦しんでるの見捨てるなんてできないよぉ！」

わんわん泣き喚く、八歳の海人。

苦しそうだった、可哀想だった——だから助けたかった。それだけだった。

死にかかっていた犬も、溜め込んだ知識で治療する自信はあったから。

そのための道具も、屋敷にはちゃんと揃っていたから。

「どうして、どうして分かってくれないの⁉　お仕置きは嫌なんでしょ⁉　怖かったんでしょ⁉　なのにどうして、どうして……！」

瞳に涙を滲ませながら息子を叱り付ける母。

結局この時を最後に、海人は動物を拾ってくる事をやめた。

いくら見捨てたくなくても、それ以上に大好きな母を悲しませたくなかったから。

理由は分からずとも、素直に従った。

——今だからこそ、分かる。

なぜ母があああも拾ってくる事を許さなかったのか。

飼う金も十分あったのに、なぜ毎度のように拾ってきた犬をもう一度捨ててこいと言ったのか。

老犬ゆえに最後まで里親が見つからなかった一匹を天寿を全うするまで可愛がり続けたような

人間が、なぜ非情に徹しようとしたのか。

母がどれほど自分を心配して、何度も何度も見捨てられるようになれと諭したのか。

なぜ理由を説明せず、お仕置きで強引に従わせようとしたのか。

それを理解できなかったがために、幾度となく裏切られ、殺されかけ、散々な目にあった今ならば、分かる。

だからこそ、目の前で死にかけた少女を見捨てるべきだと判断できる。

ローラに創造魔法の事がバレれば、おそらく生存率は五割程度だ。

残りの五割も、どう考えても楽しくない生活を強いられる可能性が高い。

一度刹那に機会を与え協力したのだから、最低限の義理も果たしている。

これ以上手を尽くすほどの義理はない、海人の冷酷な理性はそう冷ややかに断言している。

――だというのに、頭に浮かんだ術式は消えてくれない。

ローラのあまりに圧倒的な力を思い出しても、恐怖は募るが文字通り致命傷になりかねない甘さは捨てきれない。

自分がどれほど馬鹿な事をしようとしているのか、それを理解していながらも止まらない。

先程の雫の怪物ぶりを思い出しても、無邪気に懐き、慕ってくれた少女の笑顔が頭をよぎり、どうしても術式を崩せない。

傍目には何かを考えていると感じさせる事もない、ほんの一瞬の時間。

その中で海人はその尋常ならざる思考速度で散々に考え、苦悩し――やがて結論を出した。

（……すみません母さん――結局、私は馬鹿息子のままみたいです）

懺悔の思いと共に、術式に魔力を流し込む。

凄まじく莫大な魔力に、刹那ばかりか死にかけの雫までもが軽く目を瞠った。

少し遠くにいるローラも、何をするつもりかと軽い驚きを顔に表している。

「世界を構成する全元素に命ず――我が意に従い我が望みを顕現せよ！　《クリエイション》！」

詠唱終了と共に、人工血液を含めた治療器具一式が虚空から現れる。

当然ながら、伝説の魔法を目にした誰もが驚愕に目を見開いた。

「そ、創造魔法……!?　い、いえ、それよりも……」

「……馬鹿、ですよ……あたし……みたい、な……狂人を……」

海人のやろうとしている事を悟り、雫が儚げに微笑む。

出現した道具の用途の大半は分からないが、この状況でおそらくは隠し通したかったであろう創造魔法を使って何かを用意する理由など一つしかない。

あまりにお人好しすぎる男に、雫は感謝以上に哀れみを覚えていた。

「子供のおいたにいちいち目くじら立ててられるか。とっとと治療する。それまで死ぬな」

そう言って海人は一度雫の頭を優しく撫でると、その命を現世に引き止めるための治療を開始した。

珍しく、明らかに愕然とした面持ちをしているローラを視界の端に収めながら。

第7章　一段落、そして新たな関係

海人の屋敷の一室に、屋敷の主と宝蔵院姉妹の姿があった。

患者である雫は海人の治療が一段落したところで意識を失い、現在眠っている。

その寝顔は安らかで、少し前まで瀕死だったとは思えないほどに血色が良い。

脈拍をはじめとした検査を一通り終えたところで、海人は心配そうに妹を見守る刹那に声をかけた。

「とりあえず、もう大丈夫だ。槍でも降らん限りもう心配あるまいよ」

「あ、ありがとうございます！　散々御迷惑をおかけした上にここまでしていただいて……感謝の言葉もございません！」

「あー、そんなにかしこまるな。それと一応言っておくが、創造魔法の事は他言無用で頼む。雫嬢が起きたら彼女にも言っておいてくれ」

「分かりました」

「感謝しよう……で、色々聞きたい事があるんだがいいか？　あの時はそれどころじゃなかったから聞けなかったが、幾つか知りたい事がある。どうしても答えたくない事ならそう言ってくれれば詮索しない。どうだ？」

「いえ、どんな質問でもお答えします。なんなりとお尋ねください」

「まず一つ目だが、血を飲んでから私の匂いを嗅ぎ取るまで少し時間があったと思うんだが……」

「嗅覚に関しては能力を発動しない限り、血を飲んでから現れるまで少し時間がかかるのです。といっても長くて数分の話ではありますが……」

「なるほど……もう一つだが、雫嬢が冒険者たちを殺し始めた時に妙な言葉を聞いた。『やっぱり悪党の血は美味い』だったか?」

「……はい、実は吸血族が血を吸う相手の人格や身体的特徴などに一定の好みがありまして、それに応じた特徴を持つ人間は個人差はありますが大体美味なのです。あの、勝手ですが、これと先程の嗅覚については他言しないでいただけますか?」

利那は、縋《すが》るような眼差しで海人を見つめた。

今海人に言った内容は、本来同族以外には口外してはならない内容である。

適合がある程度判別可能であると知られると、吸血族全体に偏見を向けられる可能性がある。現状でさえ吸血族と知られた途端に密かに自分の血を狙っているのではないか、などと誤解される事がある。

これが公表されてしまうとどうなるかなど、想像するまでもないだろう。

それを避けるために、一族の秘密として扱われているのである。

今回利那が海人に話したのは、あまりに迷惑をかけすぎた詫びと、彼ならば口外しないと信頼しているためだ。

「分かっている。知られれば碌な事にならんだろうからな。しかし、そうか……だとすると雫嬢に適合していたのは当然か。私は紛れもなく悪党だからな」

「いえ、そもそも特徴による適合はその特徴の強さを示すものではありませんし、雫にはもう一種類好みがありますので、そのせいかと」

「もう一種類？」

「はい——戦闘における強者です。海人殿のあの御力を考えれば十二分に適合しているはずです。あの戦法を見た段階でお話ししておくべきだった上に——あの状況に至った一番の原因は拙者の致命的な失態です。あそこまで接近に気付かぬなど……！」

ミシ、と刹那の両手が鳴った。

海人に雫の悪癖を話さなかった事に関しては、酌量の余地がないわけでもない。

雫は瞳の色が戦闘時でさえほぼ黒のまま、と非常に精神が安定していた。

あの状態からなら、たとえ悪癖が出ても見境なく殺しまくる程暴走する可能性はなかった。

雫が血を飲む事を看過してしまった事も大失態ではあるが、酌量できないわけではない。

たしかに吸血すると血を飲みたい衝動に駆られるが、普段ならば雫も悪癖と同時にそれが出たところで理性は飛ばない。

というより、雫の悪癖はあくまで趣味なので能力を発動しない程度の理性は常に残っているのだ。

残念ながら、姉に刃を向けないという理性は残らない事が多々あるが。

しかし、そもそもの原因となった冒険者たちの襲撃を察知できなかった事は言い訳しようがなかった。

こればかりは微塵の言い逃れも許されない、完全な刹那の大失態なのだから。

「そうだな、そこが分からなかった。なぜ二人共あの連中の接近に気付かなかったんだ？」

「申し上げませんでしたが、自分に向けられていない殺気でも悪癖を刺激する事はたまにあるので、雫は森に入ってからは意識的に感覚を鈍らせていました。なので、雫が気付かないのは当然なのです」

「ん？　おかしくないか？　魔物に何回か襲われたが、君より雫嬢の方が先に察知している事が多かったはずだ」

「ええ。鈍らせていても雫は鋭いので、近くであれば強い殺気はすぐさま察知してしまうのです。元々拙者の察知力は雫には劣りますので、距離によっては鈍らせている雫に遅れを取る事もあります」

「待て、おかしい。それだけ鋭いのに、どうしてあの連中に気付かなかった？」

「は——？　あの、どういう意味でしょうか？」

海人の問いに、刹那は申し訳なさそうに聞き返した。

質問の意図が掴めなかったのか、その目には明らかな困惑がある。

「いや、それだけ鋭いなら私にあっさり殺される程度の冒険者に気付かないはずがないと思うんだが」

「あ、なるほど。そういう事ですか。海人殿にはお分かりにならないかもしれませんが、魔物の殺気は非常に察知しやすいのです。ほとんどの魔物は強烈な殺気を隠さず狙いを定めて襲ってきますので。それと比較すると人間の殺気の察知は難しくなります。人間の場合はそれなりの達人でなければ、そもそも強い殺気を出す事すらできませんから。付け加えますと、殺気の察知よりも気配の察知の方がさらに難度が高くなります」

一挙に説明を終える刹那。

専門職の戦士以外にはよく誤解されることだが、弱者の殺気は強者と比較すると悟りにくい。

理由は単純で、強者のそれと比較するとあまりに弱々しいからだ。

殺気消しを不得手とする一流の傭兵が殺気を消した状態と、三流の傭兵の普通の殺気でようやく互角程度なのである。

そして、魔物の殺気は平均して人間のそれよりはるかに強く、どういうわけかあまり隠そうとしない。

ゆえに魔物の殺気を感知するよりも、人間の殺気を察知する方が難しいのである。

さらに、殺気と気配では性質がまるで違い、後者の方が読み辛い。

前者は危険を感じる直接的なものだが、後者は存在を感じるという非常に曖昧なものであるためだ。

そのため、魔物の殺気の察知と人間の気配の察知では天と地ほどに難度が違うのである。

「……となると、君は人間の気配を察知する事はできないのか？」

「いえ……たしかに苦手ではありますが、意識していればそこそこ広い範囲でも察知可能です。今回気付かなかった理由は、最後の鉱石を掘り出したところで気が抜けていたためです。真に、申し訳ございませんでした」

再び、深々と頭を下げる。

今回は雫の悪癖が出る可能性を少しでも減らすため、刹那が警戒役を担当していた。

気配察知の技能においては雫の方が刹那よりも上なため、そのせいで普段よりも警戒の精度が落ちていた事は事実。

しかも三流の人間の殺気、それも軽い気持ちで横取りを企んでいた人間なら些少の気迫すらなく余計に察知は難しい。

だが、それでも刹那がまともに警戒していれば距離があっても即座に気付けた。

たしかに気配察知は不得手だが、それでも彼女は集中していれば半径三百m以内の生物の気配全てを察知できる。

広範囲を察知していると一つ一つの精度は下がるが、それでも危険域に入った対象を見逃すなどありえない。

あんな距離まで近寄られて気付かないなど、切腹ものの失態でしかなかった。

怒鳴りつけられるのを覚悟した刹那が身を固めていると、

「嘘ではないようだが、それだけではなさそうだな。全部言ってくれ」

その言葉に刹那の体が微かに揺れた。

――たしかに海人の言葉は正しい。

だがそれは言ったところで弁明にもならず、むしろ人として言ってはならない事であった。

「仰る通りですが、言い訳にすらならないものです。話したところで、不快な思いをされるだけでしょう」

「まったく……勘違いがあるようだから言っておくが、私はそれに関して咎める気はない。むしろ理由が分からん方が気持ち悪い。はよ答えてくれ」

「――森にいる間……あれほど雫が楽しそうに笑い続けていたのは本当に久しぶりだったのです。

しかも心配事だった悪癖の露呈もせず無事に最後の採掘が終わり――そこで気が緩んでしまいました。おそらく、あの連中は穴を埋め戻している最中に遠くから鉱石の光を見て寄ってきたのでしょう」

ギリ、と苛立たしげに歯が鳴る。

刹那たちが採掘していたミドガルズ鉱石の発光は、その純度の高さゆえに非常に強かった。

入れてあった布袋越しであっても遠目からそれと分かるほどに。

その光に寄せられて横取りを狙った他の冒険者が近付いてくる可能性は、最低でも森を出るまで警戒していなければならなかったのだ。

だが、刹那はそれを怠ってしまった。

仕事が無事一段落した、と早すぎる安堵をしてしまったために。

己の罪を懺悔するかのように、彼女は言葉を続ける。

「最悪でも、埋め戻しを終えた時に気を引き締め直していれば確実に察知できたはずです――完全に、拙者の失態です」

「だーからそう落ち込むなと言うに。私も私で君らとの会話に気を取られて周囲の観察を疎かにしたんだ。あれだけ近くに人間が来てて気付かなかったなど間抜け極まりない。ま、お相子という事だ」

軽い口調で語る海人。

刹那と雫の警戒がなかったところで、海人が周囲を観察していれば近くに人がいる事ぐらいはすぐに分かる。

気配察知の技能などは微塵も持たない彼だが、その尋常ならざる観察力がある。

きっちり観察さえしていれば、周囲の光景の違和感に高確率で気付いていていたはずだ。

あんな状況になる前に何らかの手を打つ事はできたはずなのである。

刹那への慰め以上に、この言葉は己への反省の意味合いが大きかった。

「で、ですが――」

「くどい。それだけでなく、話を総合すれば私が余計な手出しをしなければ雫嬢の暴走に至らなかった可能性すらある。森に入る前に手出しをしないと言ったにもかかわらず、手出しをしてしまったんだから私にも十分な非がある。あれで君らまで虚を突かれ、雫嬢の自制のたがが緩んだ事は否定できまいし、そこで血を飲んでさえいなければあの事態には繋がらなかっただろう？」

これもまた、事実。

あまりに都合の良い生贄の登場に、あの時の海人は少し浮かれてしまっていた。

余計な事を考えず、刹那たちに対処を任せていればよかったのだ。

そうであれば、刹那が雫の悪癖が出る前に動いて終わりにしていただろう。

それでも勿体ないからと生きている間に流れ出た血を飲む可能性がないわけでもないが、全員が死んでいれば能力発動には至らなかった。

雫が暴走したところで、もっと格段に楽な対処ができたはずなのだ。

「そんな事はありません！　拙者は雫に気を取られ、あまりに対応が遅れてしまいました！　本来であればあの男たちが現れた瞬間、雫が動く前に拙者が皆殺しにしていれば済む話だったのです！　海人殿に動く暇があるような状況を作ってしまったのは拙者の失態です！」

「それは――いや、やめよう。これ以上は不毛だ。責任の奪い合いなどあまりに馬鹿げている。結果としては全員無事に済んだ事だし、お互い反省はしても謝罪はなし。そういう事にしよう。これ以上は疲れるだけだからな」

「――はい」

刹那は沈痛な面持ちながらも、頷いた。

いまだ今回の責任は全て自分にあると思っているが、意固地になって海人を困らせるのでは本末転倒。

彼女はそう思いながら両手をきつく握り締め、俯いたまま猛省した。

（……しかし吸血族の能力発動。知識としては知っていたが、あれほどとはな……）

深い悔恨に囚われている刹那を眺めながら、海人もまた自戒していた。

今回、探索に同行するにあたって海人は色々と準備を整えていた。

最悪の場合、独力で森の中から帰ってこられるだけの装備を。

防具は一目で異質と思われてしまう物ばかりだったため防刃に優れた愛用の白衣のみだったが、武器は拳銃二丁とその予備弾倉や手榴弾から神経ガスの類まで幅広く用意していた。

しかし、どれも使う事ができなかった。

冒険者たちに囲まれた際はわざわざ手札を披露せずとも対処できると踏んだためだったが、雫の暴走後はまるで違う。

拳銃は海人の射撃の腕の関係上どう弾道がぶれるか分からず使用不能。

手榴弾は爆発の範囲が広すぎて良くても雫の死亡が確定、最悪の場合爆風で視界が遮られるだけになり自分たちの死に直結しかねなかったため使用不能。

神経ガスの類は素の状態でロゼルアード草を食べて余裕で生き延びる少女に効くとは思えず、効かなかった場合は煙で視界が遮られる上、風向きの変化次第でこちらの死が確定しかねないため使用不能。

つまるところ、用意していた準備はどれもこれも役立たずでしかなかったのだ。

さらに言えば魔力砲もイメージで撃てるため狙いは外れないという事で逃走途中に使ったのだが、視界を遮らない範囲で溜めた魔力では意にも介されなかった。

使えたのは雫の動きを遮るための防御魔法ぐらいだったが、これもまたあまり役に立たなかった。

逃げる途中にも使ったが、その時は雫に加速があったためかあっさりと破壊され、あまり役に立たなかったし、雫を止める際の刹那への援護にしても、海人の血が彼女に適合していなければああも上手くはいかなかった。

適合していなかった場合はあの時点で創造魔法を使い、輸血を行いつつ刹那の能力を発動させる事も考えていたが、雫が追いついてきた時間を考えると打ち合わせする余裕まであったかどうかは疑わしかった。

つくづく今回の自身の不甲斐なさを思い知らされ、海人は思いっきり肩を落とした。

その時、ベッドの布団がごそごそと動いた。

「ん……あれ？　ここは……」

「お、目が覚めたか。痛みはあるか？」

海人の声に、寝惚けていた雫の意識が一瞬で覚醒した。

自分のしでかした事を思い出し、雫は俯きながら答えた。

「あ……ありません」

傷の痛みはないが、目の前の男の穏やかな言葉が痛かった。

自分の罪深さを、なによりも深く思い知らされるがゆえに。

「それは重畳。私特製の軟膏を塗っといたから、傷も残らんはずだ」

「――――どうして、怒らないんですか？」

耐えかね、雫はついに海人に問いかけた。

その瞳には涙が滲み、全身が震えている。

「ん？」

「あた、あたし……海人さんを殺そうとしたんですよ⁉　何も悪い事してない貴方を！　ちょっと血を吸っただけで！　あっという間に理性飛ばして殺そうとしたんですよ⁉」

「あんなもんただの事故だろうが。刹那嬢にも言ったが、私も色々反省すべき点があったしな。結果としては全員無事だった。それでいいだろう？」

「何で――――！　何でそんなに冷静でいられるんです！　ただでさえ殺戮狂なのに、その上匂い嗅いだだけで暴走して襲い掛かるなんて、完全な化物じゃないですか！　あたしなんかあそこで殺しておいた方が――――」

言葉の途中で、雫の頬が激しく鳴った。

それを鳴らした人間――――海人は振りぬいた手を痛そうにぷらぷらと振りながら、雫を睨みつけた。

その目に秘められた圧力に、向けられた雫だけでなく刹那までもが気圧される。

それを生み出している、あまりにも圧倒的な意志力によって。

「言っておくが、私は自分にとって価値がなければ聖人だろうがなんだろうが迷わず見捨てる。あの状況で助けようとしたのは、君にそれだけの価値を感じているからだ」

「だ、だって――」

「それで不満ならさっきからそこで呆けとる刹那嬢も理由に付け加えよう。彼女が妹を喪う嘆きに沈んで立ち直れなくなる事を防ぎたかった、といったところでどうだ？」

その言葉に、刹那が顔を顰めた。

声に偽りの響きを感じないだけに、辛かった。

今回の事態を招いたのは、全てが自分の失態にあると自覚しているがゆえに。

深すぎる悔恨に、握り締めていた両手から微かな血が滲み出ている。

「そ、それでも……」

「む、まだ足りんか。なら、世の中容姿に優れた女性は非常に貴重だ。現在も目の保養になり、将来はまた別の美を見せてくれるであろう人材の保護――これでどうだ？」

「……へ？」

雫の思考が、一瞬停止する。

先程までと同じ真面目な表情と口調だったが、やたらアホらしい事を言われた気がする。

勘違いかもしれないと内容を反芻していると、海人はさらに淡々と付け加えた。

「それでも足りんのなら、どう考えても性格悪いくせに自分の人格の素晴らしさを教えてやるなど身の程知らずな事をのたまった珍獣の保護も付け加えようか。常人ならちょっと恥ずかしくて言えない事を胸を張って言う度胸は、観察対象としては割と興味深いぞ」

「あ、あの～……」

おずおずと声を出そうとするも、海人は意に介さなかった。

雫の言葉が出る前に、言葉を続ける。

「まだ不足か……ならばそこの今までよく生きてこれましたねと言いたくなるほど、ある意味天才的なおっちょこちょいである姉の面倒を見続けてきた人生経験を聞くためも付け加えよう！どう考えても余人ではありえない話を聞けそうだし、貴重だぞ！」

「え、えっと、え～っと……」

色々言いたい事はあるのだが、何から言うべきか判断に困り虚しく言葉が空回りする雫。

視界の隅で的確ながらも無惨に酷評された姉が派手に椅子から転げ落ちているのだが、それが気にならないほどに混乱していた。

だが、それにも構わず海人はさらなる熱弁を振るう。

「まだ抵抗するか……よかろう、ならばこれだ！　金銭感覚はまともなのに知識に欠け、半裸で平気なほど羞恥心にも欠けるお間抜けさんな姉と基本小悪魔なくせに天然な姉に逆に振り回される事がある妹との面白おかしい漫才コンビをもっと見ていた――」

『いったいどういう評価されてるんですか!?』

ついに姉妹仲良く海人を怒鳴りつけた。

あまりといえばあまりな評価に、突っ込まずにはいられなかった。

なんというか、人として。

が、海人は部屋が振動するようなその怒声にまるで臆さず、むしろ笑みを浮かべた。

「やれやれ、二人共――やっと顔を上げたな」

「あ……」

刹那が、思わず声を漏らす。

海人の笑顔はそれほどに柔らかく、穏やかだった。

「刹那嬢。失敗なんぞ人間いくらでもやる。取り返しがついているのなら、次からやらなければいいだけだ。次からは絶対に同じ事を繰り返さない。必要なのはそれだけで、そこまで落ち込む意味はない」

海人は優しく刹那の頭を撫でた。

一度の失敗で全てを失った経験を持つ海人であるがゆえに、その言葉には重みがあった。

失敗というものの重みを、押しつぶされそうなほどに知っている彼だからこそ、言葉になによりも強い説得力を込められた。

刹那の顔に若干の明るさが戻った事を確認すると、海人は雫の方へと顔を向けた。

「雫嬢。色々言ったが、まとめれば『助けたいから助けた』だ。文句あるか？」

「で、でも……!?」

なおも言い募ろうとした雫だったが、その前に海人にひょいっと抱えられた。

そして、そのまま頭を首筋の方に――吸血族にとって一番美味な吸引箇所へ押し付けられる。

その意味するところを悟り、雫は思わず海人の首筋に顔を埋めた。

そのまま身を震わせ、海人の首筋を涙で濡らす。

しばらくそうしていた後、雫は赤くなった顔を海人に向けた。

海人はそこに笑顔が戻っている事に満足気に頷いた。

「ま、この程度の事は躊躇なくできるぐらいには信用もしている。まだ不満……が、が、ががががががっ⁉」

海人の言葉は、途中で悲鳴に転じた。

再び海人の首に甘えるような抱擁を始めた雫の絶大な腕力によって。

「……馬鹿です、海人さんはホントに馬鹿ですよ、もう……」

「痛だだだだっ⁉　首が！　というか肩と首が砕ける⁉」

「かっこつけるからですよーだ。海人さん悪人顔ですし、性格もあたしと大差ないんですから、まるっきり似合ってません。三文芝居見せられたような不快感の憂さ晴らしです――我慢してください♪」

ミシミシッ、と不吉な音を立てる海人の骨格。

傍目には子供が甘えているようにしか見えないが、その実雫の抱擁は殺人技と化している。

「理不尽すぎるぞ⁉　治療までしたのになんで痛めつけられなきゃならん⁉」

「やりたい事やっただけなんですよねー？　ならあたしが恩に感じる事なんてないですよねー？」

「そこは恩に感じるべきじゃないか⁉　そんなんだから性格が悪いと言うんだ！」

「そーいえば好き放題言ってくれましたよねー？　ちなみにどんぐらい本音混ざってました？」

「全て嘘偽りない本音だ」

馬鹿正直な男は、自らの死刑執行令状にサインをした。

雫はそれを聞き、姉に視線を向ける。

刹那はそれに苦笑交じりに肩を竦めて応えた。

好きにしろ、と。

「そんじゃ、このまま砕きまーす♪」

「待て待て待て！　まだ用事があるからせめて後回しに！」

「へ？　用事ですか？」

「……あー、実はあの場にローラ女士も居合わせていてな。彼女にも創造魔法の話はしてなかったから、説明せにゃならんのだ。しかも別室で待ってもらってるから、あまり遅くなると怖い事になりそうでな。それじゃ、また後で」

力を緩めた雫をベッドに転がし、海人は部屋を出た。

とりあえず二人共普段の調子に戻ったので、こちらは片付いた。

あとは、おそらく本日最大の難関たる美貌のメイドのみ。

（――ま、ここからが本番だな）

軽く肩をほぐして顔を引き締め、海人はもう一人の客人の待つ部屋へと足を向けた。

◇◇◇

海人が部屋に入ると、ローラは立ち上がって優雅に一礼した。

彼女が座っていたソファの前には三段の重箱と湯呑み、そして急須がある。

どれももうすぐ空になるところであった。

「待たせてしまったか？」

「いえ、和菓子と緑茶があまりに美味しかったのでついつい手が伸びてしまっただけです……私の話はお察しいただけていますね？」

「一応な。とりあえず、時間を空けてくれた事には礼を言っておこう」

「？　意味が理解できないのですが……？」

「いや、正直あの場で創造魔法使ったら三人まとめて殺される可能性が高いと思ってたんでな」

頬を掻きながら、海人は苦笑を浮かべた。

海人としては、我に返った後のローラの態度は意外そのものだった。

雫の治療が一段落したところで、彼女は真っ先に海人の屋敷に運び込む事を提案したのだ。

曰く、森の中で魔物に襲われれば何が起こるか分かりはしない、と。

海人としても異論はなかったため素直に従ったが、予想より丸い対応にかなり意表を突かれていたのだ。

「――お待ちください。何故そのように思われたのです？」

ローラの目が微かに細まった。

分かりにくいながらも若干柔らかかった雰囲気が、一気に引き締まっている。

まるで捨て置けない、あってはならない盛大な誤解を聞いたかのように。

「何故って……いつでも自分と大事な者を瞬く間に抹消できる危険人物など、早々に処理した方がいいだろ？　利用価値はあるだろうが、ルミナスたちがいない現状まで含めるとこういう機会はあまりないだろうしな」

ローラの問いに、海人は困惑した様子で答えた。

海人が使う近代兵器と創造魔法の組み合わせは、他に類を見ないほど凶悪極まりない。

書類仕事から何から利用価値も多々あるだろうが、それを差し引いても放置しておくリスクが大きい。

海人を生かしておく事は、多大な利益をもたらす代償にいつ爆発して国を消すか分からない爆弾を置いておくに等しい。

先程刹那たち諸共殺しておけば冒険中の事故で片付ける事が可能で、ルミナスたちが戻ってきた時も追及をかわせたはずだった。

ルミナスたちがまず問い詰めるとすればシェリスであるが、彼女はまだ何も知らないのだから。

ローラを怪しんだにしても、証拠がない状態で二人が仇討ちにかかるはずもなく、大きな問題にはならない。

海人はローラにそう考えられると分析していた。

「なるほど――本気で愚かしすぎて思わず撲殺したくなるような勘違いですね」

「は？」

「今仰った考えは貴方様の人格に対しての信頼が低いという前提で構築されている、違いますか？」

ローラは軽く瞑目し、淡々と問いかけた。

海人の考えは明らかに自身の人格評価が低い事が前提だ。

それも並程度ではなく、最悪に近いレベルに低いと考えている可能性が高い。

並程度の評価があれば、いくら能力が危険だからといって即座に殺す事はありえない。

それでいちいち殺していては何千人殺しても足りないし、かえっていらぬ災いを呼び込みかねない。

いくら海人の頭が戦闘の疲労によってありえないほど鈍っていたとしてもその程度の事は分かるはず、とローラはその予想に自信を持っていた。

――非常に不本意ではあったが。

「違わんが、それがどうかしたのか？」

「もう一度、冷静に、今まで私共と関わった時の事を思い出してください――どうすれば低くなると？」

その言葉と共に普段の倍以上に冷たい視線を向けられ、海人は今までの事を回顧した。

まず、プラス要因になりそうなものを考える。

果物をはじめとした食料関係の卸し、こちらの医術では死を待つだけだったシェリスの使用人たち数人の治療、カナールで起きた戦いにおける援護とドラゴン退治、肺死病の特効薬の提供の約束、書類仕事の大規模な処理、シェリスをはじめとした彼女の屋敷の人間への授業――意外に多い。

次いでマイナス要因になりそうなものを考え――そこで思考が停止した。

(……ほとんどない？　いや待て――特効薬の製法――は、そもそも解決したか。まだシェリス嬢には話を通しとらんが、ローラ女士とは交渉を終えている。他に人格評価に影響しそうな点――殺人？　んなもんいちいち気に留めんよな。となると、あとは素性を誰にも教えとらん事ぐらい――どういう事だ？)

考えているうちに、海人はなぜ自分に信用がないと思ったのかが分からなくなった。

そもそも、思い返すまでもなくシェリスの態度もローラの態度もかなり好意的である。

強いて言えば以前トラウマを作ってしまったシャロンが時折腰が引ける程度だが、その彼女もそれ以外の時は特に問題ない。

そんな事を考える事自体がおかしい。

可能性として考えられるのは、今日一日で凶事が続いたせいで物事をマイナスに考えた挙句、雫を助ける時の脳の酷使で思考が鈍った末に間違った結論に行き着いた事。

そしてその考えがそのまま固定してしまったという事だが、それだけではない気がした。

海人が首を捻っていると、ローラが淡々と、それでいてどこか哀れむような響きがある声で彼に語りかけた。

「おそらく、いつぞや仰っておられた気を引き締め直した、というのが非常に歪んだ形で出てこられるのかと。貴方様のように能力が高すぎると余人なら感謝される事をしても勘繰られる事が多かったでしょうから、仕方ないのでしょうが」

その言葉で、海人は納得した。

元の世界での海人は、表立って才能を発揮して以降は何をやっても勘繰られた。

大学時代に同学年の人間の課題を手伝った時は己の才能を誇示して年上を見下すのが目的と言われ、特許料で入った金の一部を孤児院への寄付に回したらそこの子供を密かに人体実験に使うつもりだと噂され、終いには何か新しい研究を始めただけで、その分野の研究者を絶望させるためとまで言われた。

そのため、昔の海人は他人に信用されるという希望は捨てていた。

海人はこの世界に来て以降緩みすぎていた気分を引き締め直そうとしていた。

だが、明確な敵がいない状況で無理に警戒心を高めようとしたため、妙な部分だけが昔に戻りかかっていたのである。

それも亡き妻と出会ってからは少しづつ改善されていた事を考えると、それ以前——六年以上前に。

おそらくは一番自棄になり、人間不信が酷かった時期に。

いくらなんでも戻りすぎである。

それに気付いた海人が自身の間抜けさに頭を抱えていると、

「この際ですので明言しておきますが、私も主も貴方様の人格にはかなりの信頼を置いております。権力などという面倒なものは欲しがらないでしょうし、むやみやたらに争いを望むとは思えません。他の望みもある程度は創造魔法でなんとでもなるはずです」

「それはありがたいな」

「さらに付け加えますと、いつぞや私が提示した条件はルミナス様たちが敵国に雇われた場合のみの想定です。他の場合ではそもそも貴方様が明確に私共の敵になる可能性自体が見当たりません。あくまで推定ですが――シェリス様を含めた屋敷の者の事も、かなり気に入っておられるでしょう？」

「まあ、な」

頬をかきながら、海人は肯定した。

授業をしていて分かった事だが、シェリスの使用人の大半はかなり素直な性格をしている。

それぞれ個性は強いのだが、誰一人として嫌な空気がない。

気が向いたら手助けぐらいはしてやるか、と思える程度に好印象を抱ける人材が揃っている。

利害が衝突しない限り、協力こそすれ海人から敵対する事はありえない。

当たってはいるが、海人は見透かされている事に若干の悔しさを感じていた。

「総括いたしますと、貴方様はこちらから積極的に貴方様やその友人に害を成さなければ、多大な利益を惜しみなく与えてくれる人間という事になります。何か異論はございますか？」

「ま、完全に信用はできんが、反論もできんな」

「それで十分です。ところで、創造魔法に関して主は――」

「知っている。あと知っているのはルミナスとシリル嬢だけだがな」

「なるほど。私も沈黙していた方がよろしいのでしょうね」

「ああ。何か交換条件が欲しいか？」

「はい。ミドガルズ鉱石を複製していただきたいのです。諸事情で数が不足しておりまして、できれば今回皆様で集めた倍の量をお願いしたいのですが」

「分かった。っと、そうなるとわざわざ場所を移動した理由はなんだ？」

「ただ一つの単純な質問です――シズク様が私共に害を成す危険性はどの程度でしょうか？」

海人の目を真っ直ぐに見据え、ローラは問いかけた。

その視線は相変わらず平坦だが、有無を言わさぬ強さがある。

「それを私に聞くか？」

「本人たちに尋ねたところで、返答の信用性は疑わしいので」

特に逡巡もなく、ローラは断言した。

事実、直接二人に問い質したところで嘘を吐かれる可能性があるし、本人たちの認識の問題もある。

過小評価、過大評価、どちらも判断材料としては心許ない。

この場合は一応第三者に近い目の前の男に聞くのが最善であった。

「ふむ……とりあえず、極小ではある。ただし冒険者として運用するのであれば、どんな形であれ他の冒険者と組ませる事は避けた方が良い。実力はあるようだし、それでも有用だろう？」

「一応お尋ねしますが、具体的な理由については？」

「それは私が答えていい事ではない。知りたいなら直接聞け」

「でしょうね。まあ、今回はカイト様を信用させていただくといたしましょう」

予想していた答えに、ローラはすんなりと諦めた。

海人の表情を見る限り、嘘は言っていない。

さらに言えば目の前の男は話さないと決めたら、拷問にかけられても絶対に話さないだろう。

問い詰めるのは時間の無駄以外の何物でもない。

そしてなにより、正気を失わない限りあの二人は敵になりえず、失ってもローラの敵には値しない。

宝蔵院姉妹が吸血族である事は、先程の戦いの際の瞳の色ですぐに分かった。

ならば、頭を潰せば殺害は容易。

身体能力は脅威だが、正気を失っていればいくらでも対処できる。

部下たちでは対処が難しかろうが、それも一対一の場合のみ。

屋敷内の実力上位が五人程いれば、殺害には十分すぎる。

とりあえず、主と部下たちに二人の種族について伝えておけば何の問題もないのだ。

それをわざわざ目の前の男に伝える気もないが。

そんな事を思っていると、

「種族をバラす程度なら仕方あるまいが、早まった真似はするなよ？」

あっさりと見破られ、釘を刺された。

当然だが、海人は状況からローラが種族は掴んでいる事は察していた。

森の広さからして、あの場に偶然居合わせる可能性は極めて低い。

間違いなくローラは騒ぎを知って駆けつけたはずである。

そうであれば遠隔視の魔法で状況を確認していないはずがなく、二人の瞳の色を見ていなかったはずもない。

そして、海人の予想は全て的を射ていた。

「――貴方様の言が正しければ何の問題も起こらないかと存じます。幸い、屋敷には種族に偏見を持つ者はおりませんので」

「結構。で、他には何かあるか？」

「いえ、特にはございませんが……少々個人的に質問したい事がございます」

その言葉と同時に、室内の空気が変わった。

適度に緊張感が緩んでいたそれから、姿勢を正さずにはいられないものへと。

同時にローラの様子も変化していた。

先程まではどこか悠然とした余裕を漂わせていたが、今はやたらと真剣に海人の目を見つめている。

が、海人はその変化に動じなかった。

ローラに気圧されなかったわけではないが、彼は元々一つ質問される可能性は考えていた。

さらに言えば、先程彼は自身の間抜けさゆえにその質問が出る可能性をさらに高めてしまっていた。

「なぜあの場で創造魔法を使ったのか、か？」

「はい。非常に馬鹿馬鹿しい勘違いとはいえ、貴方様は殺される危険を覚悟の上で使われたという事になります。それほど長い付き合いでもない――それもルミナス様とは違い、命の恩人という要素もない御二人。何故、命を賭けてまで助けようと？」

「二人の人格的な要素があればこそだが……出会ったタイミングだな。私はこれでも根性なしの寂しがりやなんだ」

「――ルミナス様たちと離れ、この広い屋敷に一人暮らしになって人恋しくなったとでも？」

「実を言うと似たような状況になったのは三度目だが――前の二度がキツい体験だったんでな」

海人は苦笑しつつ、天井を仰いだ。

三度目。そう、実に三度目であった。

広い屋敷に急に一人で暮らす事になる、というこの状況は。

一度目は十二の時に両親が失踪した時。

学校から帰ってきても、誰一人として出迎えてくれない広い屋敷。

前にも両親が揃って家を空ける事は何度かあったが、長くても一週間。

しかも二日に一度は必ず様子を確かめる電話がかかってきていた。

だというのに、電話はおろか手紙すら来ない。

両親の金に手をつける勇気もなく、屋敷に常備されていた非常食と貯めていたお年玉で飢えをしのいで親の帰りを待つ日々。

当時手がけていた研究にのめり込んでごまかそうとはしたが、半年経つ頃には食事のたびに寂しさで涙が止まらなかった。

それが、海外に渡る事を決意する一年後まで延々と続いた。

当時幼い――それも平和な国の普通の子供として育っていた彼には非常に過酷だった。

二度目は妻を喪った事故の時。

かつてに比べれば些か賑やかさには欠けるものの、温かさが戻っていた屋敷から再びぬくもりが消えた。

朝の挨拶も聞こえず、食事を作る音も聞こえず、聞こえるのは広い屋敷に響く自身の足音のみ。

妻の遺品や近々生まれてくるはずだった子供のために用意した品々を手に取ると、全てが氷より冷たく感じた。

数多の人生経験によって海人の精神は常人のそれよりはるかに頑強になっていたが、自分の失敗という底知れない罪悪感と幸福の絶頂から絶望のどん底に叩き落とされた衝撃は、それを容易く粉々にした。

そして三度目が、今。

無論、今回はなんら辛い事は起きていない。

若い独身女性の家に居候という非常識な状況から常識的な状況になっただけだ。

しかしそれでも笑顔と温かさで満ち溢れていた環境から広い屋敷での一人暮らしという落差は、覚悟はしていても辛かった。

前が楽しい生活であっただけに、否が応でも前の二度の孤独を想起させられてしまう。

それを表に出さない程度の自制心はあるが、決して和らぐ事はない。

そこに現れたのが、刹那と雫だった。

最初に出会った時はルミナスの家を出て間もない頃だったため、海人はまだ広い屋敷の寒々しさに順応していなかった。

その時点では自覚がなかったが、二人との昼食は気分を非常に和らげてくれたのだ。

それだけでなく、二人共基本的な性格が良いので話していて非常に楽しかった。

だからこそ、海人は二人を深く受け入れてしまった。

自覚はせずとも、ほとんど身内に近い感覚で。

助けられるなら助けたい、そう思ってしまう程に。

その甘さを抑制できるような記憶を回顧してもなお、助けたくなってしまった。

おそらく、ローラがもう少し早く書類を持ってきていれば話は違っただろう。

赤の他人でしかなかった二人より、面識がある似た者同士のローラの方が親しみを得やすい。

刹那たちの印象は弱まり、代わりにローラに対する親近感が増大していたはずだ。

それでも刹那たちに好感は持っていただろうが、己の命を懸けてまで助けようとは思わなかったかもしれない。

――そんな事を考えている海人を、ローラはかなりの苛立ちを胸に見据えていた。

彼女は海人の両親の失踪の話は知らないが、妻を亡くした話は聞き及んでいる。

そこから考えれば、今回の海人の行動の理由は想像がついた。

それだけに、自身のあまりのタイミングの悪さを呪わずにはいられなかった。

ある意味、今回一番不運だったのはローラだ。

たった一日のズレで、彼女が得られたはずの好印象を刹那たちにほとんど持っていかれてしまった。

そのうえ、今日も数分のズレで好印象を得られる機会を逃した。

雫の暴走を止める際に協力できていれば、かなり心証が良くなっていたはずだ。

片方でもあれば今後の関係にどれほど有益だったかを考えると、凄まじく口惜しかった。

だが、ローラは早々に気分を切り替えた。

過ぎた事を悔やんだところで時は巻き戻らない、と。

それよりも、今はやるべき事を優先する事にした。

「そんな感傷で自殺の危険を冒したと？」

「自殺とは酷いな。抵抗ぐらいはできるかもしれないのに」

「そうお思いでしたら——どうぞ、そのポケットの道具でお試しください。現実を教えて差し上げます」

「ならば遠慮なく」

海人の両手が動き、ポケットの拳銃を引き抜いた。

そのまま狙いを定める事もなく、デタラメに引《ひ》き鉄《がね》を引——

「遅すぎます」

引き鉄が引かれるよりも早く、海人の両手両足に強烈な痺れが走った。

同時に天地がひっくり返ったかのような眩暈に襲われる。

それが両手両足に打ち込まれた打撃と頭蓋を揺らされた事によるものだと認識する前に、海人の呼気が止まった。

いつの間にか背後に回っていた、ローラの右手によって。

「——ですから自殺と申し上げたのです。見えてはいても体の反応が追いつかない貴方様が、この私に微かでも抗えるとでも思っておられたのですか？」

ギリリ、と海人の首が軋む。

肉体強化を使ってはいるが、所詮ローラと海人では地力に天地の差がある。

細くしなやかでありながら強靭極まりない魔指は、海人の首に少しずつめり込んでいく。

両腕は動かず、首の力ではローラの握力に対抗できない。

体を左右に揺さぶって緩めようとしても、その手は微塵も揺らぎはしない。

魔力砲を使おうとしても眩暈で集中できず、どうにか体の外に魔力を溜め始めてもローラが放った魔力ですぐ霧散させられてしまう。

が、打つ手がなくなった途端、ローラの手が離れた。

彼女は咳き込みながら酸素を取り込む海人を見下ろし、

「お分かりいただけましたか？　いかに貴方様が危険人物であっても、この距離まで近寄れば恐るるに値しません。武器を使う暇を与えずに殺せばそれで済みますし、これだけ無駄な攻撃をしても非常に余裕があります。どれほど御自分が、馬鹿げて、無謀で、身の程知らずな賭けに臨んだか、御理解いただけましたか？」

「……それは重々承知しているつもりだがな。まあ、この距離まで君に近寄られれば、どう足掻いても私の命はないということだけはよく分かった」

そう言うと、海人は深い息を吐いた。

防御魔法は海人の反応速度の遅さをある程度補えるが、ローラ相手の近距離では発動時間が長すぎる。

目の前の戦女神は、コンマ一秒あれば海人を二十回は確実に殺せる。

この距離でできる事など、現状ではデススイッチを使った自爆による道連れしかない。

分かっていた結果ではあるが、改めて突きつけられるのはなかなかに堪えた。

「それでも不足です。今と同じ事はシャロンでも可能ですし、動かれる前に首を刎ねるだけなら主ですら可能です。身の安全を保ちたいのであれば、接近戦に特化した護衛が必要です」

「……何が言いたい？」

「丁度都合の良い人材がおられるでしょう？　危なっかしいシズク様はともかくとして、セツナ様は最適です」

「――ま、もっともだな。ただし、雇うとすれば二人共だが」

「馬鹿ですか？　事情は存じませんが、シズク様が正気を失って貴方様の命を狙った事は事実。いつ同じ事が起こるか分かりません」

「条件は分かっている。今回のは極稀な不運と不注意が幾つか重なった末の事故だ。それを知った上で動いていれば同じ事は起きない」

「甘いですね。事故などというものは頻発するものです」

「だとしても、結論は変わらん。大体、あの仲の良い姉妹を引き離せば間違いなく精神面に悪影響が出る。んな不安定な護衛に命を預ける気になるか」

　これは事実だ。

　仮に刹那だけを雇って雫と引き離した場合、雫の悪癖を心配して刹那の集中力はガタ落ちするだろう。

　ただでさえムラがあるというのに、それが何十倍に増大してはもはや命を預ける事などできはしない。

「そのために、いつ己の命を奪うかもしれない人間を雇うと？」

「まさか。それ以上に雫嬢に信が置けるからだ。たしかに正気を失っていたが、彼女はそれまで必死で堪えていた。理性が完全にぶっ飛んで、飢えた野獣が可愛く見える程に狂うようなものをだぞ？　結果はああなったわけだが、将来的には今回の事態を自力で抑え込める可能性もあると私は読んでいる」

「……お優しい事ですね。そんな不確定極まりない可能性を信じるなど」

軽く瞑目し、ローラは呟いた。

その声には彼女にしては珍しい、小馬鹿にするような響きが含まれている。

「たまには不確定な話も信じなければ人生つまらんさ。ついでに言えば、あくまで仮定の話だろ。私が雇いたいと言ったところで、二人が受け入れるかは別の話だからな」

が、嘲笑うような彼女の態度を海人は飄々と受け流した。

嘲弄するようなその言動の中に、消しきれなかった優しい響きを感じたがゆえに。

「たしかにその通りですね――では、少々試してみましょう」

◇◇◇

利那と雫は特に会話をするでもなく、黙々と過ごしていた。

二人共自虐的な思考はどうにか打ち切ったが、罪悪感は消えなかった。

海人の前ではかなり明るく振る舞ったが、やはりしこりは残っていたのである。

そんな時間がしばし過ぎ、やがて刹那が口を開いた。

「……やはり、今回の事はきっちりと償うべきだ。海人殿は気にされないかもしれんが――それだけの事をやってしまった」

「同感だけどね……創造魔法がある以上お金は不自由しないだろうし、あんだけの美形なら女の人だって選び放題だろうし……何もできなくない？」

「その分、武力には欠けておられる。別に冒険者稼業に未練はないだろう？」

刹那は重々しく語った。

海人が創造魔法の使い手となれば、平穏な人生を送れる可能性は低い。

なにせ経済から軍事に至るまで幅広い応用が可能な、ある意味では特殊属性で最も凄まじい魔法。

どう転んでも先の道程は決して安全にはなりえないだろう。

幸福に生きる事を望むなら、災厄から身を守るための手札は多すぎるという事はない。

元々二人が修行しつつ冒険者稼業をやっていた理由は雫の悪癖を抑えるためだ。

刹那は武力でもって強引に妹を止めるため、雫は精神修養で自制心を高めるため、旅を続けていた。

ならば、海人の手札となって生きるのは別に悪い選択ではない。

修行など、その気になればどこでもできるのだから。

「そりゃあたしも少し考えたけどさ。それだと住み込み以外ありえない。でも、海人さんの一人暮らししてる理由が創造魔法だけじゃなかったら無理だろうし、そもそも海人さんがあたしたちを側に置いてくれる気になるかが問題だよ？　ま、それがクリアできればあたしらも楽しいだろうし、万々歳だけどさ」

「とりあえず、後で海人殿に――――!?」

言葉の途中で、刹那の目が一気に見開かれ、椅子を蹴倒した。

ほぼ同時に雫もベッドから飛び出し、近くに置いてあった小太刀を手に取る。

理由は、唐突に屋敷を蹂躙した凄まじい殺気。

それはあまりにも鋭く、一瞬で全身を切り刻まれたかのような錯覚を彼女らに与えた。

どれほど鈍い人間であっても察知させてしまうそれは、探るまでもなくその発信源を二人に教える。

直後、二人はドアを蹴破って一直線に廊下を駆け抜けた。

◇◇◇

その頃、海人は首を傾げていた。

試してみる、と言ったローラに動きがない。

音も立てず、冷めてしまった緑茶の残りを啜っているだけだ。

「何かやるんじゃなかったのか？」

「はい。今終わりました」

湯呑みを置き、和菓子を頬張るローラ。

相変わらずほとんど表情が動かないが、小さく微笑んでいた。

彼女の行動の意味が分からず海人が困惑していると、どこからともなく何かを破壊する音が聞こえ、次いで凄まじい轟音が廊下から響いてきた。

その音は瞬く間にドアの前に到達し、

「海人さん！　無事ですかっ⁉」

真っ先に雫がドアを蹴破って部屋に飛び込んできた。

彼女は既に小太刀を抜いており、僅かに遅れて入ってきた刹那も拳を構えている。

明らかに剣呑な空気の二人、そして破壊された――おそらくは自分が直さなければならないドアを見て、海人は毒づいた。

「……おいこら、そこの無表情メイド。何をした？」

「少々殺気を出してみました。予想以上に速かったですね」

お茶を飲みながら海人の冷たい目線を受け流すローラ。

その様子にはまるで悪びれた雰囲気がない。

「……あの、どういう事なのでしょう？」

「心配かけてすまないな。そこの腐れメイドの悪戯のようだ」

「腐れメイドとは酷い言われようですね。さて、御二人に質問なのですが、カイト様が住み込みの護衛を欲している、と聞いたらいかがなさいます？」

その言葉で、刹那たちは事情を悟った。

誘いに乗せられたのは不愉快だったが、良いタイミングでもあった。

胸を張り、粛々と二人は己の意思を表明する。

「――拙者に否はない。むしろ、頭を下げてお願いしますと言うべきところだ」

「あたしも同じですねー。でも、海人さんの意志次第ですけど」

「だそうですが、どうなさいますか？　御二人共間違いなく破格の実力者ですが」

「二人が受けると言うのなら、私としても異論はない。給料はそんなに出せんかもしれんが、衣食住は保障しよう。ついでに、武具も創造魔法によるコピーで良ければ支給する」

その言葉に、刹那と雫は迷う事なく頷いた。

今までそれすら保障されていない生活だったので、彼女らにとってはむしろ地獄から天国に変わるような破格の条件であった。

一方で、海人もまた安堵していた。

ギリギリで教室の工事が終わっており、既に消してあるため二人に工事ロボットを見られる心配はない。

地下の方は入らないように言っておけば済むので、タイミングは丁度良かったのである。

そんな事はおくびにも出さず、海人は挑むような笑みをローラに向けた。

「やれやれ……これで君も安心か？」

「ええ。護衛なしではとても安心できませんので、助かりました」

海人の探るような問いに、ローラは事もなげに答えた。

創造魔法の使い手と分かり、ただでさえ高かった海人の重要度がさらに跳ね上がった。

しかも、折角シェリスが巻き込まれないよう海人の観察力について刹那たちに伏せていたにもかかわらず、見事に巻き込まれ、シェリスの予想をはるかに上回るトラブルにまで発展している。

こんな危なっかしい重要人物にはなんとしても護衛を付けたいところだが、海人がシェリスの屋敷に住み込むはずがないし、こちらに人員を回すわけにもいかない。

そこで、刹那と雫である。

彼女らなら実力的に申し分なく、創造魔法の事も知っているため気を煩わせる必要がなくなる。

そのくせ、シェリスの息がかかっていない、純粋に海人の味方になりえる人材。

二人が引き受けさえすれば、海人、ローラ、どちらにとっても都合の良い話だった。

そして、二人の海人への態度を見ていた限りでは、引き受ける可能性は決して低いものではなかった。

唯一の難点は自分を殺そうとした雫を海人が護衛として本当に受け入れられるかどうかだったが、先程試した結果は見事に問題なかった。

やるべき事が終わった事を確認し、ローラは最後のお茶を飲み干した。

「……それでは、用も済みましたのでそろそろ失礼させていただきます。主には一通り話を通しておきますので、ご心配なく。ミドガルズ鉱石に関しては後日、私が注文した分とまとめて持ってきてくださるようお願いいたします」

そう言い残すと、ローラは一礼してすたすたと部屋から去っていった。

なお、重箱にまだ少量残っていたはずの和菓子は、残らずその姿を消していた。

◇◇◇

ローラが去った後の応接間で、三人は壊れたドアを片付けていた。

無残に壊れたドアは金具ごと破壊されており、修理にはかなり手間がかかる。

海人が心の中でローラに呪詛を唱えていると、

「あの、今更言うのもなんですが、本当に雇ってくださるのですか？」

「ああ。というか、冷静に考えてみたら他に選択肢がないな」

「へ？　どういう意味ですか？」

海人の言葉に、雫は戸惑った。

悪戯っぽい笑みを浮かべているので悲観的な話ではなさそうだが、彼の言葉の意味がまるでつかめない。

横を見れば姉も困惑した顔をしている。

そんな二人に、海人は実に楽しそうな笑みを浮かべた。

「それじゃヒントだ。私の魔法について他言されては困る。他人に知られれば余計な揉め事が山のように押し寄せてくるだろうからな」

「それは分かりますけ——あー、そういう事ですか。たしかに住み込ませる以外に選択肢がないですね」

海人の言葉の意味を悟り、雫はうんうんと頷いた。

その口元には海人と同じような、性悪の笑みが浮かんでいる。

「むう……海人殿は拙者共の口の堅さが信用できないと仰るんですか？」

「違うよ。信用されてないのとは少し違うし、問題があるのはお姉ちゃんだけだよ」

「何？　あの、海人殿、差し支えなければ教えていただけると——」

「――私の口から言うのか？　ちょっと泣きたくなるかもしれんぞ？」

「覚悟の上です」

「では言うが――君はおっちょこちょいすぎるからな。口が滑る可能性がどーしても否定できん。薪を調達しようとして頭上の枝を蜂の巣ごと落っことすお間抜けさんだからなぁ……」

「うぐっ⁉」

痛いところを突かれ、刹那は呻いた。

森の中にいた時、彼女はよりにもよって海人の頭上に蜂の巣を落としてしまったのだ。

当たる前にすかさず海人を抱えてその場から逃げ去ったが、間抜けな事には変わりがなかった。

「というわけで、色んな意味で君らには住み込みで働いてもらわんと困る。刹那嬢は目を離すわけにはいかんし、それでも防げなかった場合に備えて雫嬢も必要だ。私の反応速度では刹那嬢の言葉を止めきれるとは限らんからな」

「喜んで請け負いまーす。あ、そーいえば海人さんあたしたちの主になるんですよね？」

「ま、雇い主ではあるな」

「んじゃ、これからは呼び捨てで呼んでください。一緒に暮らすんですし、堅苦しいです」

「あ、拙者も呼び捨てでお願いします」

「分かった――刹那、雫。これからよろしく頼むぞ」

『はい！』

海人の新たな同居人は、揃って仲良く返事をした。

番外編　とある新米護衛の一幕

早朝。刹那は目元を軽くこすりながら、目を覚ました。
そのまま軽く伸びをして眠気を飛ばし、布団への未練が生じる前にベッドから出る。
「…………良い朝だな」
窓のカーテンを開け、そんな感想を漏らす。
まだまだ薄暗いが、日が昇りつつある。
地平線から僅かに覗く太陽の輝きが夜の闇を裂く光景は、なんとも美しい。
そしてそれに照らし出され、暗い色彩の中庭も生命感を帯び始めていた。
窓から離れると、刹那は手拭いを水魔法で濡らし、顔を軽く拭う。
それと共に残っていた眠気が綺麗に消え去り、自然と気分が引き締まっていく。
次に姿見の前に立つと、襦袢を着替え、半着と袴を纏い、身支度を整える。
余計な皺一つないよう整えると、両腰に小太刀を差し、背筋を伸ばした。
そしておもむろに呼吸を整えると、二本の小太刀を手早く引き抜いた。
（……悪くはないが、やはり小太刀では今一つしっくりこんな）
むう、と小さく唸りながら小太刀を納刀する刹那。
愛用していた二本の打刀は、先日雫を止めた際にへし折れてしまった。
そのため、現在は海人が創造魔法で複製した雫の小太刀を使っている。

小太刀も扱えるには扱えるのだが、やはり扱い慣れた打刀には及ばない。

小回りが利くのは良いが、刹那の場合それ以上に狭くなった間合いの悪影響が大きそうだった。

とはいえ、なまくらでは話にならず、強度が脆くても大問題。

用意するならば相応に高品質な物が必要であり、当然ながら金も時間もかかる。

材料はミドガルズ鉱石があるので問題ないが、職人の問題があるからだ。

「まあ、話を進めるのは少し落ち着いてからか。並行して進めるには、少々情報が多すぎる」

呟き、たおやかに微笑む。

海人に護衛として雇われる事が決まった後、色々と教えられた。

創造魔法の事を知るのは、シェリス、ローラ、そして元同居人二人のみである事。

そして――常識が通じない、海人作の兵器の数々を。

どれ一つとっても、この世の戦士の天敵という他ない。

威力もさることながら、想定不可能な超長距離射程を誇るライフル。

都市一つを超火力で消し飛ばし、かつ使用にかかる時間が少ない爆弾。

これらの最も恐ろしい点は、事実上想定が不可能という事だ。

弓の射程を知る者であれば、想定の数倍の距離から放たれた銃弾に訳も分からぬまま倒れる。

魔法に詳しい者であれば、術者の姿が確認できぬ事に安堵し、何も知らぬまま爆弾で消し飛ぶ。

個人どころか国家すら容易く壊滅させうる、誇張抜きの超兵器。

刹那と雫は、雇われた当日に申請式ではあるがその使用許可を貰っている。

秘匿のため極力使わぬ方針ではあるが、それにこだわりすぎるのも悪手。

どんな状況であれば使用すべきか、その想定作業はなかなか頭を酷使している。

「……それに、当面は十分すぎるしな」

懐のダイヤモンドの感触を確かめ、苦笑する。

巨大でこそないが、かなりの大粒。それを十連ねて懐に納めてあるが、そこらの人間に知れるとそれだけで襲撃されかねない装備だ。

なにしろ、ダイヤモンドは最高の魔法具。

六属性全ての魔法の効果を増大させるだけでなく、貯蓄魔力量も大きい。

その美しさと相まって市場価値は極めて高く、ランクA冒険者ですら憧れるレベルだ。

この粒の大きさともなれば金があっても容易に手に入る物ではなく、一粒手に入れるにも相当な労苦が不可避。それを十も所持している武人など、他にはまずいないだろう。

加えて――先日生まれて初めて使用できた吸血族の能力。

知識として知ってはいたが、実際使用すると本当に凄まじかった。

基礎的な身体能力全てが一気に跳ね上がるだけでなく、感覚も恐ろしく鋭くなる。

雫の暴走を止めた時、感覚の鋭敏化がなければもっと早く刀が折れ、素手で戦う事になっていただろう。

おそらく、あの状態になって秒殺できぬ相手は本当にごく少数。

ここ最近では、手合わせの際まるで底が見えなかったローラぐらいだ。

とはいえ、刹那は油断も過信もしない。できない。

まずありえないはずだった最悪の可能性が現実になったのは、つい先日の事。

そのせいで、最愛の妹を手にかけねばならなくなるところだったのだから。

（……本当に、多くをいただいた。少しでも返せるよう、全力で奉公に励まねばなるまい）

そんな決意を胸に、刹那は朝の鍛錬へと向かった。

◇◇◇

そして三時間後――刹那は厨房で正座していた。

彼女の前に立つのは、呆れたような、困ったような顔をしている海人。

それと、やたら迫力のある笑顔で腕組みをして仁王立ちする雫であった。

「えー、被告人お姉ちゃん。何か言い分、弁解――判決海人さんによるくすぐりの刑」

「待て待てぇっ!?　せめて言い訳ぐらいは聞いてくれるべきではないか!?」

色々あるべき過程をすっ飛ばして極刑を言い渡した妹に、思わず抗議する刹那。

責められるだけのやらかしをした自覚はあるのだが、さすがに罰がキツすぎる。

「この被害者の無惨な姿の前には、いかなる言い逃れも無意味だと思いまーす」

明るい声音とは裏腹な絶対零度の視線を姉に向けながら、雫は飯釜を指差す。

その中にあるのは、やたらと黒い物体。

周囲に漂う臭いからして、何かが炭化したなれの果てである事は間違いない。

普通に考えれば米、あるいは混ぜご飯であろうが、それにしてはおかしかった。

というのも、飯釜の中身は上面が見事に炭化しているのだ。

通常、飯釜で米を炊けばどう転んでもこんな状態にはなりえない。

「い、いや、だからだな！　おこげを作ろうとしたのだ！　釜の縁に出来た少量だけでは、取り分で確実に揉めるだろう!?　だから表面を焦がしておこげを作ればと！」

微塵の容赦もない妹に、せめてもと動機を叫ぶ。

結果はともかく、動機は善意。

御飯のおこげは美味いが、量が少なく三人には行き渡らない。

主である海人に多目に配分すべきという事を考えれば、刹那と雫の取り分は少量。

それを何とかしようと思い立った行為で、この結果に到ったのだ。

「うんうん――それで攻撃魔法使って、ツヤツヤふっくら炊き上がったご飯を炭に変えたと」

「……はい」

にっこりと、目だけ笑っていない笑顔を妹に向けられ、刹那は神妙に肯定した。

何をやらかしたのかといえば、至極単純。

米の表面を火で炙る際、間違えて攻撃魔法術式を使い、ついでに無駄に気合が入っていたせいで火力が跳ね上がった。

その結果が、全てが炭化したというある意味芸術的な元白飯である。

反省はしているらしい姉から視線を切ると、雫は話題を切り替えた。

「……今から炊いても、お昼ご飯が近くなりすぎますよねー」

「まあ、米なしで食うのが現実的かね」

「こ、米の代わりに豆腐で食べる……とか……駄目ですね分かります分かりますから手をワキワキさせないでください！」

蠢き始めた海人の手を見た瞬間、ずざざーっ、と土下座しながら厨房の隅に全力逃亡する刹那。

先日味わったくすぐりの悪夢は、いまだに記憶に色濃く残っているようだ。

「まあ、今回は食べる前に分かる失敗なだけマシだと考えるべきだろうな」

「そですね。食べた瞬間海人さんはあの世行きって可能性もありましたし」

はっはっは、と笑い合う海人と雫。

酷い言われようだが、実際やらかした刹那に反論できるはずもなく、項垂れるのみ。

「あうう……」

「……ま、意地悪はここまでにしておくとしようか」

しょぼんと落ち込む刹那から視線を切ると、海人は唐突に歩き始めた。

「ほえ？」「へ？」

宝蔵院姉妹が、揃ってキョトンとした顔になる。

「こんな事もあろうかと、昨日の夕食の時に多めに炊いて残りを保存しておいた」

シンクの下から、おひつを取り出す海人。

その中には手を付けられた様子のない白飯が、少なくない量入っていた。

全員を満腹にさせるには不足ながら、腹八分目にはなるであろう量が。

それを見て、雫が一気に目を輝かせた。

「おおー！　さっすが海人さん！」

「あ、あの……では今までのやり取りは」

「備えていたとはいえ、実際にやらかした誰かさんへのお仕置きだ」

「うぐっ……！　も、申し訳ございません……」

「別に構わん。が、料理については思いつきで行動せんようにな。今回のように食えなくなるだけなら割り切れるが、食ったら危険系はさすがに許容できん」

「は、はい。承知いたしました」

寛容な海人の言葉に、刹那はホッと胸を撫で下ろした。

そんな姉を横目に見ながら、雫が口を開く。

「海人さんは寛大ですねぇ……でも、二度とさせないため、なによりけじめとして罰は不可欠。そして妹としては大変心苦しいですが、その罰は厳しければ厳しいほど効果的だと思います」

いかにも悲壮な表情で、雫は重々しく語る。

嘘は言っていない。雫の考えでは罪には罰があってしかるべきで、それは次の抑止とけじめの意味がある。

慕ってやまない姉が厳罰に晒される姿を見れば心が痛むのも、事実は事実だ。

今は、そんな細かい理屈よりも私情の方が動機として大きいだけである。

「ふむ、つまり？」

「くすぐり五分でいかがでしょ？」

ニヤリ、と嗤《わら》う主に、途轍もなく愉し気な笑みと共に提案する雫。

当然ながら、地獄直行便に引き戻されそうな刹那は黙っていない。

「待て待て待てぇぇぇっ!?　そこで最初に戻すとかどれだけ恨みが深い!?」

「当たり前でしょ！　楽しみにしてたご飯を魚焼いてる隙にゴミにされたんだよ⁉」

がるるるっ！　と獣のように唸る雫。

今日の御飯は、本当に楽しみにしていたのだ。

自画自賛したくなるほど一粒一粒綺麗に粒が立ち、全体が宝石の如く白く輝いていた。

初心者にしては奇跡的な、見事な炊き具合。

それを、おかずの魚を焼いている間に炭にされたのだ。

魚のものではない焦げ臭さを感じた時には遅く、白き宝石は漆黒のゴミとなり果てていた。

楽しみにしていただけに、恨みは深い。

「いやそれは本当に申し訳ないと思うが！　思うんだだが！　それでもくすぐりは、いくらなんでもくすぐりはあんまりではないだろうか⁉」

「罪人に刑罰決める権利はない！　さあ海人さんやっちゃってください！」

叫びながら、びしぃっ、と姉を指差す雫。

そんな彼女に対し海人はなにやら首を傾げると、おもむろに口を開いた。

「それはやぶさかではないんだが……雫君」

「なんです？」

「いや、一応とはいえ雇い主を顎でこき使うというのは、部下としてどうなのだろうかと思ってな。そこらへんのけじめとして、君にも罰が必要じゃないかと思うんだが」

「ひょえっ⁉　いえいえいえ！　あたしのはあくまでも一番偉い人だけが刑罰を決める権利があるという、この上ない敬意からでしてね⁉」

唐突に向けられた矛先に、思いっきり狼狽しながら言い逃れする雫。

迂闊すぎた、と内心で自分を罵る。

暴走した雫すら許した海人だが、断じて聖人君子ではない。

むしろ基本的には性悪であり、人をおちょくる好機は喜んで活用する。

そんな相手に口実を与えてしまうなど、油断という他ない。

が、後悔は後でいくらでもできる。

今はなんとしてでも喉元に迫った地獄の魔手を逃れる方が先決。

雫の脳裏はその思考で満たされていた。

「ふむ、つまり立場上一番偉い私が刹那の刑罰を決めていい、と？　どんな罰でも？」

実に愉し気に嗤う海人に、雫は一瞬悩んだ。

この邪悪さと悪戯っぽさと茶目っ気に満ちた笑顔。

こんな人間に姉の量刑を委ねるなど人としてどうかというレベルだが、ここで肯定せねば確実に自分までくすぐりの刑に処されてしまう。

性格上遺恨を残すような事はすまいが、確実に地獄を見る。

だが、日頃からやらかしてくれるとはいえ、刹那は大事な姉だ。

敵の数が多い時は率先して多くを斬ってくれる。刹那のやらかしで戦いになった事も多いが。

値切りで乏しい資金を最大限活用してくれる。資金難の一因は、刹那のお人好しだが。

野営の際気を利かせて食べられそうな野草を摘んでくれる事も多い。九割以上毒草だが。

雫はそんな葛藤の末に、

「――はい！　十分でも二十分でもお好きなように！」

晴れやかな笑顔で姉を売った。

「雫ぅぅぅっ⁉」

半泣きで叫びながら、厨房の壁に張り付く刹那。

子供のようにイヤイヤと首を横に振りながら、ガタガタ震えている。

そんな彼女に対し海人は殊更にゆっくりと歩み寄っていく。

そして怯え慄く刹那の前に立つと、彼女を見下ろしながら、

「では罰は、刹那は当分の間私の許可なく料理する事を禁ずる、という事で」

してやったりという笑顔で、告げた。

『へっ……？』

宝蔵院姉妹が、揃って間抜けな声を上げる。

そんな二人の反応を面白く感じながら、海人は言葉を続けた。

「余程の事がなければ監視下での料理は許可するので、勝手な事はしないように。以上」

「あ、ありがとうございますっ！」

助かった事を確信し、平身低頭感謝を叫ぶ刹那。

先程までの絶望感はどこへやら、今の彼女の顔は安堵に満ちている。

それとは対照的に、雫は不満げに頰を膨らませていた。

「……ハメましたね、海人さん」

ジトッとした眼差しを海人に向ける雫。

冷静になってみれば、あそこで罰の決定権を持ち出したのはおかしかった。

単に厳罰化したいのであれば、軽く助言して雫の案を過激化するだけでいい。

なにより、そもそも海人は刹那をおちょくるだけで許そうとしていた。

であれば、むしろ罰を軽減するための発言であった事は明白だ。

「人聞きの悪い。死なば諸共、という気概があるなら再検討はするぞ？」

「むぐぐ……ええい！　仕方ない！　今日のところは見逃してあげるよお姉ちゃん！」

言い捨てると、雫は台車に料理一式を載せ始めた。

今日は天気が良いので、景色の良い中庭での朝食なのだ。

「はっは、まあそう怒るな。代わりと言ってはなんだが、後で好きな菓子を一つ作ってやろう」

「豆大福こしあんでお願いします」

「素直でよろしい」

膨れっ面のまま即答した雫の頭を軽く撫でると、海人はそのまま刹那に顔を向ける。

そして、あまり気にするな、と言うかのように苦笑しながら手を横に振った。

（……本当に、しっかり奉公せねばな。だが行動は慎重に、特に家事系は……！）

刹那は改めてそう決意し、海人へのよりいっそうの献身を誓った。

恐怖で抜けた腰を、どうにか気力で強引に引き戻しながら。

本書に対するご意見、ご感想をお寄せください。

あて先

〒162-8540 東京都新宿区東五軒町3-28
双葉社　モンスター文庫編集部
「九重十造先生」係／「てんまそ先生」係
もしくは monster@futabasha.co.jp まで

ノベルス

白《はく》衣《い》の英《えい》雄《ゆう》④

2021年12月29日　第1刷発行

著　者　九重十造《ここのえじゅうぞう》

発行者　島野浩二

発行所　株式会社双葉社

〒162-8540　東京都新宿区東五軒町3番28号

［電話］03-5261-4818（営業）　03-5261-4851（編集）

http://www.futabasha.co.jp/（双葉社の書籍・コミック・ムックが買えます）

印刷・製本所　三晃印刷株式会社

［電話］03-5261-4822（製作部）

ISBN 978-4-575-24479-3 C0093　